Les Avrils
Groupe Delcourt
8, rue Léon-Jouhaux
75010 Paris
lesavrils@editions-delcourt.fr

www.lesavrils.fr

Les Garçons de la cité-jardin

Dan Nisand

Les Avrils

À Manon Bucciarelli.

En mémoire du sergent et soldat de première classe
Christophe Marquis,
et de Marie-Thérèse Buz-Lehmann, dite « Marithé ».

Recommencer depuis le commencement ? Mais cela ne servirait à rien. Ce serait de nouveau pareil – tout ce qui est arrivé arriverait encore. Car certains êtres s'égarent nécessairement, parce qu'il n'y a pas pour eux de vrai chemin.

Thomas Mann

Ferdinand Hildenbrandt a dix ans en 1870, lorsque l'Alsace et la Moselle sont annexées. Fils d'un épicier mulhousien, il transforme l'entreprise paternelle en société par actions et fait construire une usine de conserves qui ne cessera de s'agrandir.

Novateur en matière de politique sociale, il compte parmi les premiers industriels allemands à mettre en place un restaurant d'entreprise, des installations sanitaires, une bibliothèque et une infirmerie pour son personnel. Dès 1910, il instaure la participation des employés aux bénéfices des Établissements Hildenbrandt. Il leur octroie également, bien avant l'heure, une semaine annuelle de congés payés.

En 1919, redevenu français, l'industriel est accusé de s'être fortement enrichi pendant la guerre en commerçant avec l'Empire. Il résout alors de consacrer la totalité des profits litigieux à des œuvres sociales. Créée en 1920, la fondation Hildenbrandt a pour objet la construction de logements pour les familles modestes. Sept ans plus tard, un quartier entièrement neuf est inauguré dans la périphérie ouest de Mulhouse, en présence de Raymond Poincaré et de nombreux élus. Il accueille aussitôt ses premiers habitants.

La cité Hildenbrandt est un ensemble de cent trente-huit pavillons entourés de jardins. Ses rues portent toutes des noms de fleurs. La petite rivière qui la délimite à l'ouest est bordée par un chemin de terre, l'allée des Roseaux, véritable promenade champêtre en pleine agglomération. Pour la mémoire collective, une stèle sise le long de l'allée rappelle l'article 7 de l'acte de donation du 19 septembre 1920 :

LA FONDATION
LES JARDINS HILDENBRANDT
EST DESTINÉE À AIDER DE
JEUNES MÉNAGES
EN BONNE SANTÉ
DÉSIREUX D'AVOIR
DES ENFANTS ET DE
LES ÉLEVER DANS DE
BONNES CONDITIONS
D'HYGIÈNE ET
DE MORALITÉ.
FERDINAND HILDENBRANDT

Jusqu'à sa mort, en 1964, la cité-jardin fera la fierté de Ferdinand Hildenbrandt. Il la considérait, devant sa réussite industrielle et publique, comme l'œuvre de sa vie. En 1994, pour le trentième anniversaire de sa disparition, son nom fut donné à la passerelle en arceau qui rattache la cité Hildenbrandt au quartier de logements militaires voisin. L'administration de la cité-jardin est aujourd'hui confiée à un organisme de logements sociaux.

I

1

Melvil revient à lui, clignote, tremble un peu. Il n'a pas tout à fait entendu le mot, mais la masse extraordinaire du mot est venue le bousculer comme un engin glissant sur son erre, locomotive ou ferry-boat que nul obstacle ne retient et qui balaye sans le moindre soubresaut tout ce sur quoi sa trajectoire le précipite. Le jour déferle par les fenêtres ouvertes, baignant la pièce d'une lumière d'évanouissement. Hier encore c'était ciel blême et bruine glacée, les branches nues des arbres ressemblaient à des ossements ; et ce matin au réveil, voilà qu'elles s'étaient parées de boutons vert tendre ou duveteux, certains déjà à deux doigts d'exploser. Les tuiles humides étincelaient dans la clarté rasante. Le printemps était venu pendant la nuit.

La journée a été un supplice. Pas de fenêtres au local du courrier, dans le sous-sol de la cité administrative qu'il a pour tâche de sillonner du lundi au vendredi en distribuant paperasses et enveloppes. Comme un enfant prisonnier de la classe, il a attendu avec des tressaillements au ventre que l'horaire le délivre. Tandis qu'il filait enfin vers son arrêt de bus, dans l'air tout chargé de tiédeur, sa chair continuait d'avoir hâte, et sans raison, il se dépêchait encore.

Dans le bus, il est resté debout. Il pouvait sentir à travers la vitre tout ce qui est vivant s'adonner au printemps, à cette extase inquiète, ces promesses qui fleurissent partout et où les instincts s'engouffrent furieusement, ivres et naïfs comme au premier jour. Il est descendu sur la place, toujours se pressant, toujours pour rien. En arrivant rue des Iris, il a vu les volets clos et pensé au bleu du ciel qui ne pouvait entrer. Il a quitté la saison neuve et pénétré dans l'hiver éternel du foyer. Devant l'évier, il a bu un verre d'eau et mastiqué une brioche, regardant par la vitre les voitures garées dans la lumière inouïe, la rue submergée de beauté. Dans le salon, la radio hurlait et ça empestait le tabac. Le soir enflammé propulsait des barreaux d'or à travers les persiennes, jusqu'au fond du vieux buffet éventré. Vite, ouvrir ces fenêtres.

Le père a dit : « Il y a eu un coup de fil. »

Il était dans le fauteuil, la tête de côté, son gros menton posé dans sa main ; entre ses doigts, sur sa cuisse, un mégot finissait de se consumer.

« Ah bon ? »

Obsédé par l'air du dehors, Melvil poussait les battants dans le grand jour. Le père a encore dit quelque chose, un mot qu'il n'a pas vraiment saisi mais dont il a subi le choc, masse roulant et le balayant, lui passant à travers. Il s'est retourné avec des yeux ensommeillés, a porté une main à sa bouche. L'irréel du printemps est entré dans la pièce et y a pris place, silencieux et indifférent. L'espace d'un instant, Melvil s'est absenté de lui-même. Maintenant il tremble de la tête aux pieds. Le mot carillonne en lui comme une sonnerie de cloches d'église. Il baisse la radio pour mieux entendre le père répéter sourdement quelques phrases dont le sens paraît lui échapper ; il y est question d'un vol transatlantique, d'une date qui reste à fixer.

Lui demande : « Est-ce qu'il a dit autre chose ?

– Il a dit qu'il rappellera. Et aussi qu'il était content. »

Ils se font face, abasourdis de ce dont ils sont en train de parler, le grand fils chétif avec ses épaules perchées et ses épis sur les côtés de la tête, le père étroit et sec dans son trône racorni, les deux mêmes mentons protubérants, fendus comme des pieds de bouc. Le père a dit tout ce qu'il savait, c'est-à-dire pas grand-chose ; il écrase sa cigarette et son gros menton revient dans sa main se poser. Melvil remonte la radio et va à la cuisine préparer le repas.

2

Ils dînent tôt, sans parole et sans appétit. Le père s'interrompt constamment pour fumer, lui tatouille dans son hachis, le cœur au bord des lèvres. Dans la barquette, la nourriture a pris un aspect de chose morte. Enfin le père jette sa fourchette et se lève, crachant la bouchée qu'il n'a pu avaler. Il retourne au salon où il reste longtemps à fumer dans le noir. Melvil jette les restes et se rassoit à la table, cherchant les mots adéquats, tournant les phrases et les situations ; ses mains plient et déplient machinalement un torchon devant lui sur la table et il tourne les phrases, sans trouver sa propre émotion, son euphorie, son soulagement. Le père appelle. Il l'accompagne se coucher et redescend finir la vaisselle. Bientôt, à l'étage, le ronflement s'instaure, sans paix ni sagesse. Il éteint les lumières et s'éclipse dans le soir, comme un somnambule.

Il prend par l'allée des Roseaux, dépourvue d'éclairage, où l'odeur de terre humide donne l'impression de marcher en forêt. C'est à peine si on entend la rivière s'écouler en contrebas, invisible sous le rideau de branches ; de l'autre côté, par-delà la ligne des haies, les fenêtres des maisons luisent doucement dans l'arrière-plan des jardins. Il traverse des bouffées de fraîcheur, des parfums flambant neufs, mais son esprit est tout entier voué à l'annonce qu'il va faire et à ses dramaturgies possibles. Tandis que les mots se bousculent, indécidables, d'autres pensées se forment, à l'état d'ébauches, dans les couches plus profondes de son esprit. Il songe que tout ce temps n'a pas été entièrement perdu, puisque cette heure-ci approchait secrètement ; que les sautes de son espoir et de sa foi n'y auraient rien changé, car elle venait au-devant de lui, opiniâtre et fatidique. La voici donc maintenant, l'heure de l'annonce : incapable de regarder en face la chose prodigieuse dont elle doit rendre compte, il se livre d'avance à toutes sortes d'effets de manche et de coquetteries, comme l'assoiffé inventorie ce qu'il va boire pour ne pas penser à sa soif. Cependant, l'annonce aussi lui paraît si imminente que c'est de lui-même, de sa propre réalité, qu'il finit par douter.

Un cri de femme le fait sursauter, suivi de coups – ce n'est qu'une télévision, dont le vacarme bleuté se déverse d'une fenêtre ouverte. La conscience lui revient de son long corps qui va dans le noir. Sur les derniers mètres, l'allée prend une légère pente ; puis elle débouche près de la rue des Primevères, sur la grande place, vaste comme un champ de foire, qui fait office de vide sanitaire entre les autres quartiers et celui-ci.

Il n'a encore croisé aucun de ceux qui, dès demain, sauront. Des nuages de moucherons exécutent leur première danse autour des bulbes des lampadaires. Au centre du terre-plein, la pietà éplorée serre contre elle ses deux aînés agonisants. De l'autre côté, là où la ville continue, la sandwicherie et le salon de coiffure ont baissé leurs stores ; les néons du Cénacle éclaboussent en rouge et vert les chemises des deux seuls clients installés sur sa minuscule terrasse.

Jeunes, larges, rouges, ils bavardent devant de grands bocks de bière, à l'aise comme s'ils étaient chez eux. Ils ne sont pas chez eux. Quelqu'un devrait le leur faire savoir. Ce n'est pas comme ça que ça marche ici, on ne viole pas impunément une frontière, fût-elle invisible. C'est un coup à se faire abîmer. Il passe tout près d'eux, à les frôler, tâchant de les écraser du regard. Mais les deux types ne paraissent rien remarquer et continuent de discuter comme s'il n'était pas là du tout. Pour qui ils se prennent, a-t-il presque l'impression de grogner tout haut en poussant la porte du *bierstub*. Ils devraient se méfier. Quelqu'un pourrait leur en faire voir.

Sur la télé du fond, un match se dispute sans le son. D'aigres haut-parleurs propagent une de ces musiques ubiquitaires et lancinantes qui vous lessivent n'importe quel lieu comme de la Javel. Pas de veine, personne ! Pas l'écho d'une conversation – hormis celle des deux guignols de la terrasse. Le Cénacle ressemble à une grande boîte vide, l'œil peut suivre les lignes du carrelage jusqu'aux lambris foncés du mur sans rencontrer d'autre obstacle que les pieds des tables et des chaises. Du comptoir dépasse le haut d'une tête dont la fine épaisseur de cheveux paraît incrustée dans la peau comme de la saleté. Assis derrière ses tireuses, Roland suit le match d'un œil las.

« *Wie geht's*, mon Rolls ?

– *Yo*, le Melvil ! » fait Roland, le ton enjoué et le visage morne. Dépliant sa haute carcasse, il lui tend une main humide et molle.

« Comment ça va, ton père ?

– On ne peut mieux, vraiment.

– Qu'est-ce que je te sers ?

– Comme d'habitude », mais voyant que Roland ne réagit pas il ajoute, sur un ton involontaire de question : « Un Picon ? »

Roland répète : « Un Picon », et il prend un verre sur l'étagère du fond.

Ils échangent quelques mots avec le manque d'inspiration de ceux qui parlent en vieux amis sans vraiment se connaître. Roland jette un sous-bock devant lui et y dépose la boisson couleur de boue.

« Merci bien. Santé ! »

Melvil lève son verre et trempe ses lèvres dans la mousse grise ; puis jette un regard autour de lui comme s'il venait de s'apercevoir qu'il est seul.

« Mon vieux, y'a pas foule ! Où ils sont passés, tous ?

– À la gravière. Premier barbeuk de la saison. Ils ne t'ont pas prévenu ? »

Pour toute réponse, il avale quelques gorgées d'amer, après quoi il replace soigneusement le verre sur le sous-bock – mais comme Roland le regarde toujours, il lève à nouveau le verre et reboit. Roland se recule dans sa cavité et se rassoit ; son regard passe sur la lueur mouvementée de la télévision et y reste accroché. « Ça fait plaisir de te voir », dit-il comme il dirait : À la prochaine.

C'est le moment que Melvil choisit pour se pencher par-dessus le comptoir avec un air de mystère.

« Tu ne vas pas me croire… » commence-t-il, quand la face congestionnée d'un des guignols en chemise apparaît au bas de la fenêtre ouverte donnant sur la place.

« Rolls, tu nous remets ça ? »

Roland fait un signe de la main, se lève et tire paresseusement deux pintes. Il coupe la mousse avec une spatule, puis s'extrait de derrière son comptoir, un tablier aux hanches, pour faire passer les verres par la fenêtre. Il échange quelques mots avec les deux types, mais à chaque fois qu'il fait mine de revenir, une dernière remarque le happe et il retourne s'accouder à l'appui. Seul face à la lucarne vide du bar, Melvil entend leurs gros rires qui résonnent sur la place. Il s'attarde un instant sur le match puis, mû par une impulsion subite, s'arrache au comptoir et fait quelques pas dans la salle, l'air détaché de celui qui visite en sirotant son verre. Là, dans le renfoncement du fond, un client qu'il n'avait pas vu ! Installé à une table, le bonhomme lève les yeux de son livre juste à temps pour voir son sourire se décomposer quand il le reconnaît.

« Bonsoir Melvil. Comment vas-tu, mon garçon ? »

William, tout en barbe et en cheveux, cuissots débordant de la table, bedaine déformant un pull à losanges jaunes et verts – *William, ce tas de merde*. D'un geste cordial et impératif, il lui fait signe d'approcher.

« Viens, viens. »

Melvil jette un regard éperdu à Roland, toujours retenu par l'élastique invisible de sa conversation. Nulle échappatoire. À lents pas cacochymes, il rejoint la table et s'assoit.

William a posé son livre et remonté sur son front ses petites lunettes cerclées de fer. Ses bouillons de barbe sont parcourus de fils gris, des poches bistre lui pendent aux yeux. Ils trinquent. William lui fait un sourire d'instituteur.

« Mon cher Melvil, tu as la tête de quelqu'un qui a coché les six bons numéros. »

Toujours ces tournures à la mords-moi le nœud et cette clarté dans la voix qui contredit la grossièreté du corps. Les petits yeux bleus de William le questionnent, mais il ne veut rien dire – pas à lui. Il se connaît assez bien pour savoir qu'au premier mot qu'il lâchera, tous les autres vont suivre sans qu'il puisse rien retenir. Alors il répond très prosaïquement qu'il ne joue jamais au loto, et les petits yeux pochés s'amusent de lui. William demande comment va le père : il dit que le père va bien.

« Toujours chez Schoepflin ?

– Non.

– Retraité ? »

Il répliquerait bien quelque chose comme : Si on te demande tu diras que tu ne sais pas – mais n'arrive qu'à marmonner un « On peut dire ça comme ça » qui lui donne l'impression de vendre piteusement la mèche. William ne s'est jamais tellement intéressé à lui, d'où lui vient ce besoin de le cuisiner là maintenant, ce soir ? Par bonheur il n'insiste pas – mais les petits yeux bleus continuent de le disséquer, paraissant trouver hautement comique ce qu'ils lui dénichent à l'intérieur. Pour faire diversion, Melvil demande si les affaires sont bonnes.

« Je n'ai pas à me plaindre. Ces vieilles baraques dans les villages… Toujours une infiltration, une souche de cheminée à rafistoler. Tant que les gens auront besoin d'un toit sur la tête, je ne manquerai pas de boulot – sauf bien sûr en cas de tuile. » Et comme son calembour lui plaît, il le répète : « En cas de tuile… »

De la veste militaire pendue au dossier de sa chaise, il tire une pipe et un paquet de tabac. Un parfum doucereux se répand tandis qu'il bourre le fourneau de petites pincées jaunes. Ses ongles sont larges comme des truelles. Melvil a sifflé son verre et fait mine de se lever.

« Tu t'en vas déjà ?

– J'ai attrapé une mousse en passant. J'étais sorti pour prendre l'air.

– Excellente idée. Un soir comme ça, il n'y a rien de mieux à faire que d'être dehors.

– À moins d'aimer rester seul au fond d'un bistrot… ose-t-il en rougissant.

– C'est que vois-tu, j'avais envie de lire. »

Melvil jette un coup d'œil dédaigneux au livre posé devant William mais manque son effet : le croyant intéressé, l'autre lui tend le volume, dont la couverture est frappée d'un large W. Il décline, accompagnant son geste d'une moue exagérée. William rempoche le livre avec un sourire ouvertement amusé, jette un billet sur la table et se lève, empoignant sa veste militaire.

« Alors allons la faire ! dit-il, et il vide sa pinte d'un trait.

– Quoi donc ?

– Mais ta promenade ! C'est toi qui as raison mon garçon, allons profiter de cette soirée merveilleuse ! »

3

Dehors, les deux guignols sont partis, Roland est en train de débarrasser leur table. William s'emplit les poumons de l'air nocturne et s'élance sur le trottoir, perdant un peu l'équilibre. Il est soûl. Melvil se demande comment il a fait pour ne pas le remarquer plus tôt. C'est certainement parce que William a trop bu qu'il a décidé de lui coller aux basques. Ils se connaissent à peine, ils n'ont jamais échangé que trois mots, par la force des choses, parce qu'ils vivent dans le même décor et se croisent ici ou là depuis des lustres. Dans un quartier comme celui-ci, on croit connaître tout le monde et tout le monde croit vous connaître. C'est un principe établi, de même qu'il est ailleurs établi que, sauf exception, les gens que l'on croise dans les rues sont tous des inconnus. Ici, il y a ceux que l'on salue en passant, ceux avec qui on s'arrête pour causer un moment et ceux qu'on évite de saluer quand on le peut. William appartient à la troisième catégorie. C'est un élément encombrant du paysage, comme une bouche d'égout ou un poteau qu'on est habitué à contourner, non sans une petite contrariété physique. Marcher à ses côtés n'a pas plus de sens que de se promener en compagnie d'une boîte aux lettres. Sur le côté de la place, une ombre claudique au bas des maisons.

« Hé, Hippolyte ! Hé ! » Melvil appelle à grands gestes, sur le point de se mettre à courir. L'ombre dresse la tête et vient à leur rencontre, soubresautant à chaque pas comme un cheval de carrousel, son bras infirme replié contre sa poitrine. Hippolyte a beau être un peu attardé, Melvil lui consacrerait avec joie sa soirée, puisse-t-il seulement le délivrer de William ! La mine sombre, le môme leur donne à chacun une forte poignée de main, son autre main recroquevillée contre sa poitrine comme une patte de poulet mort. Puis il reste planté là, fixant le vide derrière eux de ses grands yeux enfantins. Melvil essaie d'engager la conversation, mais Hippolyte répond à peine et il se retrouve à parler tout seul, de n'importe quoi. William, qui allumait sa pipe, lui coupe tout à coup la parole.

« Hippolyte, mon garçon, explique-nous ce qui ne va pas. »

Une bande de gamins passe auprès d'eux, moulinant à toute force sur des vélos miniatures. Leurs catadioptres s'éparpillent dans l'obscurité comme une volée d'étincelles. Hippolyte se frotte la nuque, le regard obstinément par terre.

« Me suis pris un savon, et alors ?... »

William demande ce qu'Hippolyte a fait pour mériter un savon. Les grands yeux noirs s'allument d'un coup : « Rien du tout, je voulais juste y aller moi aussi !

– Aller où ?

– Mais au barbeuk ! Elle dit que je suis pas invité, qu'il faut être invité. *Est-ce que quelqu'un t'a proposé ?* elle me demande. *Est-ce que quelqu'un a téléphoné que tu es le bienvenu ?* Mais c'est pas comme ça que ça marche, maman ! Y'a pas besoin d'invitation, tout le monde y va, au barbeuk ! *De toute façon c'est niet*, elle dit. Elle dit qu'elle m'emmènera pas, point à la ligne… »

William se caresse la barbe.

« C'était donc ça le bar vide, les rues sans personne : une fête à la gravière…

– Mais oui, s'écrie Hippolyte, avec le printemps et tout ! Il y en a un qui a dit *Allez hop, on se retrouve à la Souche*, et ni vu ni connu, ils sont tous y allés. À part moi et vous deux, comme des cons !

– Et Roland ! » précise Melvil presque involontairement.

Hippolyte fait un geste de la main, comme pour jeter une chose par-dessus son épaule.

« Mais tu sais ce que moi j'ai dit ? J'ai dit que pour commencer on est en république et j'ai le droit d'aller où je veux. Si elle ne veut pas m'emmener, je m'en branle le poireau, j'irai par mes propres moyens. Pedibus, j'irai !

– Tu as employé cette expression ? demande William.

– Pedibus, ben oui ! »

William éclate de rire : « Tu as vraiment dit à ta mère : *Je m'en branle le poireau ?*

– Un peu, mon cochon ! C'est là qu'elle m'a foutu, mais alors… toute une pendule. Après, je me suis barré dehors. Pas mangé. Elle n'a qu'à se la garder, sa bouffe. »

À nouveau, il jette une chose par-dessus son épaule. Melvil fait observer, en manière de consolation, que la saison ne fait que commencer.

« Il y en aura d'autres, des barbeuks…

– Je m'en fous du barbeuk, dit Hippolyte.

– Ben alors, qu'est-ce qu'il y a ?

– Il y a que sa mère est en rogne », dit William.

Hippolyte hausse son épaule valide.

William dit encore : « Parce que personne n'a pensé à inviter son fils à la gravière. »

Le gamin leur jette un regard noir.

« C'est elle qui se fait chialer toute seule, qu'est-ce que j'y peux ? » et il se détourne.

William fait rougeoyer le fourneau de sa pipe tout en embrassant du regard le ciel moucheté d'étoiles.

« Ma parole, c'est une nuit à ne jamais remettre les pieds chez soi. Ce qu'il peut faire bon ! À défaut de barbeuk, Melvil et moi partions pour une promenade. Te joindrais-tu à nous, mon cher Hippolyte ? »

De ce côté du pont, on se retrouve presque tout de suite parmi les immeubles du quartier mili. Sur l'autre rive, il n'y a que la départementale qui s'embarque vers les villages et, précédant la campagne véritable, sa parodie fragmentée en jardins populaires. Ils reviennent donc vers la cité, leur pas se réglant sur le boitement d'Hippolyte. Ils contournent les pelouses de la place des Anémones, descendent les trottoirs engazonnés de la rue des Jacinthes, et déjà, le terrain vague obscur les oblige à revenir sur leurs pas. Alors, prenant par les rues des Pâquerettes et du Lilas, ils remontent jusqu'à la place du Jasmin. Une lumière oubliée brille dans l'une des classes de la petite école ; le tourniquet et la cage en cordes gisent comme des épaves dans l'étrangeté nocturne. Ensuite, c'est la rue des Jonquilles qui trace sa courbe vers le bassin, resserrée entre les haies et les jardinets ; les pavillons aux volets clos s'y alignent, peints en bleu, en orange, en jaune et partageant le même air de ville de poupée, avec leurs toits de tuiles et les petits nains rubiconds nichés dans les géraniums.

La maison de William est au bout, serrée un peu de biais contre le quai. Bâtie sur le même patron que les autres, c'est un front rose pâle ceint d'une chevelure d'arbres ; au-delà, il n'y a que le bassin où s'épousent les deux bras de la rivière.

Ils vont s'accouder au garde-corps, abandonnant leur regard aux milliers d'événements minuscules qui se succèdent à la surface de l'eau. C'est donc à eux qu'il va devoir le dire. Son annonce gigantesque, à William et Hippolyte. Il ferait mieux de la garder pour lui mais c'est impossible, c'est trop, beaucoup trop. Il faut, d'une façon ou d'une autre, que ça sorte de lui et qu'il s'en libère. Ici et maintenant donc, et à William et Hippolyte.

Il regarde l'eau. La chose lui vient aux lèvres et il la profère, et bien sûr les mots sont inadéquats. Il l'a fait comme on se débarrasse d'une commission dont on a été chargé, juste par besoin d'en être quitte. Son excitation fait place au sourd abattement qui succède à l'ivresse. William hoche la tête en envoyant pensivement sa fumée vers le ciel violâtre. Hippolyte ne réagit pas, toujours aux prises avec sa mère à propos du barbeuk. S'arrachant à la barrière, Melvil fait mine de retourner vers les maisons et les deux autres lui emboitent le pas. Il n'aurait pas imaginé être à ce point déçu.

4

À lui comme au père, l'attente d'emblée paraît interminable. Ils sont si fébriles les premiers temps qu'ils en perdent le sommeil. Sur l'affichage de son réveil, Melvil recense les diverses combinaisons de chiffres à mesure que les heures défilent, voyant avec désolation approcher celle où il devra se lever ; ou bien il fixe le plafond si longtemps qu'il finit par y voir danser des taches de plus en plus agitées et nerveuses qui persistent à l'intérieur de ses paupières quand il essaie de les fermer. Pour tromper l'insomnie, il s'imagine en bateau ou en train, et que sa couchette voyage tandis qu'il s'abandonne à l'immobilité ; il se voit au travail, dormant à poings fermés dans un plumard moelleux, au milieu de ses collègues affairés. Ces stratagèmes ont d'ordinaire la faculté de lui inspirer le sommeil, mais le fléau de l'attente les a rendus inopérants. Il lutte en vain contre un déluge de visions qui ressemblent à ces vieux films dont les personnages s'agitent en accéléré, et qu'on diffuserait tous à la fois sur l'écran allumé de son cerveau. Et quand enfin cette marée l'emporte et l'anéantit, c'est le père qui s'agite dans la chambre voisine, arraché à un vague sommeil par l'oiseau du petit jour.

Il entend dix fois aboyer son prénom et doit se mettre debout, nauséeux, égaré – soutenir le père dans l'escalier abrupt, lui faire couler son café, allumer sa radio. Toute la journée ensuite, il lutte contre une fatigue assassine qui l'abat sur sa petite table, dans le local du courrier où, le trouvant endormi, son chef vient lui secouer l'épaule avec irritation. Parfois sa vue se trouble tandis qu'il pousse son chariot de bureau en bureau dans l'atmosphère asilaire de la cité administrative ; et il titube, ne sachant où il est ni ce qu'il dit. Il perd l'appétit, soupire, se gratte, tapote sur des objets.

Exquise et intolérable, l'attente l'exténue comme elle exténue le père. Il s'étonne que ces jours soient si difficiles alors qu'il y a si peu de temps, rien n'annonçait l'issue, ni proche ni lointaine. À quoi toutes ces années sont-elles donc passées ? C'est comme s'il avait été absent, retiré de la vie, pour ainsi dire de lui-même ; l'attente seule était là, qui le faisait tenir.

Au début il n'y avait pas cette interdiction, on pouvait encore en parler ; lui ne faisait même rien d'autre. Il raisonnait tout haut, formulait des hypothèses et finissait par prendre pour vérité indubitable ce qu'il n'avait d'abord fait que supposer. Faute de nouvelles dignes de ce nom, il s'était bricolé une réalité de fortune, architecture sans fondation qui proliférait et se ramifiait démesurément, nourrie par la coulée permanente, torrentielle de ses paroles. Il y puisait, pour lui-même, de quoi tenir le chagrin en respect. Mais au père, ce bric-à-brac n'était d'aucun secours, c'était même le contraire, et le jour est venu où il n'a plus supporté. Il n'y eut qu'une seule colère, épouvantable, paroxystique. Réfugié dans sa chambre à l'étage, Melvil dut attendre le lendemain matin, que le père soit parti à l'usine, pour descendre terminer le dîner auquel il avait à peine touché quand la tempête avait explosé.

Une prohibition venait de s'instaurer sous leur toit, et au-delà, à travers eux, au quartier tout entier. Chacun en prit acte, le silence se fit. Personne n'osa plus en parler, ni même y faire allusion – en tout cas devant eux.

Il admettait ce mutisme ombrageux comme l'un des caractères cardinaux de tout homme véritable ; hélas, c'était un caractère qu'il ne possédait pas. Le père ne se faisait pas faute de le lui rappeler quand, brutalement, il en avait marre des derniers cancans du voisinage ou des avatars quotidiens des services municipaux que le fils s'évertuait à lui faire partager pour meubler leurs repas ; il lui lâchait alors à la face un soupir interminable qui le réduisait au silence ; et leur tête-à-tête se poursuivait sans parole, dans des bruits de couverts et de mastication.

Jusqu'ici, Melvil s'est malgré tout fait un devoir de rapporter chaque jour du dehors sa provision de nouvelles fraîches. Il raconte, divague, ergote à propos de rien, rit tout seul, espérant par cette perfusion journalière ralentir le processus de renfermement à l'œuvre chez le père, surtout depuis qu'il a cessé de travailler et reste du matin au soir reclus à la maison. Au fond, bien sûr, il n'est pas impossible que le père ait fini par en prendre son parti et résolu de laisser le fils soliloquer jusqu'au coucher, bourdon continu, insignifiant mais familier, au même titre que la machine à café qui soupire à la cuisine ou la radio qui braille au salon – oui, il est bien possible qu'il ait depuis longtemps cessé de l'écouter, par lassitude, par résignation ou par mépris.

Or, à présent, quelque chose a changé : un même sujet occupe irréfutablement leurs deux têtes. Le père a tendance à desserrer l'étau de sa censure ; il ne refuse plus d'en entendre parler. À longueur de repas, de soirées, de dimanches, il laisse le fils filer ses conjectures, broder, tricoter par l'imagination tout ce que l'attente persiste momentanément à leur dérober. Tout ce qu'ils espèrent depuis si longtemps et qui était inaccessible paraît maintenant si proche qu'on croirait pouvoir le toucher simplement en tendant la main. Par moments, il semble à Melvil que son organisme n'y résistera pas. Pour se soulager, laisser aller un peu la vapeur, il donne libre cours à l'orage de paroles qui lui étouffe le cœur ; et chaque soir devant leurs assiettes qui ne se vident pas, lorsque sa logorrhée atteint ses points d'orgue, le père, d'une voix qui n'est qu'un souffle et comme pour serrer la bride à sa propre impatience, murmure : « Bientôt, on va savoir. »

5

La nouvelle a fait son chemin. Sur chaque trottoir d'Hildenbrandt on vient vers lui, on l'arrête pour lui en parler. Il est apparu au Cénacle une autre fois, puis plusieurs. Les copains avaient tant de questions qu'ils en oubliaient de le saluer, et même de demander après le père. Leur effervescence sublimait cet événement dont il était l'annonciateur, et à propos de quoi il affectait de ne pas tout dévoiler. Les fois suivantes, ils s'impatientaient, mais il a continué à faire des mystères – d'ailleurs, le voudrait-il qu'il ne pourrait leur en dire davantage, car il n'a rien su d'autre que les bribes retransmises par le père et qu'il leur a déjà répétées, au mot près.

À mesure que les jours passent, les questions se font pressantes, un peu revendicatives ; puis elles commencent à s'espacer. La fièvre retombe et l'attente n'est toujours pas comblée. Plusieurs semaines se sont écoulées depuis le coup de fil. Il n'est rien venu d'autre. On ne peut plus être sûr que le père ne se soit pas simplement trompé. Il devient de plus en plus rare qu'on arrête Melvil dans les rues d'Hildenbrandt pour lui en parler ; certains semblent croire qu'il n'a raconté ça que pour se rendre intéressant, et il doit supporter leur dédain.

Les semaines deviennent des mois. L'été se passe dans un grand désarroi. C'en est fini de l'exaltation qui coupe l'appétit, des délices de l'insomnie. Ils bouffent, ils dorment, ils vivent côte à côte sans savoir à quoi se vouer, maintenant que l'attente même est dilapidée. Le soir, après avoir couché le père, il redescend débarrasser la table, soupire, hausse les épaules et, faute de courage, laisse la vaisselle s'amonceler dans l'évier. Il ne retourne plus au Cénacle où il est trop souvent resté seul sans que personne lui parle, la bouillie des haut-parleurs occupant plus d'espace que lui. Il passe ses soirées devant la télé, à changer cent fois de chaîne, avec pour seule compagnie l'empreinte fantomatique du père dans le fauteuil et son odeur de tabac froid et d'aigreur ; ou bien il pulvérise d'anciens records sur sa console de jeux, écoute de la musique dans ses écouteurs jusqu'à ce que l'ennui se change en épuisement.

Parfois, au beau milieu de son rêve, surgit un timbre fêlé qui tousse son prénom : « Melvil ! Melvil ! » Il sursaute, s'assoit au bord du lit, se lève ; puis il offre son bras au père jusqu'à ce qu'il soit assis. Appuyé au chambranle, Melvil attend qu'il ait fini pour tirer la chasse d'eau et le raccompagner. Ils n'échangent pas un mot.

6

À la caisse du supermarché, madame Hoeb fonce droit vers lui.

« Est-ce qu'il n'est pas malade ? Je reviens de vacances et il a pris dix ans ! *Yé*, la mine qu'il a… »

Elle traîne derrière elle un cabas à roulettes et une odeur de produit ménager. Ses bras s'étalent contre le chemisier canari qui la boudine. Melvil a beau répéter que la santé du père est bonne, elle tempête qu'il va mal et doit tout de suite voir un docteur. Ses « on ne peut mieux » et ses « comme un charme » glissent sur elle comme s'il ne les prononçait pas.

« Le jour où monsieur Hoeb a eu cette face de plâtre et ces yeux bouffis, six mois après il était mort et enterré. Tu dois l'emmener consulter, point à la ligne ! »

Elle l'engueule sous les yeux de toutes les ménagères du quartier en train de faire leurs courses et ça le scandalise. Il songe qu'avant, ils étaient craints. Quand ils arrivaient quelque part, les conversations s'arrêtaient. Tout le monde les respectait. Mais madame Hoeb n'est pas tout le monde.

Si elle le voulait, elle pourrait raconter leur vie, avec des détails qu'elle est la seule à connaître. Depuis le pavillon d'à côté, elle a assisté à tout, toutes leurs histoires. Voilà deux décennies qu'elle a la manie de s'entretenir avec le père d'une fenêtre à l'autre, par-dessus la haie mitoyenne, à tue-tête. Elle ne l'appelle jamais Aymé mais, selon l'humeur, forban, aigrefin, voleur de vin de messe, écornifleur, marin d'évier ou bouffeur de yaourt – avec l'assurance exubérante de qui peut se permettre ce qui est défendu à tous les autres. Quand, de la cuisine où il essuie la vaisselle, Melvil entend madame Hoeb apostropher le père, hurlant comme s'ils étaient seuls au monde, et la voix du père lui répondre d'un ton égal, sans relever les noms d'oiseaux dont elle l'agonit, il secoue la tête en pouffant de l'audace inouïe de la bonne femme.

Dans ses plus vieux souvenirs, il a toujours vu, à la fenêtre d'en face, les rideaux blancs brodés de cœurs rouges, avec des bordures en dentelle ; et, au fond de la pièce, sur les étages d'un vaisselier, la collection de scènes galantes en porcelaine que, petit, il prenait pour des jouets. Sur ce décor immuable, alors déjà, il voyait apparaître le trémoussement de la frange de paille, les bajoues accentuées par le chignon haut et les yeux ronds, très rapprochés, dont l'effarement semblait constituer l'expression naturelle – madame Hoeb, toujours armée de quelque accessoire irrésistible, gants de caoutchouc, ventouse à déboucher les siphons ou plumeau versicolore, explosant en savantes invectives sans jamais les accompagner du plus petit sourire.

Une fois par an, elle sonne chez eux pour leur déposer une de ces boîtes de *bredele* que tout le voisinage s'échange à l'approche des fêtes ; cependant, aux yeux de Melvil, la figure de madame Hoeb reste étroitement associée aux rideaux à cœurs rouges entre lesquels elle surgit de temps à autre comme une marionnette, pétulante, outrancière et comique. Il n'a jamais digéré les rumeurs qui ont un temps circulé, parce que le père et madame Hoeb avaient été aperçus se promenant côte à côte. Comme tous deux étaient veufs, quelqu'un avait suggéré qu'il pouvait y avoir entre eux davantage que de simples rapports de bon voisinage – une idée qui le mortifiait. Il se rappelle un certain soir à la gravière où, tremblant de rage, il aurait voulu faire ravaler à l'un des copains – était-ce Jaeggi ou Schkesh ? – l'insinuation lâchée dans un gloussement paillard à propos d'*Aymé et Marie-Rose*. Mais sa colère, à dire vrai, ne s'assortit pas spontanément de brutalité ; il n'avait su que rire bêtement pour cacher sa confusion.

Ce qui s'est produit ensuite, et qui a mis fin aux racontars, c'est que le père a cessé de travailler. Au début, il a continué à fréquenter les parties de belote avec les autres de chez Schoepflin. Mais un jour, sans avertir, il n'y est plus allé. Quand ses collègues ont téléphoné et que Melvil lui a tendu le combiné, le père a simplement détourné la tête en tirant sur son mégot. Désemparé, il a cherché quoi dire à l'interlocuteur, une excuse, mais il pressentait que toute initiative de sa part serait malvenue, alors il a fait la seule chose qui était à faire : il a doucement reposé le combiné sur son support, jusqu'à entendre le *clic* de la communication coupée. Il a regardé le père et le père n'a rien dit.

Aymé n'est pas retourné aux parties de belote. Des anciens de l'usine ont fini par débarquer chez eux : il a refusé de les recevoir. Pendant qu'ils tambourinaient à la porte en lui braillant de dire au moins ce qui se passait, il est resté raide et immobile, comme s'il était seulement en train de penser à quelque chose d'énervant. Ils sont repartis sans un mot de lui.

En renonçant aux parties de cartes des Schoepflin, le père avait du même coup mis fin aux promenades avec madame Hoeb. Celle-ci a paru prendre la chose avec philosophie – en tout cas, s'il lui est arrivé de protester, Melvil n'en a jamais rien su ; à quoi pourrait-elle prétendre, d'ailleurs ? Le père a rompu avec des collègues de trente ans sans un mot d'explication ; à madame Hoeb, il reste du moins le parloir de la fenêtre, par où elle peut quelquefois l'injurier à loisir. Elle devrait s'estimer heureuse.

Pendant tout l'été, alors qu'ils ne faisaient qu'attendre et que leur euphorie se transformait en doute puis en désillusion, les rideaux à cœurs rouges sont restés tirés. Au moment de sa retraite, madame Hoeb a fait l'acquisition, conjointement avec ses trois filles, d'un mobile home pour lequel elle loue un emplacement à l'année dans un camping d'Argelès-sur-Mer. Elle s'y installe dès les premiers beaux jours et y demeure tant que dure la saison, entourée de sa progéniture et de la progéniture de sa progéniture. Cette année encore, dès son retour, elle est venue se camper à la fenêtre de sa cuisine, impatiente de faire partager à ses voisins ses dernières trouvailles en matière de jurons. Le père a traversé le salon sous ses yeux, poursuivant son chemin comme si personne ne venait de hurler son prénom. Il a traîné ses *schlope* jusqu'au fond de la pièce, l'arrière du crâne pelé par le tissu du fauteuil, un épi gris planté sur sa tête comme la queue au sommet d'une poire. Melvil arrivait juste derrière.

« Qu'est-ce qui lui prend à ce chieur de papier peint ? » a beuglé madame Hoeb.

C'est à lui qu'elle demandait. Il a fait comme au téléphone avec les joueurs de belote – simplement haussé les épaules avant de s'esquiver vers la cuisine. Mais confronté à madame Hoeb au supermarché, plus moyen de se dérober. Il reste éperdu devant elle, à s'éclaircir sans fin la voix, avec une tête de coupable sur le point de passer aux aveux.

« *Jésus Marie Joseph*, alors c'est vrai ce qu'on raconte, vous vous êtes remis à attendre… »

Et comme il ne dit rien, elle secoue la tête avec consternation.

« Ischard père et fils, vous n'êtes que deux têtes de bûches. Quand est-ce que vous allez le comprendre, que ça ne changera jamais ? Qu'est-ce que vous allez faire ? Y passer votre vie ? Et pour quel résultat ? Crever de chagrin ? C'est de ça que tu as envie, Melvil, que ton père crève de chagrin ? »

Il voudrait se justifier, expliquer le coup de fil, la certitude du père et puis ce silence incompréhensible – mais d'un geste impérieux, elle le fait taire.

« Melvil, *Yeses Gott*, pas tes bavardages. Il faut arrêter avec ça maintenant. Ton père a la clairvoyance d'un couvercle d'égout, c'est une chose, on pourrait même lui trouver des excuses. Mais toi, toi qui n'as pas trente ans ! Personne ne dit que c'est facile, on sait par quoi vous êtes passés. Mais ton paternel, tu ne le vois pas qu'il est en train de *mourir* ? Il faut que tu l'emmènes au médecin,

Melvil, même si tu dois le traîner par la peau d'où je pense. Sans cela il ne verra pas le printemps, c'est aussi simple que ça. Réveille-toi, Melvil ! Il n'a que toi. »

Sans lui laisser le temps de réagir, elle se détourne pour se porter au secours d'une frêle mamie aux prises avec son panier plein à craquer de yaourts et de vin rouge. Elle tance l'octogénaire tout aussi vertement que lui mais, lui semble-t-il, avec davantage de sollicitude et de compréhension – comme si seules ses erreurs à lui portaient à conséquence. Il regarde madame Hoeb quitter le magasin au bras de la petite vieille et il éprouve un terrible sentiment d'injustice.

Rentré à la maison, ce sentiment le poursuit. Le père, il est bien embusqué, à ne jamais mettre le nez dehors ni adresser la parole à qui que ce soit. C'est pourtant lui qui a parlé du coup de fil, lui qui a dit que ce n'était qu'une question de jours, seule la date du vol restant à fixer. Il en vient à se demander si le père n'a pas rêvé pendant sa sieste et pris son rêve pour la réalité ; voire, s'il n'a pas imaginé toute cette histoire uniquement pour se divertir de cette solitude forcenée où, non content de s'être emmuré lui-même, il a emmuré son fils avec lui. Une fois encore, il songe qu'avant, ça ne se serait pas passé comme ça. Le quartier n'a jamais manqué de commentateurs pour baver sur leur compte – mais quand on les voyait approcher, les messes basses s'arrêtaient net. Aujourd'hui, ceux qu'il croise l'esquivent avec une gêne goguenarde ou bien lui jettent des vérités au visage, sans aucune indulgence pour son désarroi, sans le moindre égard pour ce qui lui arrive, ou plutôt ne lui arrive pas.

7

Il y a pourtant à Hildenbrandt quelqu'un qui continue de lui témoigner la même sympathie, accueillant son dépit comme auparavant son espoir, sans jugement ni commentaire, avec cette gentillesse inexplicable et désarmante des êtres entièrement bienveillants. À plusieurs reprises ils se sont rencontrés, tard le soir, à l'heure où même les promeneurs de chiens ne se promènent plus. Chacun d'eux avait ses raisons de ne pas trouver le sommeil et d'aller le débusquer dehors par les nuits de juillet. Ils ont déambulé dans le quartier silencieux, se sont assis côte à côte sur les murets et les bancs. Sur le coin de trottoir où leurs chemins se séparaient, une heure après avoir échangé une poignée de main, ils bavardaient encore. Ils ne se donnent jamais rendez-vous, mais Melvil sait que s'il sort, une fois le père endormi, et longe l'allée des Roseaux jusqu'à l'endroit où l'arceau de fer de la passerelle enjambe la rivière, il y trouvera Hippolyte, accoté au garde-corps, la mine sombre et inquiète ; il sait qu'en l'apercevant, les traits du môme s'illumineront et qu'il clopinera à sa rencontre, contenant avec peine un sourire enchanté.

Hippolyte est le seul qui demande encore s'il y a du nouveau. Quand, secouant la tête, il lui fait comprendre que non, il voit se peindre sur son visage une déception sincère, qui lui procure quelque chose comme du réconfort. Ensuite, ils arpentent la nuit, errant sous les lampadaires, se faufilant d'une rue à l'autre en évitant les meutes de petits coqs intoxiqués qui traversent quelquefois la cité et se repèrent de loin. Hippolyte écoute ; Melvil parle. Soir après soir, il tente de reconstituer l'invisible puzzle, faisant feu de tous les petits riens qu'il présume, maquillant les doutes en certitudes, les suppositions en vérités. Pris de ce ressassement compulsif qu'on voit chez les endeuillés, il multiplie les parenthèses et les détours et se perd en chemin, pour revenir toujours au même point de départ, ce silence inhumain, cette obscurité que tous ses raisonnements ne peuvent qu'échouer à pénétrer.

Dans sa frénésie d'élucidation, il s'en remet à la brutale et glorieuse chronique des Ischard, corpus de récits que le temps a cristallisés, mais qui demeurent accessibles aux caprices subtils de l'inspiration. Il y est principalement question d'hommes qui se dressent les uns face aux autres pour *s'expliquer*, et qui sont des prophètes, puisqu'à travers eux c'est la violence qui parle. La violence, autre nom de la vérité, autre nom des Ischard, qui l'ont si souvent exercée. *Irresponsables, asociaux, meneurs et récidivistes.* Elle est pour eux comme une langue natale, ils ne connaissent pas la stupeur d'y être brusquement confronté, cette pétrification d'animal pris dans des phares de voiture. C'est à la force des poings qu'ils ont tissé leur légende. Accrochages, coups de main, règlements de comptes : en un instant, l'ordre soigneux des choses vole en éclats, un attroupement se forme au milieu des débris ; dans l'atmosphère presque festive de l'*après-coup*, chacun livre son témoignage, comme si quelque chose de plus qu'humain venait de se manifester ; les Ischard, eux, sont déjà loin. *Irresponsables, asociaux, meneurs et récidivistes.*

Il raconte et Hippolyte l'écoute, et la nuit autour d'eux s'emplit de heurts, de cavalcades, de cris. Tout prend feu, tout prend sens. Avec une méticulosité de scoliaste, il inventorie, interprète, tombe en admiration devant l'inépuisable richesse de leur mythologie familière. Certains soirs, l'émotion qu'il ressent à extraire, comme une gemme, une portée nouvelle et inobservée du récit rebattu de tel baston ou cassage de gueule, tient de la révélation. Les larmes lui montent aux yeux ; c'est sa façon de prier.

Mais vient toujours le moment où l'attention d'Hippolyte se brise net, comme du verre dans l'eau bouillante. Sa fatigue ne donne aucun signe avant-coureur, c'est en le foudroyant qu'elle se manifeste. D'une seconde à l'autre ses yeux se voilent, son visage se défait ; il se cherche un appui et jette autour de lui des regards hébétés. Il n'est même plus en état de retrouver son chemin. Alors Melvil le raccompagne doucement, comme quand il guide le père dans leur étroit escalier. Un peu hagard lui-même, chaman arraché à sa transe, il ne parle plus, mais ses récits continuent de se raconter dans sa tête, lui communiquant leur élan, et il se sent moins anxieux, plein de possibilités.

Lorsqu'ils arrivent rue des Aubépines, Hippolyte refuse qu'il l'aide à gravir le perron. Melvil le regarde se hisser de marche en marche, voûté comme un tout vieil enfant. Le môme lui fait un signe bref avant de disparaître dans l'embrasure, et lui l'imagine ensuite se traîner jusqu'à sa chambre et s'écrouler sur son lit, tout habillé, malade de fatigue.

Par ici, personne n'ignore qu'Hippolyte a rejeté toute forme d'aménagement scolaire. Les tentatives de ses parents pour l'orienter vers des institutions spécialisées se sont toujours heurtées à sa résistance farouche. Rien ne l'aurait dissuadé de suivre une scolarité *normale,* même si la journée ordinaire d'un collégien surpassait de beaucoup ses capacités. Incapable de suivre une leçon ou de se concentrer sur un exercice, il a repiqué ses classes jusqu'à atteindre l'âge où l'école n'exigeait plus sa présence. Les gens du quartier aiment répéter que la seule chose qui pourrait satisfaire Hippolyte serait d'être comme tout le monde, *mais...* – et la phrase s'achève invariablement sur ce *mais.*

Melvil ne saurait dire si ce sont ses histoires qui captivent le petit infirme ou si celui-ci paye de cet effort d'attention, si coûteux pour lui, la possibilité de passer ses soirées en compagnie d'un ami. Le malheur est qu'il a besoin de parler, de s'ivrogner de paroles, de déverser le flot monstrueux retenu en lui depuis si longtemps. Soir après soir, la mythologie enfle et se boursoufle, prolifère comme un cancer. Il parle, parle encore, n'en finit plus de parler, sentant avec volupté ses digues intérieures céder les unes après les autres – si bien que, lorsqu'arrive l'inévitable moment où son auditeur se met à flancher, il refuse parfois de voir la pâleur effrayante qui envahit son visage et d'entendre les mots d'excuse marmonnés d'une voix moribonde. Plein de rancœur et de frustration, il regarde Hippolyte s'éloigner en titubant, et n'esquisse pas un geste pour lui venir en aide.

8

De grands amas noirs se sont avancés par-dessus les arbres, et tout de suite après, des bourrasques visqueuses comme des relents de friture ont roulé dans les rues asphyxiées de chaleur. Les oiseaux ont fait silence, la nuit est tombée en plein jour. Un grondement sourd s'est levé, comme si, dans un lointain beffroi, un battant gigantesque faisait tinter l'écorce de la terre. Une lézarde blanche a tout aveuglé ; et la panse du ciel, qui pesait sur les cimes des peupliers, a crevé d'un seul coup.

Il était sur le point de quitter l'hôtel de ville ; le voici séquestré à l'intérieur, le front collé à une vitre qu'arrose un déluge presque surnaturel. Les constructions humaines paraissent des jouets d'enfants sous les rideaux qui les cinglent. Dans l'obscurité traversée de crépitements, il aperçoit la silhouette des peupliers que des mains invisibles secouent avec fureur. Des rivières chevauchent les trottoirs, montent à l'assaut des voitures qui clignotent et klaxonnent, inutilement. Sur la place de la mairie, les pavés éclaboussent comme un lac.

Enfin le fracas s'éloigne, une trouée de lumière s'ouvre dans la masse grise ; et c'est une fin de journée fraîche et tranquille. Le personnel de la cité administrative se disperse sur la place. Lui s'aventure dans le jour lessivé, parmi des nappes de bleu tombées du ciel. Le bus dans lequel il monte doit contourner des branches, des feuillages recrachés, bouillis. À la descente, il prend par l'allée des Roseaux. Ses semelles laissent une piste de flaques brunes sur la terre détrempée. Sous les arbres, des gouttes lourdes viennent s'écraser sur sa chemise comme des fruits mûrs. Des chevelures vertes ondulent dans le courant de la petite rivière, où bouillonne encore un vestige d'averse.

Rue des Iris, il trouve toutes les persiennes mi-ouvertes, dans la position où l'orage les a laissées. Il les remet en place et en profite pour aérer le salon, faire sortir un peu l'odeur de fumée. Au premier commentaire qu'il risque sur la tempête, le père claque de la langue. Il se tait.

Il monte sous les combles pour s'assurer qu'il n'y a pas eu d'infiltration, puis descend jeter un coup d'œil à la cave. L'eau est un peu montée, l'égout achève de la digérer avec des glouglous ; le bric-à-brac entassé contre le mur y trempe encore. Au fond, il tire le verrou de la porte et sort dans le jardin. Il ôte une chaise de la pile et l'essuie avec un mouchoir, puis s'installe devant le désastre de leur carré de terre envahi de chiendent et de détritus. Il demeure là sans bouger, les mains à plat sur les cuisses, à écouter le flux et reflux de sa respiration. L'air sent l'herbe coupée. Une paix inattendue s'est instaurée en lui.

Dans la cuisine de madame Hoeb, on lave des casseroles à grande eau. De l'autre côté, monsieur Schlosser est sorti chaussé de caoutchouc pour voir si son jardin n'a pas trop souffert. Devant la perfection des fleurs, sa vieille chair a quelque chose de reculé et d'archaïque. Il l'observe toiletter ses plates-bandes, avec un sentiment grandissant de clairvoyance. Au-dessus de sa tête, par la fenêtre du salon, il entend le père gratter une allumette. Il éprouve une sorte de confiance dans le temps qui s'écoule.

Il s'aperçoit qu'il n'attend plus.

Ce soir-là, il n'éprouve pas le besoin de sortir. Près de la passerelle Hippolyte guettera en vain sa venue, sans doute plein d'incompréhension.

Il reste un moment dans la cuisine, à regarder le vieux cendrier en plastique jaune au fond boursouflé et roussi. Puis il se couche et s'endort aussitôt, du sommeil apaisé qui accompagne la nuit où l'agonie d'un être cher prend fin.

9

Quand, dans la matinée, la sonnette retentit, il sait dans l'instant que ce n'est pas Hippolyte, ni madame Hoeb, ni personne d'autre. Le père est déjà dans le vestibule, planté devant la porte, les yeux prêts à lui sortir de la tête. Une lumière poussiéreuse se déverse de l'imposte. D'un coup de menton, le père lui ordonne d'ouvrir. Le feu jaune du matin s'engouffre dans la petite entrée. Virgile est devant eux, en tee-shirt kaki, les bras couverts d'histoires. Son crâne rasé est couleur de plâtre et il tient à la main un sac militaire.

Il dit : « Salut petit frère », puis son regard se porte plus à l'intérieur, où le père est campé avec une tête de poisson hors de l'eau. « Salut Aymé. »

Il a conservé ce timbre assourdi, si semblable à celui du père. Son menton, moins épais que les leurs, est barré d'une nouvelle cicatrice, une sorte de couture blanche. Il émane de lui une impression de robustesse au repos, comme chez ces bêtes qu'on voit le long des routes, piétées dans les prés solitaires. Et pourtant quelque chose dans son visage s'est amenuisé. Melvil s'étonne aussi d'être plus grand que lui ; dans ses souvenirs, Virgile montrait des proportions de prodige.

« Mais entre, entre donc », dit le père, et Virgile hoche la tête, mais cependant reste sur le seuil. Il a les traits tirés, le voyage a dû être long. Pourtant il n'entre toujours pas, et Melvil a l'impression, fugace mais irrésistible, qu'il est sur le point de tourner les talons et de s'en aller à jamais.

« Virgile », murmure-t-il.

Virgile le regarde, puis baisse les yeux vers son sac et regarde à nouveau vers le fond du couloir : « Je peux aller dans ma chambre ? demande-t-il doucement.

– Bien sûr, mon grand », souffle le père, et ils s'écartent pour livrer passage à l'apparition.

Virgile passe devant le miroir de l'entrée et s'y reflète puis, le pas lourd, s'avance vers la chambre du rez-de-chaussée, la tanière du grand frère d'où le grand frère était absent depuis neuf ans. Melvil veut dire quelque chose ; il dit, mais d'un ton incongru, martial : « Il y a des draps propres sur le lit. »

La porte de la chambre se referme, presque sans bruit. C'est tout.

II

1

Quand elle l'emmenait en promenade ou qu'il l'accompagnait faire les courses, elle lui faisait lire les noms des rues, c'était un jeu qu'ils avaient. Au début, il ne savait pas déchiffrer, mais il a vite retenu où se trouvaient Jasmin, Pivoines, Bleuets, Tulipes – et peu lui importait que ses félicitations soient imméritées, pourvu qu'elle l'en couvrît avec des gestes admiratifs et grandiloquents. Et puis un jour il s'est arrêté, retenant la grande main qui l'emportait. Il a levé les yeux et il s'est mis à déchiffrer tout haut.

LA FONDATION
LES JARDINS HILDENBRANDT
EST DESTINÉE À AIDER DE
JEUNES MÉNAGES
EN BONNE SANTÉ
DÉSIREUX D'AVOIR
DES ENFANTS ET DE
LES ÉLEVER DANS DE

BONNES CONDITIONS D'HYGIÈNE ET DE MORALITÉ. FERDINAND HILDENBRANDT

À aucun moment elle ne l'a aidé – pas même pour l'escarpement du mot *Hildenbrandt.* Elle était sidérée. Lui ne l'était pas moins. *Oh mon petit garçon*, a-t-elle dit. *Mon petit Melvil qui a appris à lire !* Ces félicitations-là, que pour une fois il n'avait pas guettées, il les recevait comme on entend s'élever l'hymne depuis la plus haute marche du podium. L'air de janvier mordait ; ils firent malgré tout demi-tour en direction de la boulangerie. *Tu prendras ce que tu voudras*, disait-elle, et elle répétait rêveusement : *Mon petit bonhomme qui sait lire…*

(Des phrases font surface dans son esprit, il entendait parfois dire : *Qu'est-ce qu'elle a donc avec ce gosse ? Elle lui laisse tout passer* – bribes indécises qui flottent un instant avant de sombrer à nouveau.)

C'était ici même, dans l'allée des Roseaux, il les revoit tous deux, le petit garçon allant avec sa mère, il revoit les arbres dévêtus, le ciel gris, la rivière verte. Elle, opulente, haute comme un chêne, ses boucles de souliers cliquetant à chacune de ses longues enjambées et ses mollets qui allaient sous les plis de sa robe ; et, suspendu à sa main, auteur du sourire qui errait sur son visage rosi par le froid, l'enfant qui trottait vers les friandises, impassible et rayonnant sous sa cagoule brique. À côté de lui, William fait un commentaire, mais il ne l'écoute pas, il garde les yeux rivés sur cette mère radieuse et son petit garçon gonflé d'immense et minuscule gloire. Il veut les laisser profiter encore un peu, puisqu'ils ont le bonheur de ne pas savoir à quoi tout ceci est voué, ni combien brève est l'échéance.

William claironne encore : « La profession de foi de ce vieux Ferdinand – notre Fondateur, notre papy à tous ! »

Ils se sont arrêtés à l'endroit où l'allée s'ouvre sur la rue des Muguets. Une petite pelle mécanique est stationnée le long du trottoir. Contre la berge, sur la largeur de la placette, se dresse un portique dont les colonnettes chevelues de lierre et la margelle moussue encadrent une stèle en forme de table de la loi ; ornant celle-ci, une plaque de bronze répand sa corrosion en coulures vertes sur le crépi blanc. Melvil se rappelle le jour où il a compris que toute cette construction était l'ornement du texte moulé en lettres capitales sur la plaque, et que le secret de ce texte pouvait être percé.

William dit encore quelque chose et il se demande pourquoi il a accepté de le suivre quand cet emmerdeur est venu sonner à leur porte, pipe plantée dans la barbe et doigts de pieds velus débordant de ses sandales. Il lui proposait une promenade. Melvil venait de finir l'aspirateur et le carrelage ; l'envie de prendre l'air a répondu à sa place. Le père était devant la télé et Virgile près de lui, sur le canapé. Inutile de prévenir qu'il sortait.

Ils reprennent leur marche et gagnent les jardins ouvriers. Des bricoleurs torse nu poussent des brouettes dans les allées séparant les parcelles. Une bande de gamins armés d'arrosoirs en fer-blanc se disputent l'eau de la fontaine. William salue gaiment tous ceux qu'ils croisent, comparant les mérites des potagers, dont chacun, prétend-il, est à l'image spirituelle de son cultivateur : il y a les maniaques, les bordéliques, les qualifiés dont le productivisme dénote l'ascendance agricole.

« Étagements, réseau d'irrigation, goût prononcé pour l'hispano-mauresque : celui-là nous refait l'Alhambra, tendance facteur Cheval. Son voisin est moins architecte, j'apprécie son esprit ranch : c'est sec, c'est brut… Tiens, voilà un onirique ! Alignements courbes, îlots, camaïeux ; ne prise guère les légumes, se nourrit exclusivement de fleurs. L'autre en face, il préférerait soigner sa bagnole. Ce jardin, c'était pour les enfants, et maintenant il ne sait plus qu'en faire. L'idée venait de lui pourtant, on voit qu'il y a eu de l'enthousiasme, au début. C'est des radis, là, ou des mauvaises herbes ? À propos, j'ai ouï dire que ton frangin avait fini par rentrer… Je ne te cache pas que la nouvelle suscite une certaine perplexité chez nos concitoyens. De façon très curieuse, ils semblent avoir du mal à y croire. »

Melvil dit qu'ils n'ont qu'à croire ce qu'ils veulent, ce n'est pas ça qui l'empêchera de dormir.

« Donc la rumeur dit vrai. Virgile est de retour. »

Il éprouve une vive émotion à proférer que oui, Virgile est là, bien là, pour de bon.

« C'est formidable, dit William, tu dois être foutument content. »

Il hausse les épaules, comme si retrouver son grand frère après neuf ans était la chose la plus ordinaire du monde. Les mains dans les poches, ils avancent à travers les jardins.

« Et alors ? demande William.

– Et alors il se repose », marmonne-t-il, et il ajoute, sous-entendant l'exclusivité jalouse des retrouvailles en famille : « Pour le moment, on préfère rester entre nous. »

Par chance, William ne cherche pas à en savoir davantage. S'il s'avisait de demander, par exemple, où était Virgile il y a seulement huit jours, il serait bien en peine de lui répondre. Depuis qu'il est là, Virgile n'a rien dit.

(Toute la journée ils l'attendent, ne sachant que faire d'eux-mêmes. À côté de cette attente-là, les cent mois de celle qui a précédé paraissent une plaisanterie. Il n'y a plus que cette porte, celle de la chambre de Virgile – et cette porte ne s'ouvre pas, il semble qu'elle ne s'ouvrirait pas si la maison s'effondrait tout autour. Le jour d'après son arrivée, au début de l'après-midi, ils étaient au salon, ils ont entendu la porte grincer, puis celle des toilettes. Chasse d'eau, bruit de conduites ; puis, dans la cuisine, happement du réfrigérateur refermé ; autre grincement de porte : la chambre était de nouveau close. Virgile était dans la maison depuis bientôt deux jours et ils ne l'avaient toujours pas vu. Le soir, Melvil est allé tapoter au chambranle en annonçant qu'on passait à table et qu'il y avait des *spätzle* aux lardons. Il avait l'impression de parler au vide. Pourtant, Virgile est arrivé et s'est installé avec eux. Il a mangé sans mot dire, mais de bon appétit. La scène n'eût pas été plus étrange s'il y avait eu une bête à sabots en train de se repaître au milieu de leur cuisine. Après quoi, il est retourné dans sa chambre et ils ne l'ont plus vu jusqu'au lendemain – et ça a été ça toute la semaine, jusqu'à ces deux derniers jours, où il est venu s'asseoir dans le canapé du salon pour fumer et regarder la télé, avec le père.)

Il ne voudrait parler de rien d'autre, seulement de Virgile qui occupe toutes ses pensées – mais son ardeur se heurte à une réalité implacable : ce à quoi Virgile s'est consacré pendant, au minimum, les six années qui ont précédé son coup de sonnette, il n'en a pas la moindre idée.

Oh, à Hildenbrandt il doivent tous savoir, ou du moins en être persuadés – les Pfefferkopf, les Issler, les Moos, les Munkensturm, la clique entière, il les entend d'ici conciliabuler, à grand renfort d'accents toniques, se détailler l'itinéraire de Virgile dont ils se sont trouvés, par quelque sortilège providentiel, minutieusement instruits. Aucun doute, ils savent, et de source formelle ! Où Virgile est allé, ce qu'il a fabriqué depuis qu'il a quitté le 3e REI… Resté en Guyane ? Reparti dans les Balkans ? Allé aventurer sa peau le diable sait où ? Ils doivent surtout se demander s'il est revenu meilleur ou pire qu'autrefois. Leur préoccupation va à ce qui les concerne, eux et leur tranquillité – maintenant que Virgile est en ville et qu'ils pourraient bien tomber sur lui au détour d'une rue.

Pourquoi n'a-t-il jamais donné de nouvelles, quand il était là-bas, même après avoir quitté le régiment ? Un jour il le dira, comme il dira le reste, l'épopée, l'Amazonie qu'il voulait explorer, les mille histoires vécues qu'ils ignorent encore, mais qu'il leur sera bientôt donné de connaître. Il la racontera, va, l'Amazonie ! Il faut juste attendre qu'il soit prêt, que son récit ait pris forme dans la masse de souvenirs qui habitent sa mémoire. Attendre à nouveau, encore un tout petit peu – et l'Amazonie sera là, avec ses nuits infestées, ses trafiquants, ses bestioles, ses poisons, l'Amazonie et toute sa sauvagerie, dans la cuisine des Ischard, contée par le grand frère de retour d'odyssée.

« Tu ne fumes pas, toi », demande ou plutôt affirme William en bourrant sa pipe.

Il dit que non, à cause de son asthme. William dit qu'Hippolyte s'est mis à fumer.

« Il y a quelques semaines, il n'avait jamais tiré une bouffée, et voilà qu'il s'envoie son paquet, au bas mot. Quand il tient son clope comme ça, entre ses longs doigts fins, il me fait penser à Gainsbourg jeune – l'impétuosité en plus. »

Lui se rappelle en effet, un soir qu'ils squattaient sur le tourniquet devant l'école, avoir refusé le paquet de cigarettes qu'Hippolyte lui tendait ouvert. Il n'a pas songé à s'étonner. Hippolyte se comportait comme s'il avait fait ça toute sa vie. À vrai dire, maintenant qu'il y pense, il lui semble que pendant toutes ces soirées qu'ils ont passées ensemble Hippolyte n'a pas cessé un seul instant de fumer.

« Évidemment il s'est fait pincer, poursuit William, et comme tu t'en doutes, ça a bardé. Il est venu sonner chez moi en pleine nuit, la bouche remplie de paroles définitives. Il était dans tous ses états, et je ne te parle pas de sa mère. Imagine-toi que j'ai dû intercéder auprès d'elle. Elle voulait le boucler à la maison, si bien qu'il avait commencé à faire sa valise. Prêt à partir sur les routes, *bien loin, comme un bohémien* ! Elle fait de son mieux, la malheureuse, mais elle ne peut pas l'élever comme ça, sous cloche. Il est handicapé, et après ? Il n'a qu'à fumer, si ça lui chante ! Elle devrait se réjouir qu'il ne se laisse pas faire et lui dise merde ! Sa tête de pioche le sauvera, ce garçon. Il a compris une chose essentielle dans la vie : le seul vrai handicap, c'est la famille. Le reste ne tient qu'aux caprices de la météo. »

Un chat ouvre ses yeux jaunes, s'étire et se laisse tomber du rebord de la fenêtre dans la cuisine d'un pavillon. Ils sont de retour dans la cité où règne la torpeur animée des fins de dimanche – coups de marteaux à l'arrière des maisons, cris de perruches, jappements. Des matrones tiennent salon sur les trottoirs gravillonnés de la place des Anémones, certaines remuant des poussettes où piaillent des marmots. Assis en cercle sur les perrons, des enfançons chantent des comptines sous le chaperonnage de fillettes grasses et autoritaires. Plus loin, de petits mâles jouent. D'un bout à l'autre de la place, ils courent en essaims, talonnant leurs meneurs, cherchant à déjouer l'inattentive surveillance des adultes.

Qui a grandi ici reconnaît d'instinct cette atmosphère de conspiration, ces ricanements de chérubins diaboliques toujours à ourdir un mauvais coup – mots d'ordre qui circulent en douce, sacs à dos qui passent de main en main où l'on coule un œil à la dérobée, y rencontrant la forme d'un objet proscrit ou le regard d'un animal voué à la souffrance et à la mort, et paraissant s'en douter. Dire qu'un jour, quelqu'un a voulu ce quartier, ces rues, pour y implanter quelque chose comme une société idéale.

Trois quarts de siècle plus tard, voici les fruits de cette belle ambition. Sous l'ombre tutélaire du père fondateur, les enfants bénis de la cité-jardin complotent à devenir des hommes. Sitôt qu'ils seront entre eux, leurs sacs déverseront leur contenu de malice, employé à quelque ingénieuse bassesse : menée contre le clan adverse, déprédation, attaque ou humiliation de l'élément faible de la meute, le Melvil de leur âge.

Hildenbrandt est un de ces endroits où les enfants enseignent cruellement aux autres enfants à ne pas circuler seuls, même quand les rues sont pleines de monde. Les adultes ne sont jamais que ces petits-là devenus grands. Il n'y a que William pour s'arrêter devant un monument verdâtre et lire tout haut l'inscription qui y moisit.

« *Élevés dans de bonnes conditions d'hygiène et de moralité*. Fichtre ! »

Les Jonquilles ne sont pas du même côté que les Iris. Quand William lui tend sa grosse main, il est bien obligé de la lui serrer.

2

Le père a longtemps utilisé leur vieux break pour se rendre chez Schoepflin ; quand il n'en a plus eu l'utilité, Melvil aurait pu le prendre pour aller à la mairie, mais il a continué à faire ses trajets en bus. C'était plus commode et la voiture commençait à être vraiment vieille, on ne pouvait plus tellement lui faire confiance. Maintenant, elle ne sert que de temps en temps. Les caoutchoucs collent, le moteur démarre avec un bruit de vaisselle entrechoquée, et quand il fait soleil, des figures irisées apparaissent sur les vitres. À l'intérieur, ça sent comme ces chiens sans âge dont le panier crasseux empuantit les vestibules. En quittant le trottoir, Melvil laisse derrière lui un champignon de fumée noire.

Après s'être approvisionné au supermarché, il fait le plein de cigarettes au tabac, puis il retraverse le pont et va se ranger rue des Aubépines. Des enfants passent sur des vélos, armés de bâtons cloutés.

Le pavillon des Glaser est jaune paille, à la différence de celui des Ischard, repeint en beige par l'office il y a une dizaine d'années ; pour le reste, c'est rigoureusement le même. Un petit chauve vient lui ouvrir, maintenant sur son nez des lunettes très sales, à se demander s'il voit quelque chose à travers. Plein de cordialité et d'embarras, monsieur Glaser le prie d'entrer et s'efface pour le laisser passer. C'est comme s'il pénétrait dans sa propre maison, mais dont on aurait changé l'aménagement, le mobilier et surtout l'odeur. Il a souvent constaté que c'était l'odeur, avant tout, qui faisait l'identité de ces intérieurs autrement identiques ; et ensuite, la vue qu'on avait depuis les fenêtres.

« Hippo ! Solange ! » chante le petit monsieur en refermant la porte, et il se plante près de lui avec des hochements de tête qui paraissent dire : Ils arrivent de suite, vous allez voir, ils seront là d'une seconde à l'autre. Malgré la chaleur, il porte un jacquard sans manches sur sa chemisette et frotte ses mains l'une contre l'autre comme s'il avait à se féliciter de quelque chose, ou tout simplement froid. Ils restent côte à côte à s'éviter du regard, gênés comme s'ils étaient nus. Une femme en fuseau gris et chemisier vert débouche de la cuisine, accompagnée d'un effluve de laque à cheveux. Madame Glaser a le sourire larmoyant des gens tristes qui tâchent de se donner l'air gai ; son visage semble tracé pour exprimer le chagrin.

« Vous êtes Melvil ? (Elle lui serre doucement la main.) Je suis heureuse de faire votre connaissance. Notre fils n'a que votre nom à la bouche. »

Flatté pour les Ischard, il sourit en homme habitué aux compliments. Madame Glaser s'exprime avec une certaine distinction et des intonations qui pourraient être de Moselle. Elle porte un pendentif doré autour du cou.

« C'est si gentil à vous de l'avoir invité, vous ne pouviez pas lui faire plus plaisir. Depuis le temps qu'il nous en parle ! Nous ne connaissons pas beaucoup les gens du quartier et… Nous sommes enchantés qu'Hippolyte se soit trouvé un ami, un ami charmant ! Par la force des choses, nous vivons un peu à l'écart, vous comprenez bien que… »

Elle n'achève pas. Une dégringolade se fait entendre et Hippolyte apparaît dans le virage de l'escalier. À chacun sa technique pour descendre cette volée de marches raide, serrée entre deux cloisons lambrissées : lui la dévale en chaussettes, glissant comme un skieur ; Hippolyte s'adosse au mur du fond et se laisse tomber de degré en degré sur sa jambe valide, ramenant ensuite l'autre jambe en avant ; ça va presque aussi vite, et l'espace d'un instant l'idée d'une course chronométrée le traverse. Hippolyte a ses cheveux noirs peignés, la raie bien nette sur le côté. Il tient un magazine, un doigt intercalé entre les pages. Monsieur Glaser sourit toujours, en fermant les yeux.

« Viens. »

Hippolyte entraîne Melvil au salon – le même que le sien, mais si différent – et le fait asseoir sur un canapé soigneusement houssé.

« Regarde, dit-il en déployant le magazine sur ses genoux. C'est elle. »

Sur toute une page double, un coupé bleu électrique s'exhibe, les roues braquées dévoilant des pneus d'une largeur impudique.

« Un litre six seize soupapes injection cent vingt chevaux à six mille six cents tours, un avion mon pote ! Les jantes alliage sont de série. »

Il ignorait qu'Hippolyte avait son permis.

« Non, mais j'économise pour, j'ai presque réuni la somme. Sauf s'il me faut des heures en plus, mais t'inquiète, je connais les techniques des pilotes de rallye. (Ses doigts caressent le papier glacé.) T'as vu, ils l'appellent *la tigresse*… »

Levant les yeux du magazine, le gamin remarque son embarras.

« Qu'est-ce que tu crois, ils en font des bagnoles pour handicapés. Il suffit de l'adapter. Je peux avoir celle-là si je veux. »

Revenant de la cuisine, madame Glaser prend le magazine et tend à son fils un sac plastique contenant une barquette de chipolatas, un paquet de chips et une bouteille de jus d'orange. Hippolyte empoigne le sac avec une moue dédaigneuse et se remet debout. Il envoie voler ses chaussons contre le mur de l'entrée. « On y va, mec ? » Melvil se lève à son tour et madame Glaser lui touche la main avec un regard appuyé.

« Je compte sur vous : pas plus tard que minuit. Il ne doit pas fumer, encore moins boire d'alcool. Et je ne veux pas qu'il rentre autrement qu'avec vous. »

Elle répète qu'elle compte sur lui, il opine tout ce qu'il peut. Hippolyte lâche un ricanement d'exaspération et ouvre la porte.

« Un bisou, mon lapin », dit madame Glaser avec un sourire persécuté.

« Et papa ? » fait le père.

« Soyez prudents », intime encore madame Glaser comme ils dévalent le perron.

À peine ont-ils démarré qu'Hippolyte allume une cigarette.

« Non mais quelle conne ! Qu'est-ce que je vais en foutre de son jus d'orange ! »

Melvil enfonce la pédale de frein, immobilisant la voiture en pleine chaussée à cinquante mètres de chez les Glaser, et se tourne vers son passager, sans un mot. Une expression de flagrant délit se peint sur le visage du petit infirme ; tourné sur son siège, il le regarde anxieusement descendre et ouvrir le haillon, puis revenir s'installer au volant. Quand Melvil lui lâche la bouteille glacée sur les genoux, Hippolyte sursaute avec une sorte de hoquet.

« De la bière… s'émerveille-t-il.

– J'en ai plein le coffre. Tu peux l'oublier ton putain de jus. »

Hippolyte cale la bouteille sous son bras inutile et la décapsule avec son briquet. On le jurerait sur le point de pleurer. En arrivant rue des Iris, Melvil range le break sur le trottoir d'en face et laisse le moteur tourner.

« Je vais sonner ? demande Hippolyte.

– Pas la peine. Regarde. »

Il donne deux coups de klaxon et attend, comme dans un conte arabe, que le sortilège s'accomplisse. Au bout d'une minute, la porte se dérobe et Virgile apparaît sur le seuil, en pantalon clair et chemise. Il jette à la rue un regard circulaire, puis descend tranquillement les marches du perron. Ils le regardent s'avancer vers eux, muets d'admiration. Au dernier moment, Hippolyte bondit de l'auto avec sa bouteille et passe à l'arrière, laissant sa place au phénomène.

Les premières minutes, Virgile ne dit rien. Lorsqu'ils sont sortis de la cité, il tourne un peu la tête.

« C'est toi Hippolyte ? »

À l'arrière, une petite voix tinte comme un grelot : « Oui, monsieur… »

En s'entendant appeler *monsieur*, Virgile éclate de rire. Melvil aussi se met à pouffer. Dans le rétroviseur, un sourire extatique erre sur les traits du môme.

3

Autrefois ici était une prairie ou peut-être une forêt. Un jour, parmi les herbes et les fourrés, des ingénieurs se sont avancés. On peut se les figurer carottant le sol, traçant des lignes sur des cartes topographiques. Dans le silence semé de chants d'oiseaux, ils vocifèrent, font de grands gestes, consignent des relevés. Quand ces hommes-là furent partis, d'autres vinrent, gantés, casqués, armés d'explosifs. Ils rasèrent le terrain pour le séjour de leurs machines ; après quoi, ils minèrent et émiettèrent le sol pour l'emporter ailleurs, vers d'autres chantiers. La fosse allait s'approfondissant, nourrissant le ballet continuel des camions ; la petite route qu'ils empruntaient, spécialement asphaltée pour eux, sert encore aujourd'hui d'accès. Un jour l'eau s'est mise à jaillir, remontant du sous-sol dans le bassin foré à même l'accumulation des ères. Les machines ont poursuivi leur travail, puis leur tumulte a fini par s'éloigner, laissant derrière lui le paysage terrassé. La carrière aux parois blanches était devenue un lac. Timidement, la nature est revenue couvrir les cailloux, les déblais. Une clôture de hauts fûts s'est resserrée autour de la rive, dissimulant la nappe limpide parfois rayée par l'envol d'un cygne. Plus tard, un hêtre est mort – ou peut-être ne l'était-il pas, et l'homme qui est venu l'abattre avait-il seulement besoin de bois, et l'a-t-il élu, celui-là, entre tous les autres, pour le faire tomber. Dans un craquement de tout son vieux corps, il s'est étendu sur la terre qui l'avait nourri et fait grandir. La ramure a encore frissonné un instant, puis à nouveau, le silence.

Ensuite, il n'est plus resté qu'un vestige dont cet endroit a reçu le nom : la Souche. Les adolescents ont pris coutume d'y jeter leurs vêtements avant de plonger dans l'eau claire pour nager jusqu'à la rive sud où, les longs soirs d'été, des familles du Sundgau viennent veiller et faire du feu. L'une après l'autre, les générations sont venues cueillir ici les fruits de la jeunesse, chacune persuadée que ce lieu était sien. Mais il faut un effort d'imagination pour admettre que la gravière et son point de rendez-vous consacré, la Souche, aient pu appartenir autant à ces ombres sépia qu'aux vivants du temps présent, en chair et en couleur.

C'est le crépuscule de la saison, peut-être le dernier vrai beau soir. Ils arrivent au volant d'autos chargées de bière et de viande, sans passagères, sans enfants dans les fauteuils fixés aux sièges arrière. Sur l'étroit terrain vague qui tient lieu de parking, ils manœuvrent d'une seule main, fiers et impassibles, avant d'échanger les accolades d'usage.

« *Yo*, le Chulien !

– *Yo*, le Choël ! »

De loin, on dirait qu'ils s'empoignent. Diebolt est déjà en train d'amorcer le feu dans le grand barbecue de tôle au trépied dévoré de rouille. Certains profitent de la baignade avant la nuit ; les autres entament l'apéro. La tradition, liturgie minutieuse, préside à leur ballet. Mais quand le vieux break arrive, secoué par les cahots du chemin, tout s'interrompt. Les copains se précipitent à leur rencontre.

« *Yo*, le Firchile ! »

Ils font cercle autour du revenant, veulent tous l'embrasser. Barthos est sorti de la baignade pour tomber dans les bras de Virgile. Ils restent interminablement front à front, les deux amis de toujours, sans rien dire, la peau mouillée de Barthos trempant la chemise de Virgile. Puis quelqu'un leur fourre des bouteilles dans les mains et tout le monde recommence à trinquer.

« Je fous ça où ? » Cigarette au bec, Hippolyte a sorti un pack du coffre, qu'il trimballe d'une main en clochant.

« Par ici, p'tit gars, dit Diebolt. Voilà, fais comme chez toi et surtout méfie-toi de la soif », ajoute-t-il en lui tendant une bière décapsulée.

Melvil s'approche ensuite avec deux packs sous chaque bras ; Diebolt s'est déjà remis à souffler sur les braises.

Le barbeuk envoie sa fumée jaune vers les feuillées. Ça sent la terre et la grillade. Les ombres étirées à l'extrême ont fini par se dissoudre et le paysage s'efface doucement dans la buée du soir. Tout au fond, sur l'autre rive, on voit s'allumer des lucioles : ceux du Sundgau aussi sont venus profiter de la dernière chaleur.

Par moments, Melvil tente de se mêler aux conversations, mais ce qu'il dit se perd parmi les autres voix. Il n'arrive pas à suivre une discussion particulière, il les écoute toutes à la fois, submergé par un formidable sentiment d'appartenance.

Barthos, Jaeggi, Choël, Schkesh, les frères Kerlé, Audric, Tomi, Diebolt : ce sont les copains et ils sont tous là. Leurs noms ont enluminé son enfance comme ceux des héros de dessins animés dont on baptise ses figurines. Ils représentaient le summum de ce qu'un jeune garçon peut attendre du devenir, personnifiant l'aisance, la drôlerie, la hardiesse, la ruse, la camaraderie – la délinquance aussi, dont ils portaient haut l'étendard. Ils étaient forts, adroits, redoutables, des qualités qui lui faisaient défaut mais que le temps promettait de lui apporter aussi sûrement qu'il ferait, tôt ou tard, pousser quelque chose à son menton trop gros. À l'époque où les rues d'Hildenbrandt s'emplissaient du vacarme de leurs mobylettes trafiquées, il avait dû se contenter de les voir passer, ventousé à la fenêtre. Mais quand il eut atteint l'âge des chevauchées tonitruantes, il n'y avait plus personne pour les entreprendre, la horde était dissoute, les mobylettes perdaient leur huile dans les garages. D'autres voyous occupaient le terrain vague avec des scooters, mais ce n'était pas sa bande.

En fin de compte, rien n'a jamais changé, l'horizon que les copains incarnaient ne s'est jamais rapproché. Même ceux qui n'habitent plus le quartier semblent y être chez eux davantage que lui. Ils demeurent ces gaillards en pleine possession d'eux-mêmes, jouissant d'une place sûre dans le monde, une place à eux ; lui, il n'est que celui qui vient après, le petit frère. Il a grandi avec l'impression d'être né trop tard – mais voilà un certain temps qu'il soupçonne que la question n'est pas là.

Il est assis en tailleur sur une grosse racine, une bière posée entre ses talons. La clarté transparente du dernier coin de ciel s'est éteinte. Les merguez dégoulinant de graisse font flamber le barbeuk.

« Tourne, ça va cramer ! »

Tomi ne quitte pas les saucisses des yeux, comme si elles risquaient de bondir hors de la grille et de se sauver dans les broussailles. De son bras prolongé par une fourchette à viande, Diebolt s'essuie le front.

« Pourquoi tu ne vas pas là-bas avec les autres, au lieu de rester ici à me les briser ? »

Tomi fait un geste d'excuse, tout en continuant de scruter le barbeuk. Il a une façon très curieuse de déglutir sans fermer la bouche, en calant sa lèvre inférieure sous ses dents du haut. Diebolt tourne les merguez avec une pince et lui montre encore la fourchette à viande.

« Maintenant si tu veux bien, je vais me poser pour siffler une binch. Touche à un cheveu de ces saucisses et tu devras te sortir ça du trou de balle. »

Fixant Tomi d'un air menaçant, il décapsule une bière entre ses dents et va s'asseoir entre Alban et Bruno Kerlé, penchés sur leurs assiettes comme des sportifs dans l'effort. Comme toujours dès qu'il s'agit de bouffe, c'est auquel des deux en engloutira le plus. Les frères Kerlé ressemblent à deux assortiments de brosses : sourcils, dos des mains, petite mouche sous la lèvre inférieure, semblables à ces brosses noires qu'on utilise pour cirer les chaussures ; et le sommet du crâne nappé d'une brosse courte et dense, style paillasson – à ceci près que le paillasson d'Alban est plat et large, tandis que chez Bruno il est étroit, plat aussi.

« Tu te rends compte, dit Schkesh allongé dans l'herbe à côté de Barthos, que ces deux gorets ont trouvé des femmes pour se marier avec ?

– Le miracle, c'est que ces femmes-là aient trouvé les frères Kerlé pour les épouser », dit Barthos, et ils trinquent en rigolant.

« *Meunier, tu dors, ton moulin ton moulin va trop viiiite.* »

Jaeggi peut réciter des phrases entières dans le souffle d'un seul rot.

« On voit ceux qui ont des mômes, dit Choël.

– On voit ceux dont les mômes ne sauront pas chanter », dit Diebolt, et il agite la fourchette à viande en direction de Tomi. « Je t'ai à l'œil ! »

Melvil, tout en grignotant ses chips, s'empare de tout ce qu'il peut saisir, son esprit enregistrant chaque réplique, chaque attitude pour les verser au compte de la geste familiale, dont les exploits des copains ont de tout temps enrichi le répertoire. Il les regarde tour à tour – Barthos à l'encolure de sanglier ; les Kerlé dont les *bierbuchs* tremblotent sous leurs tee-shirts trop courts ; Tomi aux paupières rouges et tombantes d'insomniaque ; Choël assis un peu en retrait, l'air prêt à déguerpir à tout moment, mais en même temps curieusement central, donnant l'impression que la scène s'ordonne autour de son indifférence ; Schkesh qui se triture l'entrejambe en vous parlant, comme s'il était en train de caresser une chose très douce cachée au fond de sa poche sans se douter que vous le voyez faire –, il regarde ces *types* et se répète qu'ils sont impayables, fou de bonheur qu'ils aient enfin retrouvé leur compagnon, leur prince : son grand frère.

« *Où qu'est la bonne Pauline à la gare elle pisse et elle chie.* Ça, c'est du grec ! »

Hippolyte fume et boit continûment, causant avec les copains comme s'il les connaissait de toujours, sans une once de retenue ni de pudeur à étaler devant eux toutes ses tares.

« Je ne parle pas le grec, en vrai, c'est un truc à William », nasille-t-il en biglant vers lui, et sa cigarette lui échappe des doigts. « Merde, mon froc. Ça m'a fait une trace, elle va encore m'emmerder. »

Pour toute réponse, Melvil boit, comme ferait le père ; puis il recentre son attention sur cette fête des retrouvailles qu'il a tant de fois imaginée. Pourquoi n'est-elle pas tout à fait à la hauteur de ses espérances ? D'où vient cette impression d'obstacle, presque de refus, qui émane des copains, de chacune de leurs paroles et même de leurs plaisanteries ? Plus il les observe et plus il remarque la distance qui s'est instaurée entre eux, subtile mais infranchissable – et dont aucun, à sa stupeur, ne semble souhaiter l'abolition.

Son regard va de l'un à l'autre, il cherche à comprendre. Que s'est-il passé depuis le jour où, écrasés et abasourdis, ils ont appris que Virgile avait quitté la ville et qu'ils se retrouvaient tous, d'une certaine façon, orphelins ? C'était il y a neuf ans, ils ne sont plus tout à fait les mêmes qu'alors et, manifestement, tiennent à le faire savoir. Ils rejettent les stéréotypes où les avait jadis confinés la tyrannie du groupe – comme si la bande avait été tous les autres et non pas chacun d'eux. Par bonheur, semblent-ils dire, elle n'occupe plus le centre de leur vie, leur être actuel gravite ailleurs, bien loin de ces retrouvailles auxquelles ils ne prêtent finalement qu'une part révolue d'eux-mêmes.

Des flammes grésillent dans le barbeuk, jetant de brefs incendies dans l'ombre. Il a déjà bien bu. Son regard tombe sur sa main, mollement abandonnée contre son genou. Une main d'homme, pense-t-il. Il la regarde comme une chose étrangère à lui-même. Il n'avait pas ces mains, il y a neuf ans. L'attente n'a suspendu le cours du temps qu'en apparence, pendant toutes ces années les horloges ne se sont pas arrêtées de tourner. Il retenait son souffle, guettant le jour où ils pourraient reprendre les choses là où ils les avaient laissées ; les autres ont juste continué à vivre. Sans doute ont-ils eu raison. Si quelqu'un s'est trompé, ça ne peut être que lui.

La nuit s'est entièrement refermée sur eux et ils continuent de boire. Par-delà la nappe immobile, les feux de la rive sud scintillent, lointains comme des planètes. Tout à coup, l'obscurité s'illumine, les frondaisons massives surgissent du néant, pleines d'ombre vivante : quelqu'un a allumé les phares des autos.

Un brouillard de graisse et de fumée flotte sur la plage. Un large théâtre s'est ouvert devant eux, dont Jaeggi, parti se soulager dans les hautes herbes, occupe involontairement le centre. Tout en faisant ce qu'il a à faire, il chante à tue-tête en dialecte et, ne se sachant pas vu, marque la mesure d'un jet puissant qu'il fait danser comme un balancier de métronome ; puis il revient vers eux en rajustant son jogging, enjambant les ténèbres, ébloui et ne comprenant pas qu'il est l'objet de tous les rires.

Ils continuent de célébrer ; l'œil rougeoyant du barbeuk les regarde faire. À la faveur de l'alcool, leur comportement se transforme. Il y a une heure, ils reniaient leurs anciens personnages, encombrants avatars qu'ils se flattaient d'avoir cessé de traîner comme des boulets, ombres faussées d'eux-mêmes qui leur collaient aux semelles ; ivres à présent, ils se ruent sur ces vieilles défroques pour les réendosser. Ils rivalisent, surenchérissent, redeviennent des surnoms, rejouant, mais maladroitement, la bande de sales gosses qu'ils furent et voudraient tout à coup ne jamais avoir cessé d'être.

C'est seulement maintenant qu'il vient de comprendre. L'obstacle était là, parmi eux, depuis le début ; le retour de Virgile n'a fait qu'en révéler la présence délétère. Aucun d'eux n'est plus dans cet âge où l'on se sent forcir, où chaque année apporte son surcroît de sève et de vigueur. Leur teint rougit, la peau de leur gorge devient granuleuse ; ils ont des cheveux blancs, du bide et des pattes-d'oie. Et plus ils s'efforcent de singer ce qu'ils furent jadis, ou passent pour avoir été, dans le miroir trompeur de leur nostalgie, plus s'accuse ce qu'ils voudraient démentir par la juvénilité forcée de leur conduite : le vieillissement, où chacun d'eux se sait irrémédiablement entré.

Chemise débraillée, manches roulées au-dessus des coudes, Virgile s'est allongé contre un monticule d'herbe, buvant beaucoup, parlant peu. Il est vrai que sur lui le temps semble avoir peu de prise. Il a conservé cette physionomie d'adolescent trop vite monté en graine ; les tatouages sur ses bras et son cou paraissent plus vieux que lui. D'un coup, il se redresse et lance sa bouteille à la face de l'obscurité qui la gobe comme un insecte ; on n'entend pas le verre se répandre, on ne l'entend même pas toucher terre.

Melvil s'est laissé glisser contre un des arbres qui répandent leurs racines sur la berge abrupte. Il perçoit dans son dos la moiteur de l'étendue silencieuse. Comme un diable à ressort, Hippolyte surgit devant lui, sa bouteille de jus à la main, penché à lui tomber dans les bras. Il essaie de le regarder mais les phares l'aveuglent.

« Ma mère… articule-t-il d'une voix pâteuse. Elle va me gueuler après… Faut pas que je rentre, c'est pas possible du tout que je rentre. »

Et il s'affale à côté de lui, manquant de rouler droit dans la gueule noire de l'eau. Il rajuste son bras mort, laisse aller sa tête en arrière. Tomi et Diebolt passent devant eux en se poursuivant, armés de fourchettes à viande. Tels deux papillons fous, ils croisent le fer à travers la plage. Hippolyte les montre du doigt et part d'un rire ahuri. L'un d'eux (est-ce Tomi ou Diebolt ? plus tard Melvil ne saura pas s'en souvenir) a fait un accroc au falzar de l'autre. Ils se courent après, s'injurient, pellettent dans le barbeuk et s'envoient des paquets de braises encore brûlantes. Un nuage de cendre enveloppe tout. Des atomes argentés flottent dans les tubulures de lumière. Deux ploufs derrière les arbres : Barthos est retourné à l'eau et Schkesh l'a suivi, tout habillé. Sifflements, rots, bouteilles. On les entend sans les voir barboter dans l'onde pétrole. Hippolyte a tendu son bras au-dessus de l'eau et y déverse son jus en hurlant : « Je t'encule, connasse ! »

Ce qui se passe ensuite lui restera comme une succession d'images troubles et mal distinctes : Schkesh, précaire comme un bambin en couches, en train de se contorsionner pour extraire son portefeuille de son pantalon trempé ; Jaeggi battant des mains tout en essayant d'allumer sa cigarette ; Alban Kerlé dansant du ventre avec une bouteille de bière sur la brosse de sa tête ; Virgile passant près du barbeuk, s'y prenant les pieds et manquant de s'étaler ; décochant une ruade si soudaine, si violente, que toutes les voix s'éteignent d'un seul coup. Propulsé en l'air, le barbeuk se renverse, répandant cendres et braises dans l'herbe.

Tous regardent Virgile ; Virgile regarde la ferraille déglinguée qui gît à ses pieds. Un sourire étrange passe sur ses lèvres et il bascule la tête en arrière – et alors, de sa gorge, un cri impensable se délivre, strident, prolongé, comme un signal dans la nuit : tête renversée, environné de cendres que les phares incendient, Virgile est en train, oui, de *hennir*, et son hennissement s'achève dans une sorte de râle, comme un rire, mais qui serait de désespoir.

Le silence qui suit ne dure qu'un soupir : un concert de voix s'élève pour lui répondre, hululements, beuglements, braiements sauvages, comme si une bourrasque de démons déferlait sur le plan d'eau.

Melvil, en état d'hypnose, voit des pieds marteler le sol, de la poussière s'élever dans les airs. Une danse des premiers âges s'exécute sous ses yeux, incompréhensible, pleine de métamorphoses. Subitement, près de lui, quelque chose fait surface sur les traits d'Hippolyte, et tout son visage se désagrège ; blême comme un morceau de plâtre, bouche pendante, il fixe le vide avec des yeux défunts. Quelqu'un pousse un cri, mais qui n'imite nulle bête.

C'est un cri d'une autre nature que ceux parmi lesquels il est survenu, bien net et distinct, un de ces cris qui marquent l'entrée dans quelque chose de nouveau, d'imprévisible et d'effrayant. Le grand Audric ignore encore le rôle qui lui est dévolu. Personne sur la plage n'a pris la mesure de ce qui vient de commencer – Audric s'entendant crier pas plus que les autres entendant son cri. Avec sa démarche en canard, sa petite tête et son gros derrière, Audric ressemble à l'un de ces jouets au cul lesté qui reviennent toujours en place quand on les bouscule. Sa frange d'un blond cuivré est toujours taillée de travers ; des taches de rousseur jaunes et fades lui brouillent le visage. Il a une curieuse façon de parler, nasillarde et sifflante, un timbre d'aristocrate qui surprend, sortant de cette carcasse aux mains énormes, puissantes comme des serres. Mais derrière ses ricanements et son sourire narquois, Audric dissimule un caractère paisible et peu assuré.

Gardien de nuit dans un entrepôt, il a posé un congé pour participer à la fête des retrouvailles. Il est arrivé tôt, un chapeau de paille sur la tête, et s'est déchaussé pour prendre le frais dans le lac. Il y a passé le plus clair de la soirée, suivant de loin les conversations, de l'eau jusqu'aux genoux et n'en sortant que pour se ravitailler en saucisses, qu'il engloutissait en les inondant de ketchup. C'est en revenant vers eux, attiré par leur tapage, qu'il a poussé ce cri, ce cri de vraie douleur ; l'un de ses grands pieds nus venait de se poser sur un charbon en feu. Non, ils n'ont pas pris la mesure de ce qui est en train de se produire, pas plus lui que les autres. À voir Audric gesticuler tant il a mal, ils se tordent de rire, lui crient de souffler sur la brûlure ou de la coller derrière son oreille. Mais Audric ne plaisante pas ; il demande avec colère qui est le *arschloch* qui a renversé le barbeuk.

« Ça m'a fait une crevasse, *v'r dammi noch a mohl* ! »

Il va et vient en faisant rageusement siffler les *s*, l'air prêt à en découdre. « Qui l'a renversé ? Qui ? » hurle-t-il, s'interrompant tous les quatre pas pour regarder la plaie.

« Vire-le de là ton panard ! » crie Bruno Kerlé en se bouchant le nez. Un autre fait mine de jouer à la marelle, à cloche-pied comme Audric. Melvil tourne la tête : Hippolyte est écroulé contre le tronc blanc d'un bouleau et des flots de liquide jaillissent de sa bouche, étirant de longs fils qui scintillent un instant dans la lumière des phares avant de se coller à sa chemise.

« *Au feu les pompiers, y'a la maison qui brû-leu !* » entonne une voix en contrebas de la Souche, comme surgie de l'eau même. Tomi rapplique en brandissant un extincteur, une nouvelle hilarité se déclenche. Mais Audric continue de gronder.

« Quand y'a des gens pieds nus… Faut être un malade pour faire ça ! »

Quelqu'un crie : « Il y a le petit qui dégobille ! »

Audric répète plus fort, comme pour bien se faire entendre : « Un malade mental ! »

C'est alors qu'une voix s'élève, étrange, comme creuse, et rien qu'à entendre cette voix, Melvil comprend que cette fois, *ça y est*.

« Tout doux, Audric, tout doux. »

Virgile, qui était retourné s'étendre contre sa motte d'herbe, s'est redressé sur ses deux coudes. Il faut voir comment il regarde Audric pour réaliser que, jusqu'à cet instant, il n'a regardé personne. Tous se taisent. On peut entendre, portée par la brise légère, la musique des Sundgauviens qui font la fête sur l'autre rive. Peut-être Audric n'a-t-il pas compris, ou peut-être est-ce seulement qu'il a mal et s'indigne qu'on se moque de sa douleur. Bravache mais sans trouver le ton de son audace, comme un enfant que son refus de capituler oblige à prononcer le mot de trop, il répète, murmure presque : « Un malade mental… »

D'un bond, Virgile est sur lui – visage collé au sien et tout son corps continue d'avancer comme s'il allait lui marcher dessus. Ses yeux : deux lampes éteintes.

« Dis-le encore, pour voir. »

Audric blêmit, se penche jusqu'à terre et montre sa plaie, bafouillant : « Ça m'a fait une crevasse… » Coup de reins de Virgile, la jambe d'Audric est emportée comme une quille. Le culbuto s'étale dans la poussière. Aussitôt un second impact, choc mat de bûches heurtées : le coup a porté dans les jambes mais c'est dans la tête d'Audric que Virgile a voulu shooter. Déjà les autres s'interposent. Barthos, toujours en maillot de bain, s'est collé à Virgile, bras écartés, faisant écran de son corps. Il l'entraîne à l'écart mais la colère de Virgile cherche à le déborder de toutes parts. Il empoigne Barthos et l'envoie rouler dans les cendres comme un ballot de linge.

Assis contre son arbre, subjugué d'épouvante, Melvil n'a pas esquissé un mouvement. Celui qu'ils appellent Virgile et qu'il appelle son frère se tient immobile face à eux, avec une sorte de sourire qui les invite, tous autant qu'ils sont, à venir se faire démolir. Il règne tout autour un silence infernal. Les larmes lui montent aux yeux.

Barthos s'est remis debout, les fesses et le dos blancs de poussière, les deux coudes écorchés. Dans un geste d'apaisement, il tend ses mains vers Virgile ; des filets de sang cherchent leur chemin le long de ses avant-bras. Virgile a mis les poings dans ses poches et il va et vient comme un lion en cage, avec l'air d'hésiter à se jeter sur eux. Jaeggi et Diebolt ont relevé Audric et lui remettent son chapeau sur la tête. Il a peur comme un môme et semble se demander ce qu'il a fait pour donner à quelqu'un une telle envie de le tuer. Hippolyte aussi en a fini. Il est étendu près des arbres, à plat ventre, peut-être bien sans connaissance.

Virgile allume une cigarette, sans cesser de les défier du regard.

« Melvil, la voiture. On rentre. »

4

Quelque chose l'arrache à un sommeil lourd et moite – une présence, dans la chambre. C'est un chat noir qui va et vient sous la fenêtre ouverte par laquelle il a dû se faufiler à l'intérieur. Recroquevillé sous les draps, Melvil peine à se réveiller complètement. Il s'efforce de regarder le chat qui est venu s'asseoir au pied du lit. L'animal pousse un miaulement plaintif, sa queue balayant la moquette. Il agite la main dans sa direction pour le chasser, mais le chat tourne vers lui ses yeux rouges et crache en découvrant ses canines. Il se remet sur ses pattes, hésite une seconde puis retourne vers la fenêtre et s'arrête encore pour le fixer, menaçant. C'est une grande bête noire, aux proportions de loup. Le poil de son dos se hérisse et il pousse des gémissements belliqueux qui laissent voir ses crocs et l'intérieur rose de sa gueule.

D'un bond, le chat est sur le lit. Pris de panique, Melvil veut tirer les draps sur sa tête pour se cacher – mais les draps sont trop courts et les yeux écarlates s'avancent vers lui, il veut fuir mais il ne le peut pas, ses bras pendent inertes, ses paupières ne se ferment plus – et ses prunelles nues sont offertes écarquillées aux crochets jaunes de la bête, alignés comme des hameçons à la pointe velue de ses mains noires.

Témoin impuissant de son propre supplice, il suffoque, émet un cri silencieux – et même quand les eaux du grand jour jaillissent et dissolvent la vision, il reste de longues minutes sous le coup de sa terreur.

Prisonnier d'un reste de sommeil, les membres lourds et sans force, il écoute sa respiration de dormeur, aussi calme et régulière que les profondeurs d'où il remonte sont fiévreuses et tourmentées. Mais la réalité dont il hésite encore à franchir le seuil, cette réalité qui contient la soirée de la veille et la façon dont elle s'est achevée, ne tient pas moins du cauchemar qu'un chat-loup se jetant sur vous pour vous crever les yeux. Dans la pièce d'à côté, il entend remuer le père. Encore quelques minutes et il va l'appeler, comme s'il le faisait depuis des heures.

Il repousse les draps pour se donner un peu d'air. Deux boules de plomb lui pèsent dans les orbites. La sueur fait flamber son eczéma et il reste assis au bord du lit à se gratter les chevilles, les aisselles, les genoux, le cou. C'était hier et ça paraît déjà une éternité. Mais aujourd'hui – qu'attendre d'aujourd'hui ?

Après tout, ils ont toujours été des voyous, et connus pour tels. Les chiens ne font pas des chats. Ils auraient dû le savoir, les Glaser, même s'ils ne sont pas d'ici, même s'ils ne fréquentent pas ceux du quartier – ou peut-être sont-ce ceux du quartier qui ne les fréquentent pas ? Quelqu'un aurait dû leur parler des Ischard, de la réputation qui les précède où qu'ils aillent et des souvenirs cuisants qu'ils laissent derrière eux. *Ischard, qui est Ischard ?* Lorsqu'ils faisaient l'appel, le jour de la rentrée, les professeurs vous regardaient par-dessus leurs lunettes, pour vous mater d'entrée de jeu. *Au premier rang, Ischard ! Je vous ai à l'œil mon petit père, je ne vais pas vous rater.* Menaces, quarantaines, châtiments. Alors on filait doux, on évitait d'avoir de mauvaises notes, et aussi de trop bonnes, pour ne pas se faire remarquer. On s'arrangeait pour être pâle et invisible, gagnant ainsi le droit de rester, de se glisser furtivement de niveau en niveau.

Mais dans le fond, un Ischard reste un Ischard, se dit-il comme pour se consoler – se convaincre. La mauvaise graine, la vermine, la sale engeance. Madame Glaser, avec ses yeux larmoyants, pouvait-elle l'ignorer ? Quelqu'un aurait dû la prévenir. On ne se fie pas à un Ischard, même le dernier d'entre eux, le petit frère, le niquedouille. La seule promesse qu'ils aient jamais tenue, c'est de vous esquinter si votre chemin croisait le leur. À eux seuls, ils ont fait le triste renom d'Hildenbrandt. Dans toute la région, on savait qu'il ne fallait pas y mettre les pieds. *Irresponsables, asociaux, meneurs et récidivistes.*

Les chiens ne font pas des chats, se répète-t-il en descendant l'escalier. À la cuisine, il boit un grand verre d'eau, s'asperge le visage à grandes giclées. La chambre du rez-de-chaussée est close. Il lance le café et file s'abriter sous la douche, frissonnant, plein de vase, glacé à l'intérieur.

Le père, déjà, c'était une sale bête. Un rien et vous preniez sa main dans la gueule. Même ses amis en avaient peur. Puis il a fondé une maison et l'a peuplée de fous.

S'il y avait du désordre c'était eux, s'il y avait de la casse, c'était eux. S'il y avait du vilain quelque part, vous pouviez être sûr qu'ils étaient dans le coup. Melvil croise les bras et s'enlace la poitrine, tout tremblant sous la pluie chaude. Des fouteurs de merde, de la racaille. Ceux que l'on craint. Ceux que l'on admire. Ceux que l'on hait. Si les gens par ici se sont attachés à eux, c'est à force de s'en méfier. Quand on vit à Hildenbrandt, on ne peut pas ne pas le savoir. Si on ne le sait pas, c'est qu'on est sourd et aveugle. C'est qu'on a eu ce qu'on cherchait.

En manquant à sa parole, il n'a fait qu'honorer le renom familial – à toute force, il essaie de s'en convaincre. Il ne veut pas songer à ce que madame Glaser a pu dire, à la tête qu'elle a pu faire en voyant arriver son fils. Mais les pensées qu'il bannit reviennent le persécuter par des voies dérobées – comment Hippolyte a-t-il fait pour rentrer chez lui ? et à quelle heure ? et surtout dans quel état ? Les chiens ne font pas des chats, essaie-t-il encore d'affirmer, prenant des airs intraitables en face du miroir embué.

Il retourne dans sa chambre, s'habille, puis il s'occupe du père qui est réveillé. Il l'aide à descendre, l'installe au salon avec sa radio et son café. Dans la cuisine, il choisit la plus grande tasse et la remplit à ras bord. Tout lui paraît embrouillé et funeste. De l'air, il lui faut de l'air. Il descend au jardin, sa tasse à la main, en essayant de ne pas la renverser. Dehors, le jour livide lui fait plisser les yeux.

Virgile est là, assis à la table de fer rouillée. Il porte les mêmes habits qu'hier – le pantalon clair froissé et poussiéreux, la chemise où manquent des boutons. Sur la table devant lui, deux paquets de cigarettes écrasés ; un semis de mégots par terre. Il lève les yeux vers Melvil sans paraître le voir. Sa main cherche machinalement sur la table et, trouvant l'un des paquets vides, retombe inerte. Au-dessus d'eux, le grésillement de la radio s'échappe par la fenêtre. Virgile demande où on peut acheter du tabac un dimanche.

« J'irai t'en chercher à la gare. Tu veux du café ? Prends ma tasse, je vais m'en préparer un autre.

– Merci. »

Virgile porte la tasse à ses lèvres et aspire une gorgée. Le café semble chaud et réconfortant, bien plus que si c'était Melvil qui le buvait. Il remonte, remplit la tasse du père et une autre pour lui, redescend. Quand il se rassoit auprès de Virgile, il ose enfin le regarder. Ses cheveux ont poussé. Ses lèvres sont toutes blanches. Il a dû rester là toute la nuit, à fumer. Virgile indique la fenêtre du salon au-dessus de leurs têtes.

« Il ne va jamais dans le jardin ? »

Melvil répond que non, pratiquement jamais. Qu'il n'est pas sorti de tout l'été. Virgile demande pourquoi il l'accompagne toujours dans l'escalier.

« Sa vue a baissé, et puis sa hanche lui fait mal. Il a peur de rater une marche. »

Il avale bruyamment une gorgée et le tremblement de sa main l'oblige à poser la tasse sur la table. Il a vu que Virgile a vu.

« Ne t'en fais pas, dit Virgile. Ça va aller. »

Melvil essaie de sourire, sa gorge se serre, il répète :

« Sa vue a énormément baissé. Il a peur de tomber dans l'escalier. »

5

Vers la fin de l'après-midi, on sonne. Ils se sont endormis devant la télé. En ouvrant la porte, il tombe sur le front carré de Barthos, à l'étroit dans une chemisette à fleurs, des pansements aux deux coudes. Au second plan se tiennent Choël et Diebolt.

« On voudrait parler à ton frère. »

Derrière lui, le canapé, la console de jeux, les programmes du dimanche ; devant lui, l'imprévisible. Il se sent terriblement fatigué, il hésite.

« Melvil ! (Voix de Virgile au fond de la maison.) Laisse entrer. »

Ils n'auraient pas l'air plus funèbre s'ils pénétraient dans un foyer frappé par le deuil. Dans le clair-obscur du salon, le père se laisse dédaigneusement serrer la main. Comme toujours, Choël a l'air de ne pas être tout à fait là ni concerné par ce qui se passe. Quant à Diebolt, la dernière fois qu'il s'est tenu dans cette pièce, c'était un adolescent grossièrement esquissé, avec une bouche sèche et rouge mal refermée sur une denture chevaline ;

la maturité a fait de lui l'une de ces figures singulières qui interpellent le regard lorsqu'on les croise dans la rue et dont le bestiaire hétéroclite est l'apanage des villes. Le téléviseur s'est tu : c'est Virgile qui a pressé le bouton. Il pose sa main sur le poste comme il y déposerait une arme. Il les regarde.

Barthos demande s'il y a un endroit où ils peuvent parler.

« On est très bien ici. Tout ce que tu as à me dire, mon père peut l'entendre. »

Barthos s'avance un peu, tend les mains vers Virgile – presque le même geste qu'hier, lorsqu'il était nu et qu'il pissait le sang.

« On est venus te demander pardon. Personne n'a voulu t'insulter. »

Le père, dans son fauteuil : « Qu'est-ce qui s'est passé encore ?

– T'occupe », dit Virgile.

Il les dévisage un à un, puis se penche vers le père.

« Je t'expliquerai.

– Parle-moi encore sur ce ton et je te flanque une torgnole.

– Et moi je t'en flanquerai deux », dit Virgile, et il se tourne vers les autres, qui font un pas en arrière.

Barthos dit : « On t'a apporté quelque chose », et Choël lui fait passer un paquet sphérique grossièrement recouvert de papier cadeau orné de petits saint Nicolas dorés. Virgile considère l'offrande et esquisse un sourire. On dirait qu'il a deviné.

Il déchire l'emballage et le laisse tomber par la fenêtre. Puis il reste un moment à regarder le ballon, à le faire rouler dans ses mains. À une certaine époque, la bande s'était constituée en équipe de football, prenant prétexte du sport pour se frotter aux jeunes des autres quartiers. Melvil n'était pas autorisé à assister à ces matchs qui se déroulaient sur des terrains vagues et dégénéraient systématiquement. Ils en revenaient dépenaillés et contus, mais toujours détenteurs de quelque trophée conquis dans la mêlée. Ce ballon fut remporté contre une équipe de Fribourg, qui avait traversé la frontière juste pour venir prendre sa branlée de ce côté du Rhin. Au cours de cette rencontre, disait-on, un Allemand avait perdu un œil. C'est à Barthos qu'était revenu l'honneur d'emporter le ballon chez lui. Maintenant Virgile sourit franchement, et son sourire se reflète sur les autres visages.

Il demande : « Audric, il est là-dehors ?

– Oui, dans la voiture. Il n'ose pas venir.

– Appelle-le. »

Diebolt sort sur le perron, porte à sa bouche son pouce et son index et siffle en faisant de grands signes vers le côté. Au bout d'une minute, des pas résonnent dans l'entrée. Audric apparaît avec un boitement et une tête de condamné à mort. Il sonde les regards pour s'assurer qu'on lui viendra en aide s'il le faut. En apercevant Virgile, il se décompose, flanche sur ses jambes.

« Tu n'avais rien fait de mal, dit Virgile. J'ai eu tort de m'en prendre à toi. Accepte mes excuses. »

Audric hoche la tête, comme un dadais qui se fait sermonner mais ne comprend pas un traître mot de ce qu'on lui dit.

« Ce n'est pas à vous de vous excuser les gars, continue Virgile. Tout est de ma faute. C'est moi qui vous demande pardon. À toi aussi, Aymé, pardon. Je ne te parlerai plus comme ça. » Puis, montrant le ballon : « J'accepte quand même le cadeau. Sacré souvenir. On en a fait du mou pour les chats, des Fritz ! »

Ainsi, lorsque Jonas fait son entrée, ils en sont à échanger des embrassades et des poignées de main en riant, plongés dans leurs véritables retrouvailles après la tentative avortée de la veille. Même Audric s'esclaffe avec des larmes et ne cesse de répéter à Virgile qu'il est désolé, désolé, et toutes sortes de propos dérisoires qu'on prononce ces moments-là. Comme la porte de la rue est restée ouverte, Jonas est entré et il s'est avancé dans le petit couloir. Il se tient sur le seuil du salon, en costume de dandy, un sac de voyage dans une main et une cigarette allumée dans l'autre.

« Qu'est-ce qui se passe ici ? » demande Jonas, et le silence se fait.

Melvil reconnaît d'abord le menton allongé, fendu par une rigole qu'il a, lui aussi, du mal à raser proprement. Puis l'éternel rictus qui découvre les dents du haut, entre le ricanement et le dégoût.

« Ça alors, Virgile », dit Jonas sans paraître aucunement étonné.

Il porte maintenant une petite moustache. Le brillant qu'il a mis dans ses cheveux atténue leur rousseur sombre.

La mouche noire, sous l'œil gauche, lui donne toujours cet air maquillé, coquet et suspicieux. Lâchant son sac, il écarte les mains.

« Comme vous le voyez, je suis de retour. »

Et il éclate de rire.

« Ça va, Aymé ? Et toi Caillette, tu es là aussi. »

Personne n'a plus appelé Melvil ainsi depuis le soir où Jonas a jeté ses affaires dans un sac et s'est rué dehors en claquant la porte comme un cinglé, pendant que le père cherchait le fauteuil pour se relever. Les copains ne savent pas quoi dire. Ils se consultent du regard et leurs phrases de bienvenue sonnent faux. Jonas leur serre la main en les poussant vers la sortie.

« Bien sûr les gars, on fêtera ça. Je passerai au Cénacle, il existe toujours, le Cénacle ? »

Ils regagnent la porte en file indienne. Le dernier referme derrière lui. Virgile s'est assis près du père, sur l'accoudoir du fauteuil, le ballon calé sous le bras. Melvil s'est laissé tomber sur l'une des chaises, tremblotant comme un vieillard. Jonas s'avance dans la pièce avec ses mocassins qui brillent. Il lui ébouriffe les cheveux comme à un gamin.

« *Wie geht's*, petit frère ? »

Le père s'est mis debout, les yeux écarquillés.

« Je peux encore te mettre une raclée ! Tu n'es pas revenu pour foutre ta merde !

– T'as pas refusé le fric, dis voir ! s'écrie Jonas. Si je l'ai envoyé, c'était pour me faire pardonner. »

Melvil a inconsciemment posé ses doigts devant sa bouche. Il voit la respiration altérée du père, son menton qui tremble ; et Virgile au second plan, qui ne dit rien et fixe le cadet sans un battement de cils.

Jonas se tient toujours à côté de Melvil, la main sur son épaule comme s'il s'agissait de le défendre.

« Aymé, ça fait trois ans... Je m'en voulais, hein ! J'ai téléphoné prendre des nouvelles, des tas de fois. *Gæll*, Caillette ? »

Il regarde autour de lui en soufflant sa fumée.

« Pourquoi il fait si noir ici ? On se croirait chez les fous. – Et mon grand frère qui est de retour ! Fais-moi-la voir, ta bonne vieille gueule. Allez, si on oubliait le passé ? On est réunis... Tous les quatre, bordel de nom de Dieu ! »

Jetant son mégot par la fenêtre, il bouscule les persiennes et met ses mains en porte-voix.

« ON-EST-LES-ISCHARD ! » hurle-t-il, puis il se retourne : « Allez, Aymé... Papa... J'étais content de vous revoir, et tout ! Si on oubliait toute cette merde. On recommence à zéro, hein Caillette ? Hein Virgile ? Allez, papa... Viens voir qu'on s'embrasse ! »

Le père se laisse faire, Virgile aussi. Le père tend ses vieux poings vers eux et hoquette : « Mes garçons... » Melvil reçoit un baiser sur le front et une petite claque. Jonas allume une cigarette à l'aide d'un briquet doré.

« Tiens, le ballon qu'on avait barboté aux Chleuh. Sacrée partie de châtaignes. »

Il porte la main à la poche de son pantalon, la secoue et se débonde d'un incroyable pet.

« Vous m'excuserez mais ça fait depuis Forbach que je me retiens. »

Jonas attrape le journal que Melvil a acheté pour Virgile avec les cigarettes et quitte la pièce en le brandissant au-dessus de sa tête. Porte des toilettes qui claque, lunette s'abattant sur le siège. Pets.

Virgile et le père retournent s'asseoir. Impossible de dire qui a rallumé la télévision.

« Merde alors », dit Melvil.

Trois coups frappés contre la cloison.

« Caillette *v'r dammi* ! Y'a plus de papier cul ! »

III

1

Sur le parvis de l'église, presque toutes les familles sont venues. Les femmes portent des gants, des chapeaux, de petites pochettes d'apparat, des escarpins neufs qui leur cisaillent les pieds. Les maris endimanchés se meuvent à gestes calculés, comme s'ils se regardaient dans un miroir. Ça sent fort le parfum, la laque à cheveux, le déodorant. Les enfants s'impatientent déjà, lorsque les portes s'ouvrent et qu'il faut pénétrer sous la voûte baignée d'une lumière de vitrail. On les pousse dans les travées de bois, leur intimant des ordres à voix basse, des menaces. Un prêtre apparaît et fait signe qu'on se mette debout ; le chant de l'orgue s'élève et l'assemblée se fige.

Les fiancés ont grandi dans deux pavillons identiques, joué sur des carrés de gazon scrupuleusement égaux. Sans doute se sont-ils demandé pourquoi leurs sœurs aînées s'attifaient et se donnaient des airs lorsqu'elles allaient *en ville* ; pourquoi elles gommaient les consonances germaniques de leur nom lorsqu'elles avaient à le prononcer en public ; peu à peu, ils ont compris ce qu'*être d'Hildenbrandt* signifiait – par exemple, que ceux de l'autre quartier, derrière le supermarché, qui vivaient également dans des maisons avec jardin et avaient eux aussi une ou plusieurs voitures garées devant leur portail, devaient être considérés comme des rupins et à ce titre, méprisés ; que, dans certaines circonstances, on pouvait s'enorgueillir de ses origines, mais qu'il arrivait aussi qu'on en ait honte ou qu'on juge bon de les passer sous silence ; et qu'en grandissant, les occasions de honte devenaient plus fréquentes que celles d'orgueil ; ils ont compris qu'*être d'Hildenbrandt* était une condition collective qui finissait toujours par se manifester, parce qu'elle était votre définition. Cette identité est la première chose qu'ils aient eue en commun, quels que soient les noms que par ailleurs ils portent. Ils se sont connus à la maternelle de la place du Jasmin, puis retrouvés à l'école et au collège du secteur, où les rupins hésitaient à scolariser leurs enfants. Ils se sont côtoyés et aimés dans des rues aux noms de fleurs et ont choisi de s'établir ensemble, ici, pour perpétuer leur lignage. L'un après l'autre, au bras d'un parent, costumés, ils s'avancent.

Et pourtant, il est indiscutable que ce garçon et cette fille solennels et émus ne sont pas les véritables héros du jour. Dans l'assemblée effervescente, c'est un autre événement qui fait sensation ; tous les regards convergent vers le banc du deuxième rang, où les quatre hommes sont allés s'asseoir en silence. Arrivés les derniers, ils sont entrés sans saluer personne, et dans une procession lente, ont rejoint les places d'honneur que quelqu'un avait réservées pour eux. En passant à leur hauteur, le fiancé tourne vers eux un sourire reconnaissant ; ils lui répondent d'une légère inclinaison de tête.

Dans cette église, on ne voit qu'eux, les quatre hommes immobiles assis au deuxième rang. Les vestons qui les sanglent, les cols qui les embarrassent trahissent l'inadéquation de leurs corps d'aventuriers, de bestiaux, à la léthargie pompeuse des cérémonies. Et pourtant ils se montrent dociles, se lèvent et s'asseyent avec l'assistance, supportent sans ciller l'interminable rituel. Leur discrétion ne fait que souligner l'exceptionnel de leur présence.

Au fond, qu'y a-t-il pour les retenir ? Pour les mettre sous le joug, il faudrait davantage que les carcans empesés qui leur enserrent le cou. Ils ne sont pas de ceux qu'on intimide par des contraintes de protocole et des règles de savoir-vivre. Oui, il y a en puissance, sur ce banc du deuxième rang, tant de désordre et d'insubordination, tant de sauvagerie contenue, que la tranquillité de ces hommes constitue en elle-même, au milieu de l'allégresse tarte des noces, un hommage poignant au jeune couple qui vient de s'épouser.

Lorsque c'en est fini, ils regagnent lentement le portail, poursuivis de regards, environnés de légende. Les quatre Ischard. Virgile et Jonas donnent des accolades, embrassent des épouses qu'on est fier de leur présenter, s'extasient devant des bambins. Melvil tient doucement le coude du père, qui passe devant des anciens de chez Schoepflin sans paraître les remarquer. Non loin de la sortie, il aperçoit deux jambes torses dans un pantalon beige : Hippolyte, les cheveux tout lustrés, emballé dans une veste bleu marine dont une épaule est trop large. Le petit infirme lui fait signe de la main ; il répond d'un geste qu'il eût voulu princier, mais avec trop d'empressement.

Monsieur Glaser, les lunettes toujours aussi sales, le salue en hochant la tête, paupières closes. Son regard rencontre alors celui, plein d'amertume, de madame Glaser. Comme il passe auprès d'elle et s'apprête à lui dire un mot, elle détourne ses yeux faits pour pleurer. Cet anathème muet le poursuit jusqu'en bas de l'allée et il est tenté de tirer le bras du père pour lui faire presser le pas.

Une fois sur le parvis, il parvient à se ressaisir. Après tout, ils sont ce qu'ils sont. Leur nom est là, qui irradie autour d'eux. On leur demande de prendre la pose pour des photos. C'est maintenant qu'on va voir, proclame-t-il en silence, maintenant que tout commence vraiment ! Menton haut face au photographe et réprimant l'amorce d'un sourire, il s'applique à fixer sur l'objectif un regard délinquant.

Ils prennent part au convoi pavoisé de rubans, klaxonnent, grillent les feux rouges. À la salle communale, six rangées de tables nappées de papier blanc les attendent, garnies de bouquets roses et d'un nombre incalculable de bouteilles de vin. Un orchestre accueille la noce en grand tintamarre. Les premiers arrivés vont se masser devant le buffet où l'apéritif est déjà servi. Incommodé par le *foutu bastringue*, le père refuse d'entrer ; Melvil reste à la porte à ses côtés, en faisant mine que c'est de son plein gré. Il scrute avec inquiétude l'arrivée des invités, et quand il lui semble acquis que les Glaser ne viendront pas, il se détend un peu.

Mais la nuit tombe et il n'a pas de manteau. Il ne saisit la fête que par bribes, à chaque fois que quelqu'un ouvre la porte pour sortir fumer. Il aimerait rejoindre ses frères à l'intérieur plutôt que de se cailler les miches dehors avec le père, aussi volubile qu'un coffre-fort suisse. Plusieurs Schoepflin viennent le saluer, Aymé les accueille comme s'il les tenait pour responsables du boucan de l'orchestre. Lui a coincé ses mains sous ses aisselles ; plus il fait noir et plus il a froid.

Une petite voiture manœuvre sur le parking, enveloppée d'un nuage d'essence. La portière se ferme dans un bruit de tôle. Mince et friable dans sa robe beige à paillettes, elle arrive seule, caricaturalement féminine avec son petit sac qu'elle tient contre son ventre et la percussion de ses talons sur le bitume. Lorsqu'elle entre dans la lumière, il ne l'identifie pas tout de suite ; il ne reconnaît qu'un visage, autrefois aussi constitutif d'Hildenbrandt que les pavillons à toits de tuiles et les berges de boue de la rivière. Mais sa voix, lorsqu'elle vibre, soulève en lui une nuée d'images : un préau d'école, des marrons tout lustrés qu'on délivrait de leur bogue à piquants ; les akènes ailées des érables qu'on appelait *hélicoptères* et qu'on fendait en deux pour se les coller sur le nez ; une prairie duvetée de pissenlits, où ondoyaient les herbes hautes ; un manteau à fleurs rouges, un parfum de vanille.

« Melvil ! Monsieur Ischard ! Je ne m'y attendais pas du tout ! » Surprise et heureuse de les revoir, elle leur sourit d'une manière qu'il ne lui connaissait pas, sincère, charmante, mais aussi ordinaire – oui, c'est le mot : dramatiquement ordinaire.

« Nelly, je suis Nelly, dit-elle au père en l'embrassant. La Nelly d'autrefois. Je ne savais pas que vous étiez des amis de… » – et se tournant vers lui : « *Yé*, Melvil ! (Elle lui serre les deux bras.) Ce que tu as changé ! Je n'ose pas te dire que tu as grandi… Mais c'est vrai pourtant, la dernière fois que je t'ai vu, tu n'étais qu'un ado tout blond, et maintenant… »

Elle a bien changé elle aussi, il le lui fait remarquer – réalisant trop tard sa maladresse.

« Oh je sais, moi, j'ai seulement vieilli ! Tu avais quoi, deux ans de plus que moi ? Qui le croirait maintenant ! Heureusement, il reste le maquillage… »

Il cherche à dire quelque chose de plus heureux, quelque chose qui pourrait lui faire plaisir. « Il y a Virgile à l'intérieur. Et Jonas est là aussi. »

Elle hoche la tête et répond par une de ces phrases faites pour cacher ce qu'on éprouve, ou qu'on n'éprouve pas. « C'est la soirée des surprises ! » Son regard est happé par le remue-ménage à l'intérieur. Elle a croisé ses bras nus, ses doigts de pieds se recroquevillent dans ses sandales : elle frissonne.

« Ça me fait follement plaisir de vous revoir. Vraiment. »

Il regarde la robe beige entrer dans la salle et se fondre dans la foule ; le père devance tous ses commentaires d'un geste de la main. Il ne dit rien.

Percevant une effervescence, il entrebâille la porte pour jeter un coup d'œil à l'intérieur. Des serveurs sont en train d'installer de grands bacs sur des supports chauffants, libérant des bouffées de vapeur quand ils ôtent les couvercles. Les invités se servent dans des assiettes en carton avant d'aller s'asseoir par petits groupes.

« On dirait qu'on passe à table, dit-il. Ils ont sorti du meilleur vin.

– Bonne nouvelle, dit le père. On va pouvoir foutre le camp. »

Quand Melvil fait mine de retourner à la fête après l'avoir déposé, le père lui dit : « Ce ne sont pas tes amis, ce sont les amis de tes frères. Personne ne t'attend là-bas. Tu ferais mieux de rester. » Et la fin de la nuit, il la passe sur le canapé, dans l'hypnose de la télévision, en attendant que le jour vienne.

2

Ce ne sont pas tes amis. Tes amis, ce sont les gens qui téléphonent à la maison pour savoir ce que tu fais, avec qui tu sors de plus en plus souvent te balader ou siroter quelques bières. Tes amis, il faut en prendre ton parti, ce sont William et Hippolyte. Telle est la brillante société dont tu as su t'entourer. Un ivrogne et un infirme. Un intellectuel et un demeuré. Deux couillons.

Plus il y réfléchit et moins il comprend pourquoi William a jeté son dévolu sur lui, pourquoi il s'est institué son mentor et confident, sans lui demander son avis ni attendre un signe de sa part. Il s'est incorporé à sa vie comme s'ils étaient de vieux compères. William n'a aucune idée de ce que c'est d'avoir des amis, d'être entouré d'amis ; il n'a sans doute jamais été l'ami de personne. On ne peut pas s'entendre avec lui. Même ses compliments ont quelque chose d'agressif et de dégradant. Il semble toujours prêt à vous faire une leçon, qui n'arrive jamais ; c'est seulement en le quittant que vous réalisez qu'il n'a pas cessé un instant de vous faire la morale. Tout ce qu'il dit est crypté, on ne sait jamais de quoi on est en train de parler. Il vous écoute la mine enjouée, comme si vos fadaises l'amusaient au plus haut point, et semble s'ingénier à vous en faire débiter le plus possible juste pour vous regarder vous envaser dans vos contradictions. Ensuite, histoire de vous humilier un peu plus, il sollicite l'avis du deuxième couillon, buvant ses paroles comme si elles procédaient de la bouche divine.

Hippolyte, bien sûr, n'a jamais tort ; dans le pire des cas il *extrapole*. Mais lui, quoi qu'il dise, ça ne va pas, ce n'est jamais ce qu'il faudrait. William le traite comme s'il était incapable de penser par lui-même – ou plutôt, comme s'il n'avait pas conscience de ce qu'il pense *vraiment*. Il passe ses soirées à esquiver des insinuations, des questions à double fond, toujours à se justifier, en état de siège. Pendant ce temps, Hippolyte feuillette tranquillement ses magazines de voitures ou se plaint de sa mère.

Qu'est-ce que tu me veux à la fin ! s'entend-il quelquefois proférer tout haut en rentrant chez lui, seul dans l'intimité de l'allée des Roseaux. William prétend apprécier infiniment ce qu'il appelle *leurs petits stammtisch de fin de journée ;* lui en ressort lessivé et furieux. Combien de fois s'est-il juré qu'on ne l'y reprendrait plus, qu'il cesserait tout commerce avec cette baudruche avinée et prendrait ses distances avec le petit avorton, avant que celui-ci ne se figure qu'ils sont inséparables… Mais chaque soir ou presque, quand Virgile et Jonas sont sortis et que le père monte se coucher sitôt dîné, la perspective d'un nouveau tête-à-tête avec la télé a raison de ses arrêts les plus fermes. Il enfile sa veste et se hâte vers le Cénacle, sûr d'y retrouver William et Hippolyte installés à une table et de pouvoir s'offrir un brin de causerie autour d'un amer bien frais.

William s'appelle Hildenbrandt, comme la cité-jardin. Voilà encore une des bizarreries dont il se sert pour mettre Melvil en porte-à-faux et jouer avec son malaise. Il suffit qu'il laisse transparaître sa fierté d'être un Ischard pour que l'autre lui rappelle qu'il est un Hildenbrandt, en affectant de se rengorger comme un paon. Lui croyait que c'était un hasard, cette histoire de nom, et d'ailleurs tout le monde dans le quartier pensait la même chose. Jusqu'au soir où, sur une remarque qu'il lâche à propos de certains Mulhousiens qui parlent des Ischard sans avoir jamais croisé l'un d'eux, comme si ce nom en lui-même était l'expression de quelque chose, William éclate en protestations théâtrales.

« Un nom, grands dieux, mais qu'est-ce que c'est un nom ? La tyrannie par excellence, la forme actualisée de la marque de Caïn. Que devient la page blanche de notre liberté, dès lors qu'un nom y est inscrit ? On te tend ce miroir et qu'y vois-tu ? Quelqu'un d'autre que toi. Sa gloire, son infamie, son insignifiance même, deviennent les tiennes ; son histoire aussi. Le nom pense à ta place, te dicte ta conduite, il te fixe tes limites et ton horizon. C'est toi qui lui appartiens, non le contraire. La seule alternative qu'il te laisse est de l'honorer ou de le salir.

Bienheureux celui qui n'en aurait pas et dont les papiers mentionneraient : Néant. »

Melvil assène que si William en avait un qui soit notable, il ne débiterait pas toutes ces salades.

« Ah mais pardon, j'en ai un, et de considérable. Tout le monde n'a pas une cité-jardin qui s'appelle comme soi.

– Ce n'est pas si rare de s'appeler Hildenbrandt.

– Exact, dit William. Mais ne fais pas l'erreur de voir une coïncidence où il n'y en a pas. Quelquefois on est vraiment le descendant de ses ascendants. De son vivant, Hugo n'a eu qu'une avenue ; moi, j'ai une ville. »

Ils restent à se regarder. Hippolyte éclate de rire.

« Qu'est-ce que tu peux raconter comme conneries !

– Donc, dit Melvil, tu es de la famille de Ferdinand Hildenbrandt.

– Il fut mon arrière-grand-père. Vous m'accorderez que ça en jette », fait William avec son air de paon.

Hippolyte demande : « Le Hildenbrandt de *cité Hildenbrandt ?*

– En personne. Figurez-vous que je l'ai même connu : ce prodige de la nature a fini centenaire. Une santé de fer, ce Ferdinand ! Dommage qu'il n'ait pas tenu quatre petites années de plus, j'aurais aimé voir sa tête au printemps 68, lui qui avait vécu trois occupations. Quand il est mort, la région comptait déjà une bonne dizaine de rues à son nom, mais certes, aucune avenue. Et la cité-jardin, bien sûr, son grand-œuvre social. Un fleuron du paternalisme industriel, une grande vision humaniste résumée en ces quelques mots : *Aux jeunes ménages désireux d'avoir des enfants et de les élever dans…*

– … *de bonnes conditions d'hygiène et de moralité* », achève Melvil, et William lui fait un clin d'œil.

Tout de suite, il se hait. Ça lui a échappé par réflexe, comme quand quelqu'un vient vous annoncer une nouvelle et qu'on ne peut pas s'empêcher de montrer qu'on était déjà au courant. Il se hait de ne pas savoir tenir sa langue, mais plus encore, il hait William de tirer avantage de ce souvenir si ancien, si précieux, qu'il a eu la faiblesse de lui confier. Par traîtrise, par méchanceté ou pour la seule beauté de sa démonstration, William a été débusquer en lui le garçonnet cherchant l'éloge, le petit imbécile qui triomphait parce qu'il avait appris à lire.

Comme les eaux d'un fleuve la nuit, un flot d'imprécations circule obscurément en lui, mais par gêne sans doute, ou par faiblesse, elles ne parviennent pas jusqu'à sa bouche. Une fois de plus lui revient en tête l'expression que Jonas avait lâchée il y a des années, un jour qu'ils squattaient sur un banc et qu'ils avaient vu William traverser la place du Jasmin. Il avait entendu la phrase de Jonas et regardé William s'éloigner vers la rue des Jonquilles, une sacoche pendue à son épaule qui lui ballottait sur les fesses. Il savait la parole meurtrière, mais découvrait qu'elle peut atteindre et mutiler celui qui en est la cible même s'il ne peut l'entendre – il suffit qu'un autre soit là pour la recueillir et ne jamais l'oublier.

« Eh bien voilà, dit William. Tout ce que tu vois autour de toi, c'est mon arrière-grand-père qui l'a bâti. Toutes ces maisons, ces pelouses, c'est lui. La rue où tu as grandi, il l'a dessinée et nommée. La chambre où tu as rêvé tous tes rêves a d'abord été rêvée par lui.

Et, vois-tu, le premier texte que tu as su lire, il en est l'auteur. Sans Ferdinand, que serais-tu ? À bien y réfléchir, tu es peut-être moins Ischard que tu ne crois, et davantage Hildenbrandt… Alors, je te le demande : Devrais-je tirer fierté de porter le nom de mon illustre aïeul ? Quels honneurs devraient m'être rendus, à ce seul titre ? Et quelle supériorité le fait que cette cité-jardin soit sa création me confère-t-il sur les créatures qui la peuplent ? »

Ce pédant moralisateur, ce faiseur de phrases – *William, ce tas de merde.*

3

La fois suivante, sitôt qu'ils ont entrechoqué leurs verres, William tire de la poche de sa veste militaire une petite photographie d'époque, froissée et jaunie.

« C'est lui. C'est Ferdinand. »

Ils se penchent sur le portrait en buste d'un patriarche en complet noir et nœud papillon, le front largement dégarni, solennel comme la justice, barbu comme un dieu grec, qui semble les fixer de ses petits yeux sentencieux aux paupières pesantes.

« Est-ce qu'il n'a pas une belle gueule, dites ? Je l'ai connu comme peu l'ont connu, dans un cadre familial, quand il était pour ainsi dire foncièrement lui-même. Le personnage fascinait : vieux à l'extrême, racorni et sec, léger comme un enfant, l'ombre de l'homme en pleine maturité que vous avez sous les yeux. Mais toujours l'œil impérieux, étonnamment attentif, et une voix, ah… une voix ample et profonde qui ne vieillissait pas et qui, si vous voulez, pesait le poids qu'il ne pesait plus. J'aime beaucoup ce cliché de lui, cette mimique juste assez ambiguë pour lui trouver à chaque fois un air différent. On voit des lueurs, des ombres qui passent, il s'indigne ou bien il se renferme… Il est d'humeur changeante, Ferdinand, mais toujours dans le registre du mauvais poil. Jamais avare de froncements désobligeants. Jamais de doutes non plus. C'était, voyez-vous, un de ces barbons péremptoires, détenteurs de toutes les vérités de ce monde, relique vivante d'un ordre qui à la fois était révolu, et à la fois nous était transmis en héritage. »

William saisit son verre, l'approche de ses lèvres et l'éloigne avant d'avoir bu.

« Cet homme-là est un guide pour moi. Je me juge moi-même à l'aune du déplaisir que je lui cause. Je l'ai installé dans ma bibliothèque, près du fauteuil où je m'assois pour lire et bricoler mes notes. De temps en temps, je lève les yeux vers lui, je lui fais partager un point de vue, une réflexion, que bien entendu il désapprouve. Je m'ingénie à le taquiner, ce pauvre vieux voué au silence, condamné à me toiser sans pouvoir libérer sa colère. Ô, comme j'aime sentir que je l'offusque, que je l'horripile ! C'est ainsi que je tisse ma pensée : je m'édifie sur sa réprobation. Seule son indifférence me contrarie ; quand j'échoue à le faire réagir, je me secoue les puces, je me dis : William, tu files un mauvais coton, un peu d'insurrection, que diable ! »

Il boit. Par-dessus son verre, ses yeux grossis par ses lunettes les regardent tour à tour. Il est d'un sérieux tout à fait lugubre. Il repose sa pinte à moitié vide. Hippolyte et Melvil se rappellent qu'ils ont à peine touché à leur bière ; dans un réflexe involontairement synchrone, ils boivent.

D'un cercle du doigt au-dessus de la table, William fait signe à Roland de leur remettre une tournée ; puis son regard revient à la photographie. « Ce port de tête auguste, cet air de monument, c'est la statue du Commandeur. Impossible de douter qu'on a affaire à un haut personnage... Et toi, Ferdinand, quand tu regardais cette photo, qu'y voyais-tu ? L'homme d'affaires le plus puissant et respecté de la région ou, sous ta panoplie de monarque industriel, le petit commis d'épicerie merdeux que tu fus à tes débuts ? Voilà ce que j'aimerais savoir... »

Roland arrive avec son plateau, distribue adroitement trois sous-bocks sur la table et y dépose les pintes. Ils trinquent. Hippolyte se penche sur la photo. « Il ne te ressemble pas tellement, je trouve...

– Eh, fait William, je tiens surtout de ma mère. J'ai néanmoins en ma possession une superbe collection de chromosomes Y moulés directement sur... Tiens tiens, Gog et Magog qui s'amènent. »

Le sourire déplaisant dont il accompagne ses formules a été soufflé comme une bougie, laissant place à une expression qui, l'espace d'un instant, lui donne un air de famille avec son aïeul à cheveux blancs – une expression qu'il n'avait jamais montrée jusqu'ici, une expression, oui, de franche hostilité.

Melvil se rappelle alors que la porte du Cénacle vient de claquer dans son dos, que le léger frisson causé par le déplacement de l'air n'a pas tout à fait fini de circuler le long de ses nerfs. De façon inexplicable, il devine aussitôt *qui* vient d'entrer dans le *bierstub* – réapparaissant après être partis sans prévenir et avoir été absents plusieurs jours sans qu'on sache où ils étaient ni ce qu'ils faisaient.

Il se tourne sur sa chaise. Déjà, plusieurs clients se sont levés pour les saluer. « *Yo*, le Firchile ! *Yo*, le Chonas ! » Même Roland est sorti de derrière son comptoir pour leur donner l'accolade. Fringant dans son costume ajusté, Jonas serre les mains de ceux qu'il connaît et regarde les autres avec l'air de se demander ce qu'ils ont dans le ventre. Lui leur fait signe depuis sa table, s'efforçant d'escamoter le regard de William, qu'il sent derrière lui comme un souffle glacé sur sa nuque. Jonas les considère longuement, sans répondre à son geste ; Virgile vient spontanément à eux. Il ébouriffe les cheveux de Melvil et serre la main d'Hippolyte en disant : « Salut, *monsieur.* » « Tiens, il est là lui aussi », fait-il en tendant la main à William. « Bonsoir, Virgile », dit William. Sur la table, la photo de Ferdinand a disparu.

Virgile ne dit rien d'autre. Les frangins ne diront rien d'autre avant que Melvil leur ait servi leur assiette, le lendemain midi.

4

Il avait oublié les promiscuités de la cohabitation familiale, ses chambards, ses toilettes occupées. Pendant des années, ils étaient deux spectres hantant les lieux plus qu'ils ne les habitaient ; maintenant, quatre vivants y séjournent avec leurs affaires, leurs odeurs et leurs bruits. L'agitation, le désordre et la crasse ont revivifié la maison jusque dans ses moindres recoins. Les pièces qui sentaient le renfermé, glaciales l'hiver parce qu'il n'y avait aucune raison de les chauffer, se sont ranimées et comme ajoutées à l'espace auquel elles s'assemblaient sans y contribuer : Virgile dans son terrier du rez-de-chaussée, Jonas dans sa tanière sous les combles, au-dessus de sa chambre et de celle du père.

L'encombrement sonore et olfactif de ce lieu hier quasi abandonné l'étonne et l'émerveille. On entend des craquements, des pas, des conduites qui sifflent, des chutes d'objets. L'attirail qui emboucane la cave est en proie à des mues et des recompositions propres aux évolutions organiques. Quand il rentre, il ne trouve plus les choses à la place où il les a laissées en partant ; l'influx de la vie a empêché les particules de poussière de retomber lentement dans l'air immobile et de se déposer dans l'oubli ; il découvre un décor toujours remanié, inattendu, plein de rebondissements.

Une maisonnée de quatre célibataires donne un travail considérable, surtout lorsque trois d'entre eux ne s'occupent que de vider le frigo et de remplir les cendriers. Quand il revient du travail avec ses sacs de courses, il se confronte à un éparpillement de linge et de vaisselle manifestement laissés à sa discrétion. Ouvrant les fenêtres pour faire sortir la fumée, il endure les vacheries du père dont les courants d'air irritent l'atrabile. Jonas et Virgile sont dans le jardin, vêtus de leurs vieux joggings. Mains dans les poches, mégot au bec, ils s'échangent mollement le ballon des Chleuh. Il leur apporte leurs cartouches. Au fond, parmi les épaves et les mauvaises herbes, il y a quelque chose qui mousse : une flaque d'urine.

« Melvil, *achtung* ! »

Il a juste le temps de baisser la tête ; le ballon passe la haie et va rouler dans les pensées de monsieur Schlosser. Ils rigolent. « Il va encore piquer une rogne, le pépère. »

En allant sonner chez les Schlosser, comme jadis, pour se faire chapitrer et récupérer le ballon, il continue de rire tout haut, tout seul.

5

« Melvil, *v'r deckl* ! C'est pas les cloches de l'église qui sonnent. »

Il ôte la casserole du feu, va au salon décrocher le téléphone.

Monsieur Ischard ?

« Son fils. »

Virgile ?

« Non madame, Melvil. »

(Une hésitation.)

… Je suis bien chez le père de Jonas ?

(Silence.)

Pardon de vous déranger, je voudrais parler à Jonas. Est-ce qu'il est là ? Je suis Besma, il a dû vous parler de moi. Sa femme. Il faut absolument que je lui parle.

(Le père, dans son fauteuil, s'est tourné vers lui.)

Est-ce que Jonas est là ? Je vous en prie, passez-le-moi…

« Il n'est pas ici et je ne sais pas où il est. »

Il paraît qu'il habite chez vous, c'est vrai ? Est-ce qu'il est sorti ?

« Je regrette mais je ne peux pas vous parler. Je crois qu'il vaut mieux que je raccroche. »

Attendez ! C'est très important. Rien qu'une minute. Il faut absolument que je parle à Jonas. Vous pouvez lui laisser un message ? Non ! Dites-lui simplement de me rappeler. Au numéro habituel… Allô ? Vous êtes toujours là ? Écoutez, c'est très important. Dites-lui qu'ils m'ont coupé le gaz, je n'ai pas de quoi chauffer, avec l'hiver qui vient. Je n'ai pas de quoi payer le loyer ! Il faut absolument qu'il m'aide, dites-le-lui s'il vous plaît. Dites-le-lui si vous êtes son frère…

« Madame, je suis désolé…

– À qui tu parles ? C'est qui ? »

Jonas a encore son manteau sur le dos. Déformant ses traits, c'est le même rictus, yeux écarquillés et lèvre qui se retrousse, que le dimanche soir, il y a trois ans, où il a fourré quelques affaires dans un sac et est parti en claquant la porte, si fort que toute la maison a bougé – le père reprenait ses esprits dans son fauteuil et Melvil mettait en tremblant de la glace dans un linge pour lui soigner le visage quand la porte a claqué, et la vaisselle a tinté dans la cuisine, la photo d'eux petits s'est décrochée du mur de l'entrée – le même rictus, et la colère lui fait toujours venir de grandes marbrures rouges au cou.

Jonas lui arrache le combiné et le raccroche, à le fracasser. Si *elle* était là, songe Melvil, elle ne laisserait pas faire, elle dirait stop tout de suite.

« Tu ne la fermes jamais, ta gueule ! Qu'est-ce que tu lui as dit ? »

Melvil dit qu'il n'a rien dit du tout. Sa tête cogne contre le mur. Jonas le secoue encore et sa tête cogne plusieurs fois contre le mur.

« Qu'est-ce qu'elle voulait ? Du fric ?

– Jonas, *langsam*, râle le père. Arrête ton cinéma !

– Tu lui as dit quoi ? siffle Jonas. Qu'est-ce que… tu as encore été caqueter, sale petite pie bavarde !

– Jonas ! (le père hurle) Jonas, arrête ! Il n'a rien dit, merde ! »

Son ventre lui remonte dans la gorge, ô douleur, plus d'air – il voit le sol, il voit le plafond, une germination de lumière ; il est suspendu à quelque chose qui l'étrangle, le col de son pull, dans un poing aux jointures toutes blanches –, ô douleur de tous ses viscères, et des cris : *Jonas, Jonas !* Mais elle n'est pas là, si elle avait été là elle aurait dit stop, elle l'aurait tout de suite empêché.

Ça s'arrête, l'ombre au-dessus s'éloigne. Jonas le retient mais il ne frappe plus, il regarde de côté avec une sorte d'attente. Lui se tient l'estomac, cherchant l'air ; puis il voit Virgile à l'entrée du salon – Virgile entièrement nu, ses tatouages comme des balafres.

« Lâche le petit. Lâche-le. »

La main de Jonas se desserre et Melvil se ratatine au pied du mur.

« J'ai rien dit du tout, *v'r dammi* ! » Sa propre voix, bizarre, geignarde, doublée d'une sorte de sifflement.

Jonas ôte son manteau, renifle, se laisse tomber dans le canapé ; il tapote son paquet de tabac et une cigarette lui file entre les lèvres. Le père a gardé les mains sur ses accoudoirs. « C'est bon, tu es calmé ? Puisqu'on te dit qu'il n'a rien dit.

– Ça va ! Je l'ai un peu secoué, ça arrive. (Il bat son briquet et pleurniche.) C'est un enfant si sensible, il ne faut pas nous l'abîmer… Salaud de Jonas, il brutalise son petit frère ! » Se tournant vers lui : « C'est bon Caillette ? Tu vas t'en remettre ? »

Il dit que ça va, que ce n'est rien.

Virgile se tient toujours sur le pas de la porte, bras croisés, nu. Il dit : « Ne lève plus la main sur lui. Ne lève plus la main sur personne dans cette maison, ou bien tu auras affaire à moi.

– Arrête, j'ai peur ! »

Virgile fait un pas à l'intérieur du salon. Jonas bondit, debout sur le canapé, et se met à hurler.

« Viens, mais viens donc ! avec tes biscotos et ton petit oiseau ! Mais il faudra me crever, hein ! Sinon tu ne pourras pas m'empêcher de parler, tu m'entends bidasse ? Moi, je ne me laisserai pas faire ! Si tu viens, tu ferais mieux de me régler mon compte pour de bon et tout de suite. Sinon c'est moi qui te règle le tien. »

« Jonas ! crie le père. Calme-toi nom d'un chien ! Arrête de gueuler après tout le monde. »

Virgile s'est approché et aide Melvil à se relever – il suffoque encore un peu, appuyé au mur. Sa cigarette entre les dents, Jonas est en train de défaire son pantalon.

« Moi aussi, je peux la montrer, ma couille. Tu veux la voir, ma couille ? La voilà ! Elle bande aussi bien que la tienne et elle sait faire miauler les chattes, tu peux me croire. Menace-moi tant que tu veux espèce de con, je m'en fous. Je m'en branle de ce que tu dis, regarde bien : JE-M'EN-BRANLE ! Allez tous vous faire ramoner, si ça ne vous convient pas. Et le prochain qui décroche mes coups de fil, je la lui fous au derche, comme ça ! Tiens et tiens ! Dans ton sale cul, putain de poufiasse ! »

Le père se met à rigoler. Virgile quitte la pièce en levant les yeux au ciel.

6

Enfin l'automne referme sur eux, sur la cité-jardin, sa vieille main noueuse. À chaque réveil il pleut, comme il pleuvait la veille et les jours d'avant. Il n'y a rien à faire à part s'emplir de nourriture surgelée en l'arrosant de bière, se lancer des défis sur des jeux vidéo qu'on connaît par cœur et injurier la télévision où défilent, de chaîne en chaîne, des couleurs de plus en plus étiolées, des faces de plus en plus blafardes. En haut des murs, la vieille tapisserie cloque ; la moquette d'un vert boueux, qui fut un jour bleu canard, rebique dans les angles du salon. Les cendriers débordent et l'odeur du tabac froid imprègne jusqu'aux draps des lits. Par la fenêtre, quand il leur arrive d'ouvrir les rideaux, la vue du jardin est une désolation.

« Il faudrait travailler, s'écrie Jonas pendant que Melvil lui sert son assiette. *Arbeit !*... Dis voir Caillette, t'aurais pas un filon à la mairie pour aller y faire le larbin comme toi ? N'importe quoi fera l'affaire en attendant de trouver un métier convenable. »

Mais Jonas déteste tous les métiers, il n'a jamais été question qu'il en exerce aucun. Un copain lui avait trouvé une place dans une usine de charcuterie, la journée commençait à six heures : ça a duré une semaine, même pas, car c'est le jeudi qu'il a claqué la porte ; depuis, dès qu'on lui parle de travailler, il monte sur ses grands chevaux et s'exclame qu'on ne le fera jamais *retourner aux saucisses*. Jonas ne cherche pas d'emploi. Il va et vient, se rend à Besançon, Thionville ou Belfort, *pour affaires* comme il dit. Elles ne vont manifestement pas fort, les affaires.

« Et le maire, comment il s'appelle déjà, cet enflé ? Niemeyer. Tu crois qu'il ferait quelque chose pour nous ? Il n'y a pas des aides qu'on pourrait obtenir, ou bien un de leurs programmes pour se réinsérer ? »

Encagé par cette saison de pluie, Jonas bouillonne, de jour en jour plus nerveux et vindicatif. Il râle sur la bouffe, le temps qu'il fait, l'odeur du shampoing ou du liquide vaisselle. Ou bien il se lamente à propos de son ex, une manipulatrice à moitié folle qui l'a trompé, floué, roulé dans la farine – mais dont il reste tragiquement épris, se disant à un cheveu, certains jours, d'attraper la bagnole pour foncer à Forbach la retrouver.

« Mais pour une fille comme Besma, rester célibataire une heure, c'est déjà trop. Tu vois le genre de salope, gaulée comme ça, avec une bouche à faire bander un mort. Tu peux me faire confiance : ma place dans le lit était encore chaude qu'un autre poilu y pétait déjà. »

Jonas est comme un câble électrique qui grésille au milieu d'une averse. Quiconque passe à sa portée, il le foudroie. Tout ce qu'il touche il le fracasse, on ne sait même pas comment il fait. Il n'est pas jusqu'aux noms qu'il ne dégrade ou contrefasse comme le reste – tel celui d'Hippolyte, que son orgueil lui interdit de prononcer ; jamais il ne l'appellerait autrement que *Duschmoll.*

« Est-ce qu'il est aussi débile qu'il en a l'air, Duschmoll, ou bien il est pire ? C'est congénital son problème ? L'avortement a foiré ? Il a un truc à ses yeux, qu'ils se disent merde à l'autre. Et sa main, putain, qu'est-ce qu'il a à la tenir tout le temps comme ça, comme un morceau pourri ? Rien que d'y penser, je te jure, ça me débecte... Mais toi et lui alors, vous faites une sacrée paire. Les deux roustons d'un même sac à burnes. »

Il se frotte pensivement les deux joues, comme pour vérifier s'il a besoin de se raser.

« Avec l'autre *Hildebranle*, vous êtes copains tous les deux, hein ? Vous étiez faits pour vous entendre, hein ? Vous en passez des soirées ensemble, avec Duschmoll, comme un poli petit couple à trois. Des intellectuels, ma parole, le cerveau comme une hémorroïde ! Et qu'est-ce qu'il fout Duschmoll pendant que vous êtes là à jacasser comme des putes, *bouêêk bouêk bouêêêk* ! Il te reluque avec un œil et avec l'autre il reluque *Hildebranle*, c'est ça ? *Gninnngninnn, gâaa !* C'est qu'il doit vous prendre pour des génies, Duschmoll ! Il comprend rien à ce que vous racontez, rien de rien, c'est fantastique, il en bave de bonheur ! Mais vous n'avez pas besoin qu'on vous comprenne, *gæll* Caillette ? Juste de quelqu'un pour vous écouter parler... »

Si le bonheur en personne se présentait à leur porte, Jonas serait foutu de lui sauter à la gorge. Sa colère tournoie comme un essaim de mouches, avide de se trouver un objet. Par chance, il finit toujours par se calmer ; alors, on peut être un peu tranquille.

Jonas a ses jours, à force de le connaître on sait à quoi s'en tenir. Faut-il lui en vouloir d'être ce qu'il est ? C'est une question de nature, c'est-à-dire, au fond, de nerfs. Aux uns des nerfs de taureau, aux autres, des nerfs de chien. Si le père peut être le père, si Virgile peut être Virgile, alors Jonas doit être Jonas – né trois hivers après l'aîné, et de constitution moins solide, la hargne lui tient lieu de force brute. Avec ses regards par en dessous et ses silences cauteleux, on pourrait le croire fuyant, mais c'est cela même qui est trompeur, cette cautèle, car Jonas est quelqu'un de foncièrement belliqueux et frontal. Si vous le surprenez à vous dévisager et qu'il détourne le regard, mieux vaut ne pas s'imaginer l'avoir intimidé. Il n'est pas de ceux qui écartent les coudes pour se croire plus baraqués qu'ils ne sont. Il attend juste le moment propice, et ce moment finira par venir, n'en doutez pas une seconde. Sachez seulement que, s'il passe à l'attaque, c'est qu'il est assuré de vaincre.

Il tient sa cigarette entre le médius et l'annulaire, et malgré ses manières d'aristocrate, son agressivité transpire de chacun de ses gestes. Quand il se livre à son plus grand plaisir, pousser sur l'autoroute allemande les cylindrées de ces gens qu'on ne voit jamais et qu'il appelle ses *contacts*, il rentre trempé de sueur, sentant la bête, à demi malade de vitesse et de frayeur. *Virgile a des chevaux-vapeur*, a-t-il dit un jour ; *moi, j'ai juste pas de freins.*

Et pourtant, si teigneux soit-il, il peut être drôle Jonas – drôle à se faire dessus. Parce qu'il ignore toute limite, parce qu'il joue de votre confusion, il n'a pas son pareil pour vous tenir suspendu entre l'hilarité et l'effroi. Il transformerait une calamité en fou rire. Il ferait passer un carnage pour une farce.

7

Tout est né du père, pour ainsi dire jamais né lui-même, mais plutôt apparu, à une date consignée comme celle de sa venue au monde, parmi la graine surnuméraire de l'Assistance. On ne sait comment vint sur terre celui qui n'était pas encore le père, pas encore Ischard, qui n'était rien de plus qu'une respiration précaire dont, pour des motifs à jamais ignorés, nulle n'avait voulu ; à qui un nom fut octroyé, alors vide de signification, et un prénom, Aymé, peut-être surgi du sein attendri d'une nourrice que cette naissance dépouillée de tout, au beau milieu d'une apocalypse, avait émue aux larmes.

Dans sa langue bourrue et pauvre en mots, il lui arrive d'évoquer les salles de classe sordides où il vint à la conscience, les hauts couloirs résonnant de voix impérieuses, l'immuable assiette de soupe claire avec le quignon sec à y tremper, la chapelle hypocrite, les douches collectives aux carrelages moisis où l'on tremblait de froid l'hiver. Parce qu'il était douteux qu'il fût vraiment d'ici – on ignorait de quel côté de la frontière provenait la semence dont il était le fruit (mais en ce temps-là, la frontière elle-même pouvait varier d'un jour à l'autre) –, pour ce motif qui attirait sur lui le soupçon, il fut souvent l'objet de mauvais traitements, qu'un demi-siècle plus tard, une rancune intacte l'empêche encore de verbaliser. De mères, il en eut plus d'une : elles veillaient sur lui parce que c'était leur travail. Il en connut de gentilles, mais celles-ci ne restaient jamais longtemps ; la plupart étaient dures, vides d'affection, rêches comme les draps des dortoirs, leurs mains plus froides que les cadres en fer des lits ; faisant office de pères, c'étaient des surveillants, des directeurs, et s'il y en eut de bons, il n'en a pas souvenir. Il n'était pas bien gros, mais dès qu'il eut assez de force, il leur fit regretter leurs sévices. De cela, il parle plus volontiers.

À quoi pourraient ressembler les enfants nés d'une telle enfance ? La question ne se posait pas, pas encore. Pour que ce jeune homme-là devienne un père, il faudrait que quelque chose se produise, quelque chose de spécial. Le monde n'était alors que ce avec quoi il échangeait des coups, dans une empoignade de chaque instant dont il ne songeait pas à ressortir vainqueur. Il avait déjà souvent fait parler de lui, avec ses façons coléreuses, ses bagarres à répétition, les grisettes qu'il exténuait en quelques semaines et qui s'en allaient avec leur petite valise, déboussolées, sèches de larmes. Il avait une bonne tête et des poings comme des pierres : il ne crut jamais à rien d'autre. Il ne souffrait pas ; sa haine s'extériorisait à jet continu. L'époque était aux hymnes et aux slogans, mais dans les propos qu'il tient quelquefois – rarement –

sur sa jeunesse, il n'en fait jamais mention. Il n'est pas impossible qu'il ait un temps vécu du banditisme, mais si cela fut, cela ne dura guère : Aymé n'avait pas même ce qu'il aurait fallu d'idées pour se faire criminel.

À ses débuts, ou du moins à ce qu'il présente comme tels, il fut employé dans une blanchisserie, puis comme manutentionnaire dans une savonnerie de Thann. Quelques années plus tard, il entrait à la fabrique Schoepflin, dans des ateliers produisant des pièces mécaniques et des roulements à billes. On ne l'a jamais entendu se plaindre de sa condition d'ouvrier, sans doute parce qu'elle donnait à ses jours un cadre ferme, contraignant, qui lui convenait bien ; la présence des machines, les chocs, les fontaines d'étincelles et l'exténuation quotidienne semblaient lui procurer quelque apaisement ; il se faisait des amis et découvrait une sorte de camaraderie qu'il n'avait jamais connue jusqu'alors, celle qui naît du labeur commun. Sa carrière s'est donc faite presque en totalité chez Schoepflin, d'abord à Lutterbach, puis dans la nouvelle usine de Pfastatt, inaugurée à la fin des années 1960.

C'est dans ce complexe flambant neuf – « un fleuron de la modernité industrielle », etc. – qu'il accéda véritablement au rang de phénomène. Voici comment les choses se passèrent, telles que la tradition familiale les a fixées. Quelques mois après le changement de site, un certain *monsieur le ministre* se présenta chez Schoepflin en grand équipage, pour une visite officielle. L'événement était d'importance et mettait toute l'usine en émoi. On avait dressé un pupitre dans le hall du réfectoire où l'hôte de marque allait prononcer, disait-on, un discours de portée nationale ; au pied de l'estrade, l'effectif complet se massait, épaule contre épaule quoique le fond de la salle fût vide – mais c'était la consigne, en raison de la présence de photographes venus de la capitale, et même de la télévision. L'ouverture de la nouvelle usine s'était accompagnée de quelques soubresauts à propos des conditions de travail et de l'organisation de l'horaire, mais le temps n'était pas encore à la subversion et personne parmi les Schoepflin n'aurait songé à importuner des gens éminents avec leurs tracas d'ouvriers métallurgistes du fin fond du Haut-Rhin. Intimidés par les caméras, ils se tenaient au garde-à-vous, observant un silence plein de respect. Peut-être ne s'attendaient-ils pas à ce que le ministre, son allocution achevée, quitte son piédestal pour aller les gratifier l'un après l'autre d'une poignée de main et d'un mot sympathique. Il faut les comprendre : ils ne voyaient jamais les grands de ce monde autrement qu'en noir et blanc, au milieu des pompes républicaines ; la chaleur personnelle de ce geste, même cent fois répété, les surprenait et les flattait. Les photographes immortalisaient les sourires enfantins que le passage de l'homme national allumait sur leurs traits à mesure qu'il s'avançait dans les rangs.

Il arriva pourtant que l'un des ouvriers dédaigne cette main amicale lorsqu'elle se présenta devant lui. Les siennes jointes dans son dos, le petit homme – Aymé – considéra la main, puis celui qui la lui tendait, le plus tranquillement du monde, sans esquisser un seul mouvement pour lui répondre. Le crépitement des flashs ne lui arrachait pas un battement de cils. Il ne justifia pas son refus, mais son impassibilité frondeuse valait tous les discours. L'autre, qui ne s'y attendait pas, met une, deux secondes à réagir ; pendant quoi les photographes se déchaînent. Le jeu politique et les gros titres firent le reste. Le lendemain matin, l'ouvrier récalcitrant – fine moustache et menton vigoureux, plastron étriqué de petit personnage méchant – dardait en pleine page ses prunelles hargneuses dans celles, manifestement effarées, de l'homme d'État. Des exemplaires de ces journaux subsistent peut-être dans les archives des bibliothèques ou dans certains greniers encombrés de souvenirs caducs ; le principal intéressé n'en a conservé aucun, à l'époque même il n'a pas jugé utile de se les procurer.

C'est qu'il ne prêtait pas à l'épisode une telle importance. D'autres pourtant se mirent en devoir d'expliquer sa conduite, croyant y déceler des motifs, un message. Ils n'auraient pas pu se tromper plus gravement. Encombrés d'idées et de doctrines, ils avaient manqué la portée véritable de l'incident, sa signification unique et suprême : si un individu dont vous n'appréciez pas la gueule vous tend la main, il n'y a aucune raison que vous vous obligiez à la lui serrer.

Du jour au lendemain, l'ouvrier Ischard se retrouvait l'objet d'un intérêt national. On l'arrêtait dans la rue pour le féliciter ou le blâmer, dans les deux cas il répondait par des injures. Des journalistes traversaient les provinces pour recueillir sa parole, il leur montrait le poing ; d'autres devaient s'interposer pour éviter les voies de fait. Il n'avait rien à dire, pas de déclaration à prononcer ; nul idéal, nulle cause à défendre, personne à qui rendre justice ; il ne *pensait* rien. Dans sa rage aveugle il aurait tout envoyé au diable, comme s'il n'était permis d'imaginer aucun avenir, ni de cohabitation avec quiconque, pas même avec soi-même, un seul jour dans sa vie.

Bientôt, ceux qui avaient cru pouvoir mettre son insubordination à leur profit comprirent leur erreur et se désintéressèrent de lui. D'autres événements le firent oublier. C'en était fait du symbole ; mais dans la cité Hildenbrandt, où Aymé Ischard venait de s'établir avec sa jeune épouse, une légende avait pris pied.

8

L'événement spécial et improbable qui ferait d'Aymé autre chose qu'un jeune ouvrier solitaire et farouche s'était pourtant déjà produit. Ils étaient deux maintenant à porter ce nom étrange, il y avait une madame Ischard ; son prénom, Frédérique. Elle était grande, aussi forte et lourde qu'Aymé était maigre et sec. Sans doute y avait-il quelque chose d'étrange à les voir côte à côte, le petit homme brutal et irascible et sa femme placide, aimante, absolument étrangère à toute forme de violence. Il y avait en elle quelque chose comme un sanctuaire, où manifestement Aymé avait trouvé un semblant de sérénité (mais de ceci on ne peut être sûr, car jamais ou presque il ne parle d'elle ni ne prononce son nom ; peut-être parce qu'elle occupe en lui une place vouée au silence – Aymé est de ceux pour qui *s'expliquer* n'a qu'un seul sens, où la parole n'entre pas en compte).

De l'union de deux êtres si dissemblables, Aymé et Frédérique, il naquit deux garçons, dont l'aîné tenait essentiellement d'elle et le cadet de lui ; un troisième fils leur vint cinq ans plus tard, qui n'était semble-t-il pas attendu. En celui-là, les espèces opposées qu'ils incarnaient avaient enfin trouvé la clé de leur mélange – avec peu de succès : grand, il était sans force ; maigre, il était sans dureté. Peut-être fut-ce parce qu'il était si faible qu'elle se prit pour lui d'un amour électif. Elle le trouvait intelligent – ce qui, dans l'entourage où il grandissait, ne passait pas forcément pour une qualité.

On ne peut pas dire qu'ils vécurent dans la douceur, Aymé demeurant imprévisible et porté au conflit, et elle n'ayant pas un tempérament à se laisser malmener ; du moins leurs années s'écoulèrent-elles dans un certain apaisement. Frédérique était de constitution massive, mais n'avait pas le cœur robuste qu'eût exigé une telle charpente. Cette troisième grossesse l'avait laissée exsangue. Pendant six ans encore, elle sut se maintenir dans de perpétuelles fatigues et de nuisibles excès de poids. Un matin, après avoir déposé le petit à l'école, et tandis qu'Aymé depuis l'aube transpirait sur sa machine, elle eut soudain très sommeil. Elle n'eut pas la force de gravir l'abrupt escalier qui lui demandait tant d'effort, elle qui l'empruntait vingt fois par jour. Alors, chose qu'elle ne s'autorisait jamais, elle s'allongea sur le canapé du salon, parce qu'elle ressentait vraiment une fatigue terrible, une fatigue qui ne pouvait attendre. Elle laissa tomber son corps pesant sur le canapé, où elle mourut toute seule, les mains jointes sur le ventre, un chausson pendant encore à l'un de ses pieds.

Ce fut Aymé qui la trouva au retour du travail. Elle était raide et froide.

Ce jour-là, c'est madame Hoeb qui est venue chercher Melvil à la sortie de l'école – madame Hoeb qui se tamponnait les yeux avec un mouchoir et ne voulait rien lui dire, alors qu'en chemin ils croisaient les figures consternées des gens qui savaient déjà.

Il y eut une cérémonie, inadmissible, où Aymé revêtit le costume et les chaussures qu'il n'avait portés qu'une seule fois, pour leur mariage.

Quant aux trois garçons, du jour au lendemain ils devinrent *les pauvres petits Ischard.*

Et ne cessèrent de l'être qu'une fois devenus *les sales petits Ischard.*

Lui, le protégé, qu'est-ce qui le protégeait désormais ? *Nada.*

9

La première fois qu'il a vu Hedda Hildenbrandt, il luttait pour hisser le quintal de William au sommet de son perron, rue des Jonquilles. Certains soirs où il faut le raccompagner parce qu'il a bu à en perdre la tête, ils trouvent, en arrivant à la maison rose, une lumière qui brûle derrière les rideaux ; non celle de l'accueil aimable à celui qui va trouver le foyer endormi, ni la veilleuse qu'on laisse pour lui éviter de trébucher dans le tapis et de faire tout un raffut en ruant dans les meubles comme un éléphant ivre : cette lumière-là signifie qu'à l'intérieur, il y a quelqu'un qui attend – quelqu'un qui a vu William partir et le connaît suffisamment pour savoir qu'il rentrera tard, et dans quel état.

Melvil n'a donc pas été surpris la première fois, seulement très embarrassé que le perron s'allume au moment où ils arrivaient. William s'était étalé en travers des marches et, passablement amoindri lui-même, il le poussait et le tirait, sans bien savoir s'il s'évertuait à le remettre d'aplomb ou à le tracter jusqu'au palier. Tout ce qu'il voulait, c'était le livrer sur son paillasson pour pouvoir rejoindre son propre lit. C'est alors que la porte s'est ouverte et qu'elle est apparue, chaussée de petites pantoufles d'éponge, pelotonnée dans un peignoir bleu pâle.

Deux êtres maladivement timides, lorsqu'ils se rencontrent au-dessus du corps renversé d'un ivrogne, n'échangent pas une parole. Hedda Hildenbrandt s'est pliée en deux, mince et blonde comme un ruban, et a entrepris de traîner son mari à l'intérieur en le tirant par les épaules. Lui l'aidait du mieux qu'il pouvait, manœuvrant les jambons de William comme des brancards de brouette. Elle avait un visage de poupée vieillie, avec des yeux dont le bleu se diluait sous ses cils presque blancs. Le nez dans la tignasse de William, elle lui chuchotait des choses en allemand ; on aurait dit qu'elle le grondait doucement, sans colère, mais avec désespoir.

Melvil lui a tendu les lunettes que son mari avait perdues en croisant la route d'un trottoir. Elle a dit merci sans oser le regarder. La porte s'est refermée.

Au moment où il passait le portillon, un grand sanglot s'est élevé dans la maison.

« Heddouchka, Heddouchka, c'est si bon de t'avoir ! Pardonne-moi pour tout ça… Tu ne peux pas savoir comme je t'aime ! »

10

Au fond, William ne parle jamais que d'une seule et même chose, et tout ce qu'on peut dire ou suggérer ne fait figure que d'entrée en matière avant d'aborder l'unique vrai thème, le seul qui mérite qu'on y consacre les meilleures heures de ses soirées : Hildenbrandt, ses origines, son Fondateur, enfin tout ce qui se rapporte à son illustre généalogie. Cette histoire, il ne l'avait jamais dite à quiconque dans le quartier, pourquoi s'est-il mis en tête de la leur raconter à eux ? Où veut-il en venir ? Melvil sent bien qu'il y a quelque chose d'embusqué derrière son insistance, ses regards appuyés ; et il perçoit que cette insistance et ces regards s'adressent avant tout à lui, bien davantage qu'à Hippolyte.

Sa propre histoire, la chronique glorieuse et brutale des Ischard dont il ne rechignerait pas, lui, à causer un peu toujours, William s'arrange systématiquement pour l'évincer, déjouant ses tentatives, insensible à sa contrariété lorsqu'il lui coupe grossièrement l'herbe sous le pied – comme si leurs deux mythologies étaient en rivalité, ou plutôt comme si, dans le fond, elles n'en formaient qu'une seule, avec son ombre portée.

Ils finissent par la connaître mieux que la leur, cette saga avec tous ses personnages. Hildenbrandt l'aïeul, le père de Ferdinand, qui faisait régner au domicile familial la langue de la patrie, pour laquelle il avait combattu en 1870. Les tabliers de la mère, ses toilettes du dimanche où s'associaient subtilement le bleu, le blanc et le rouge. Chaque été, le 14-Juillet passé à Belfort, restée française, les tables de fête qui « ressemblaient à des cocardes » – William aime bien cette expression. Tout jeune homme, Ferdinand travaillait comme commis dans l'épicerie paternelle, sous les ordres d'un frère aîné à qui l'affaire devait un jour revenir. Mais les choses ne se déroulèrent pas comme prévu, le frangin fit défection et s'embarqua pour le Tonkin avec d'obscurs projets d'import-export, et le père, peut-être par voie de conséquence, fut pris d'une violente fièvre qui le mit sur le flanc. C'est à ce moment que Ferdinand « quitta l'habit de subalterne pour celui de patron » – autre tournure que William affectionne.

Il faut sauver le commerce dont la famille tire ses ressources. Le jeune homme s'acquitte de ce devoir, mais sans s'en contenter : animé d'une énergie phénoménale – « cette fureur focalisée qu'on appelle ambition » –, Ferdinand réorganise, structure, développe, agrandit. Il lit la presse économique, se renseigne sur les mérites comparés de la commandite et des actions, curieux de toutes les possibilités offertes par son temps.

« À telle enseigne qu'Hildenbrandt l'aïeul, après sa longue convalescence, lorsqu'il s'amène pour reprendre du service, retrouve à la place du petit comptoir avec son odeur familière et sa balance hors d'âge, ses registres d'apothicaire et la clochette qui tintait lorsqu'un client poussait la porte, une *compagnie*, dont l'essor dépasse déjà tout ce que l'ordre étroit et méticuleux de son esprit l'autorise à se figurer. Il cherche des yeux l'esquif dont il avait momentanément cédé la gouverne, et réalise soudain que c'est depuis son pont supérieur qu'il scrute l'horizon. L'idée de revendiquer son capitanat ne le traverse pas. Si considérable est le vaisseau que, lorsqu'il s'ébranle, c'est la terre ferme qui semble appareiller.

« C'était cela, messieurs, Ferdinand Hildenbrandt ! *Conquistador par tempérament*, eût diagnostiqué le docteur Freud. Avec lui, les choses ne traînaient pas. Et les *Établissements Hildenbrandt* s'élancent vers l'avenir, laissant derrière eux le monde poussiéreux des arrière-boutiques où l'on se brise l'échine à soulever des marchandises, où l'on s'use l'âme à consigner sur le carnet de crédit, en soigneuse écriture cursive, qu'on vient de délivrer à Herr Untel ou Frau Soundso tant de grammes de ceci et tant de miettes de cela, payables à fin de mois moyennant intérêts.

« En peu d'années, Ferdinand démontre que sa volonté peut tout. Les sheds multipliés, la main-d'œuvre devenue légion lui ouvrent des portes dont Hildenbrandt l'aïeul, encore moins Hildenbrandt le bisaïeul, n'eût seulement soupçonné l'existence. Les potentats alsaciens accueillent Ferdinand sur leur olympe, avec la condescendance qu'on réserve aux nouveaux venus. Ils ne mesurent pas sa faim. Les voilà bientôt réduits à emboîter son pas de charge, imitant ses procédés industriels pour se maintenir dans la course ; mais quand ensuite ils ouvrent le journal, c'est pour y découvrir la dernière innovation de l'insatiable édificateur – sociale, celle-ci : un restaurant pour le personnel. Viennent ensuite les sanitaires, la bibliothèque, l'infirmerie ; la participation, la caisse de maladie et les congés payés. Les mots *bienfaiteur*, *humaniste* s'attachent à son patronyme telles des épithètes homériques ; ainsi qu'une moisson de titres : vice-président de la chambre de commerce, conseiller municipal, député du Landtag. Son nom – mon nom, mon cher Melvil ! – figure au conseil d'administration de tout ce que la région compte d'empires industriels. Arrive la guerre.

« Ferdinand, en trois décennies d'activité démesurée, a trouvé le temps d'épouser une fille Herrenschmidt et de bâtir une grande famille. Lui qui depuis ses dix ans ne rêve que de retour à la France doit bien se douter que, pour que ce retour soit possible, il lui faudra voir ses fils connaître la défaite. À l'été 1914, deux de ses huit enfants lui sont enlevés sous des casques à pointe. L'un d'eux, expédié vers la Marne peu après la mobilisation, réapparaîtra cinq ans plus tard, au Maroc, sous la bannière tricolore. L'autre, entre-temps, est revenu indemne de chair, mais estropié de l'âme. Luttant contre des visions, des cauchemars atroces, le malheureux annonçait la fin du monde ou tantôt l'appelait de ses vœux, sanglotant dès qu'il apercevait un petit enfant dans la rue. Il consacra ses dernières années à dépérir affreusement ; en 1940, il jugea préférable de s'abstraire pour de bon d'un monde rechuté dans la guerre. Interné à l'hôpital de Ville-Évrard, il y mourut, non de folie mais de faim – entretenir les malades mentaux n'était pas la priorité de l'occupant ; et puis, tout le monde manquait de tout. Il s'était appelé Michel.

« Mais revenons à Ferdinand, aux prises avec de multiples contradictions, dans ces quatre années de Grande Guerre où tout se brouille. Si la paix moderne prisait ses boîtes de conserve, la guerre moderne en est avide. Ses usines ne connaissent pas les pénuries car les autorités veillent à leur approvisionnement. Il y a des fronts à ravitailler, des contingents en circulation, des bouches à nourrir par centaines de milliers, chaque jour, pour que chaque jour force soit donnée aux fils des uns d'immoler les fils des autres – ou des mêmes, ne l'oublions pas, messieurs, pour ce qui est de nous autres Alsaciens. Sur des centaines de kilomètres de front et jusqu'en Afrique, officiers et *Mannschaften* tirent de boîtes en fer-blanc leur ration journalière de bœuf en sauce, de petits pois ou de fromage. Des millions de boîtes de conserve où figure, dans une proportion considérable, la griffe en lettres stylisées des Établissements Hildenbrandt. Tandis que l'Europe entière et la moitié du monde épuisent leurs forces en inutiles holocaustes, Hildenbrandt le francophile, dont les ressources productives sont inévitablement engagées au service de l'empereur, est au zénith de la prospérité.

« À quel moment la limite est-elle franchie ? Difficile à dire – mais il n'est pas jusqu'aux pires fléaux que Ferdinand n'envisage à travers son appétit, qui est celui d'un ogre. Alors que la région est à sac, ses employés de confiance se livrent à des jeux d'écriture sur les stocks de marchandises brutes et semi-finies, afin de minimiser les profits officiels des Établissements Hildenbrandt. Les liquidités de la compagnie sont transférées en Amérique du Nord, où même l'effondrement du Mark ne pourra les atteindre. Cette gestion de bon père de famille, dans le contexte où elle s'accomplit, ressemble à s'y méprendre à de la voracité. Mais depuis le temps que j'y réfléchis, je suis à peu près certain que Ferdinand avait réussi à se convaincre qu'en se goinfrant de la sorte, c'était la France qu'il enrichissait, au nez et à la barbe du Kaiser. Jamais il ne s'est vu lui-même en profiteur de guerre.

« Enfin, novembre 18 apporte l'armistice. Ferdinand perd la guerre et Ferdinand la gagne. Ses deux fils lui reviennent, l'un vaincu, l'autre vainqueur. Ils accueillent la France, la France les accueille, avec la richesse amassée moitié en spéculant, moitié en approvisionnant l'ennemi. Ferdinand va sur ses soixante ans. Est-ce la façon dont elle fut acquise ou la fortune elle-même qui attise les rancœurs ? Le bruit des canons ne s'est pas tu que l'honorable industriel se retrouve la cible d'accusations infâmantes. Le bien d'Hildenbrandt serait mal acquis, il se serait engraissé au sang des Français répandu dans toute l'Europe. La presse l'éreinte, il entre dans les années vingt aux prises avec le pire des adversaires, la calomnie. Il s'indigne, défend furieusement son honneur. Ses contempteurs ne font aucun cas de sa puissance ni de sa respectabilité passée ; déjà la République lorgne sur le pactole. Ferdinand comprend qu'il ne s'en tirera pas sans un nouveau coup d'éclat. Il lui faut, d'un seul geste, prouver son intégrité, rétablir sa réputation et se mettre définitivement à l'abri des attaques. C'est ainsi qu'il endosse une fois encore le costume du patron philanthrope. En 1920, il crée une fondation qu'il dote, comme le stipule l'acte de donation, de *l'entièreté des bénéfices fortuits tels qu'ils résultent du fait de la guerre* – il faut apprécier tout le sel de ce mot, *fortuit*... Ces bénéfices, explique-t-il, *ne sauraient demeurer la propriété de ceux qui les ont faits, mais doivent retourner à la communauté*. Et il fait bâtir la cité-jardin. Le stratagème est impeccable et décisif. Les accusateurs sont pris de court. Ferdinand était un prophète : le voici un saint. »

À l'issue de deux heures de pédantisme effréné, ils se retrouvent dans les bourrasques de la place, Roland éteignant derrière eux les néons du Cénacle. Hippolyte allume une clope, William laisse sa veste flotter à ses épaules, offrant sa bedaine au vent. Melvil les dépasse, se boutonnant jusqu'au menton avec mauvaise humeur. Tout le monde ne peut pas, c'est vrai, confondre ses origines avec les pages flamboyantes de l'histoire. Mais peut-être qu'après tout, celle des uns prend fin là où commence celle des autres ; et qu'une mornifle d'aujourd'hui a plus de signification qu'un tir d'artillerie d'il y a un siècle. Au fond de sa gorge, il y a une voix qui vitupère et qui rage, prétendant, comme s'il était un autre, qu'une bonne bagarre lui ferait du bien. Puis, vidée de sa substance par le fait même de s'être exclamée, la voix hargneuse perd son timbre et court se tapir dans un coin, parmi d'autres vieilleries qui n'ont resplendi qu'un instant.

Sur le terre-plein se dresse le monument aux morts. L'éclat blanc des projecteurs délinée la *mater dolorosa* qui lamente sans bruit le martyr de ses fils. Elle tient contre son cœur leurs deux dépouilles entretuées, recueille leur souffle final, les endort pour la dernière fois. Dans la mort qui les réunit, leurs mains se cherchent et les réconcilient.

William est venu se planter à côté de lui, toujours en verve. « Seth et Osiris, Quetzalcóatl et Tezcatlipoca, énumère-t-il en incendiant sa pipe. Étéocle et Polynice, Romulus et Remus… Au siècle de l'acier, le *Boche* et le *Franzosenköpfe*. »

Hippolyte s'est assis sur les marches, la tête ensachée dans le capuchon de sa doudoune. Melvil songe qu'il y a deux sortes de bavards : ceux qui s'écoutent eux-mêmes et ceux qui ne s'entendent pas. Lui quand il parle, il n'est pas au spectacle, il ne s'installe pas confortablement pour se délecter de ses propres discours. S'il en dit trop, ce n'est pas par coquetterie, c'est, justement, que les mots lui manquent ! C'est *par besoin*, lui, qu'il parle – parce qu'il y a quelque chose en lui qui cherche et cherche, sans fin, qui veut toujours mieux dire, trouver l'énonciation juste, la phrase qui dira *tout*… Mais si près qu'on s'en approche, l'essentiel se dérobe toujours et vous file entre les doigts, irrémédiablement. S'il avait le talent suffisant, il pourrait leur expliquer, ici et maintenant, en peu de mots même, ce que représente pour lui cette statue – prophétie absconse, là depuis toujours, qui, un certain jour de son enfance, a brutalement pris sens. Ils revenaient des obsèques et tout était brouillard ; quelque chose n'était plus, il le savait mais il continuait d'échouer à le comprendre, à comprendre ce que cela signifiait vraiment. La voiture s'est arrêtée au feu, les essuie-glaces battaient lentement. Il pleuvait sur le mémorial. Et tout à coup le sens est venu, en même temps que cette question qui lui montait du fond du ventre : *Et le troisième fils, où est-il ?...* – Oui, s'il avait assez d'éloquence, il pourrait leur dire la beauté lancinante de ces adieux éternels, et cette impression qu'il éprouve depuis tout ce temps, à chaque fois que son regard se pose sur cette femme de pierre serrant contre elle ses deux garçons, sur le seuil de la mort, l'impression qu'*il en manque un parce qu'on l'a oublié.*

Mais pour ce qui compte vraiment, on n'a jamais les mots à la hauteur. On dit les quelques maladroits qui viennent et l'instant est passé ; ensuite, pour le ressusciter, il faudrait y consacrer des semaines et des années, il faudrait y passer sa vie.

William pointe sa pipe vers les lettres d'or du soubassement. « *À nos morts*, c'est ce qu'on burine sur nos piédestaux, car il s'en faut de beaucoup que tous nos morts l'aient été *pour la France*... Voilà pourquoi l'Alsacien a tendance à ne pas la ramener. Mais ça vaut toujours mieux que l'arrogance des vainqueurs. »

À quoi bon user sa salive ? William ne comprendrait pas. Il ne croit qu'à l'histoire, la légende lui est indifférente. Hippolyte a les yeux qui se ferment doucement et par moments se rouvrent en sursaut. La cigarette se consume entre ses doigts mais il ne la fume pas. C'est l'heure où il n'en peut plus. Ils l'aident à se remettre debout et le raccompagnent malgré ses faibles protestations. De toute façon, il n'est pas en état de retourner seul chez lui.

11

Il suffit qu'Ils se manifestent pour que tout soit métamorphosé. On ne sait jamais quand cela se produira, Ils sont, le plus souvent, appelés en d'autres lieux par les nécessités obscures de leurs *affaires*, et alors les soirées s'écoulent en heures ternes, frappées d'inanité, loin du noyau vivant et chaud où l'essentiel se passe. Mais lorsqu'un soir Ils débarquent, entourés d'acolytes, c'est comme si, à la manière dont la foudre se répand dans le ciel et élit au hasard un lieu pour frapper, le cœur battant du monde s'invitait par caprice entre les murs lambrissés du Cénacle, lequel prend aussitôt des allures de guêpier.

Ils prétendent seulement boire quelques verres et bavarder ; mais leur présence instaure autour d'eux une tension agressive, un arc d'électricité – quelque chose comme la raréfaction de l'air précédant la tempête. Sur les carreaux des fenêtres, la buée perle et se ramasse en grosses gouttes. La clientèle, étrangement, ne donne nul signe d'inquiétude. Dans l'atmosphère brune et jaune, tous continuent de siroter leur verre, parlent fort, plaisantent, semblables à ces troupeaux de savane qui paissent sereinement aux abords d'un point d'eau, oublieux de ce qui les observe tapi à quelques enjambées de fauve. Ils ne savent pas, s'ils savaient ! s'écrie-t-il alors de tous les regards qu'il jette autour de lui. Mais regardez donc : ce sont Eux, Ils sont là !

Ce qu'il va se passer, Melvil l'ignore encore, mais il sait qu'ils ne repartiront pas sans que quelque chose se soit produit. Il faut être à l'affût, tout arrive si vite ; une simple inattention et on en est pour ses frais, réduit à s'en remettre aux récits de première main. Greffier vigilant, il se tient prêt à recueillir les minutes du *fait* sitôt qu'il surviendra. Il ne lui reste presque aucune attention à consacrer à ce qui se dit près de lui.

Or, c'est le soir précis qu'a choisi Hippolyte pour leur exposer (c'est-à-dire à William et à lui, avec un luxe effarant de détails) ce qu'il appelle son « plan pro », son projet de carrière dont il a d'ores et déjà fixé les étapes. Son intention est de « faire » vendeur de voitures – « attaché commercial automobile », selon les termes qui font briller ses yeux. Mais ce n'est qu'un début : avec les quantités de ventes qu'il compte réaliser, il gravira les échelons, prendra la direction commerciale puis générale d'une concession. Devenu patron (il dit « boss ») et ayant amassé un capital, il ira voir les banques pour investir, achètera un premier garage, ensuite plusieurs. À l'entendre, c'est comme si c'était fait, il se voit déjà à la tête d'un groupe, d'un réseau, d'un empire. Il jure de s'y atteler dès qu'il pourra s'offrir des leçons de conduite.

Le gamin a posé devant lui, à côté du cendrier, une pochette en carton bleu dont il a défait l'élastique.

Elle contient une liasse de pages découpées dans les magazines de voitures où il est toujours plongé. Tout en énumérant ses succès futurs, il feuillette ce palmarès, s'arrêtant quelquefois pour admirer la ligne racée d'un bolide ou pointer d'un doigt jauni de tabac telle cote ou tel gabarit qu'il juge spécialement instructif. Cette collection, leur explique-t-il avec ferveur, il la possédera un jour pour de bon, « en chair et en os ». Hippolyte a un goût minutieux, il sait très exactement ce qu'il veut, jusqu'à la teinte des selleries, au diamètre des jantes. Collectionneur aussi averti qu'imaginaire, il ambitionne de détenir tout ce qui s'est fait de plus ingénieux dans les deux dernières décennies d'histoire automobile – sans se cantonner aux marques de luxe, a-t-il soin de préciser.

« Les Françaises, par exemple, elles ne sont pas toutes à chier, il y a des compactes sportives qui ont marqué leur époque… » – leur mettant sous le nez les spécifications techniques, rafistolées à l'adhésif, d'une vipérine GTI noire. « Mon critère, c'est le plaisir de conduite. Parce qu'en plus, avec mes enfants – j'en aurai au moins cinq, et ils auront tous un animal, et ils feront tous les sports, enfin c'est eux qui verront, ils feront comme bon leur chante. – Voilà, avec une famille nombreuse, tu ne peux pas emporter n'importe quoi pour les vacances, il y a les valises et tout. Pour ce genre de chose, il y aura le véhicule de fonction, toujours du haut de gamme quand on est directeur. »

Il classe méticuleusement sa future GTI et absorbe quelques gorgées de bière. Plongé dans l'extase par ce conte des mille et une nuits, William tortille machinalement des boucles dans sa barbe. Melvil s'aperçoit alors qu'Hippolyte le regarde avec insistance, semblant quêter sa réaction et – oui – son approbation. Il ne sait pas résister à ces grands yeux noirs impérieux et naïfs. Presque sans le vouloir, il hoche la tête, ratifiant malgré lui les plans sur la comète dont Hippolyte s'est bricolé un avenir. Sur le visage du môme, un sourire s'épanouit.

« Une voiture, Duschmoll ! Mais c'est un gag ? »

L'exclamation a fusé comme un cri d'alerte, sectionnant net les conversations. Installé à une table avec Diebolt et d'autres, Virgile redresse la tête vers le comptoir. Un ruban de fumée bleue s'élève de la cigarette de Jonas, comme un liquide qui s'écoulerait à l'envers. Il est accoudé à côté d'une pinte, une fesse sur un tabouret de bar, avec une figure d'étonnement dégoûté qui semble dire : Me trouver mêlé à de si lamentables êtres, voilà qui m'abasourdit et me soulève le cœur. Tous les regards se sont portés vers la petite table, dans un coin de la salle, où sont assis Hippolyte, William et Melvil.

« Je l'ai entendu, s'écrie Jonas sur un ton catastrophé, il a dit : *J'ai des visées sur une Clio RS de 1993* ! Oh mon Dieu, je ne veux pas mourir ! »

Depuis qu'il est arrivé, il n'a pas daigné leur faire signe ni même remarquer leur présence. Il paraissait extrêmement occupé à sortir et remettre des choses dans les poches de son espèce de costume serré, allumer des cigarettes et secouer vigoureusement les mains qui se tendaient vers lui. Qu'il ait pu saisir un traître mot de leur conversation au milieu de l'enchevêtrement des voix, cela tient du prodige. À côté de Melvil, Hippolyte est tout à fait immobile, un doigt encore fiché dans sa pile de feuilles. On dirait qu'il a cessé de respirer.

« C'est bien ce que tu as dit, vrai ou pas vrai ? *Une Clio RS de 1993*. Elle est en bon état ? Pas trop kilométrée ? Eh, tu as perdu ta langue ?

– Non, dit Hippolyte.

– Alors tu peux me répondre, dit Jonas. Tu as bien l'intention d'acheter une voiture ?

– Oui.

– Ton permis, ils te l'ont donné ?

– Pas encore, mais je vais le passer, là, quand je peux.

– Ma parole, je rêve ! s'exclame Jonas, une main sur le front. Il faut te reprendre, Duschmoll... *Toi* au volant d'une tire ? Pourquoi pas un babouin aux commandes d'un avion de chasse ! »

Virgile laisse échapper un petit rire en secouant la tête, et d'autres rires s'empressent de se joindre au sien. Jonas s'est approché, avec son verre et ses mocassins lustrés.

« En fait, il y a une possibilité... » commence Hippolyte en s'efforçant de rire aussi, mais Jonas se penche vers lui, avec son petit grain de beauté juste au-dessous de l'œil gauche et ses cils noirs qui lui donnent les yeux presque d'une femme.

« Enfin quoi, tu le sais bien que tu es handicapé... Han-di-ca-pé. Est-ce que tu t'es vu ? Même un fauteuil roulant, tu ne saurais pas le conduire. »

Nouvelle envolée de rires tandis que Jonas se détourne pour écraser son mégot à la table voisine. Hippolyte a viré au blême. Mais la risée poursuit son essor, salve après salve, comme le chevauchement accumulé des vagues quand la mer monte. Melvil ne voit pas ce que fait Jonas, il peut seulement voir son dos secoué de soubresauts, et plus loin, tous les visages hilares. Hippolyte, en revanche, de sa place un peu de biais, ne manque rien du spectacle. Une immense incompréhension s'est peinte sur son visage. Enfin Jonas se retourne vers eux, et Melvil découvre la grimace de démon, les mouvements saccadés comme pour tourner un volant, et sa main grotesquement recroquevillée contre la poitrine, telle une patte de poulet mort.

« *Gninnn, gninnn ! Gninnnn, gninninnn !* »

La voici donc, la *scène* qu'il guettait, et qui maintenant offre à son avidité la foison de ses détails – « *Hgnin ! Hngnin ! Nghaaaa !* » –, mais tandis que sa mémoire enregistre et que l'ensorcèlent la force et l'horreur et la drôlerie de cette mise à mort, voilà qu'il se sent à son tour gagné par le rire et qu'il pouffe, et qu'il hoquette irrépressiblement, joignant sa voix au chœur vociférant des rires, avec un sentiment à la fois de communion et d'indicible tourment. « *Gninnn, gninnn ! Nghaaaa !* » Sorcier en transe, Jonas postillonne et bave, tellement près d'Hippolyte que leurs nez se touchent – et plus le môme se détourne et tente de lui échapper, plus Jonas se déboîte le cou pour imposer à sa vue ce double obscène de lui-même, et l'obliger à s'y mirer.

« *Gghaaaa !* » – Mordant rageusement sa lèvre, Hippolyte empoigne son verre. La pantomime s'interrompt, mais non le face-à-face.

« Fais un peu ça pour voir… » souffle Jonas tout bas.

Une seconde s'écoule ou peut-être une minute, dans un silence surnaturel ; après quoi le verre revient doucement se poser sur la table. Jonas y choque sa pinte, radieux.

« T'es un sacré loustic, toi. »

Il se tamponne les lèvres avec un mouchoir en papier et s'éloigne d'un pas sautillant de danseur de ballet. Hippolyte reste un moment à regarder son verre, puis les clients du bar ; et tout à coup, il saisit sa pochette de voitures et court, ou plutôt claudique vers la sortie, bousculant au passage l'éclat de rire d'une jeune femme qui proteste pour sa boisson renversée. La porte claque.

« Allez, c'était pas méchant », dit Jonas en s'accoudant au comptoir. Melvil s'aperçoit qu'il a mal aux doigts, à cause du verre glacé qu'il tient toujours dans sa main. Il le pose sur la table et s'essuie sur son pantalon. Il ne saurait dire ce qui lui a causé cette hilarité et la sensation de fatigue qui y a succédé, cette lourdeur généralement annonciatrice d'un état fébrile. Il regarde Virgile : quand Hippolyte est passé près de lui, il a tendu la main, « Hé, *monsieur* ! », mais le môme était déjà sorti, et Virgile a simplement reposé sa tête dans ses mains, au-dessus de son verre. Alors Melvil regarde Jonas et s'aperçoit que Jonas le regarde. Il est incapable de dire ce qu'il y a dans ce regard, mais il y reste suspendu comme quelqu'un sous qui le sol s'est dérobé et qui se cramponne à une racine, les pieds dans l'abîme ; tandis que de ses propres profondeurs surgit fugitivement un très vieil écho : *Qu'est-ce qu'elle a donc avec ce gamin ? Elle en fera une lavette.*

Mais une interférence l'arrache à cette hypnose : un tambour puissant, lent de tempo, vient de moucher les derniers rires qui se prolongeaient. Il avait oublié William – William, enclin à l'inconcevable : bien adossé à sa chaise, de ses grosses mains velues, il applaudit, à battements sonores qui emplissent tout l'espace, comme un glas imprévu. Jonas a jailli au milieu de la stupeur générale, l'œil fou. Lorsqu'il reconnaît l'auteur du forfait, un grand sourire lui fend le visage ; seules des marbrures rouges persistent à la base de son cou. En l'appelant *Hildebranle*, Jonas demande à William s'il a quelque chose à déclarer.

« Rien du tout. Bravo pour cette imitation réussie. Grâce à toi, Jonas, nous avons tous bien ri. »

Mais derrière ses lunettes, William ne rit pas. Sans répondre, Jonas porte son verre à ses lèvres et y boit à longs traits. Melvil peut sentir tout autour l'irréversible se propager, flétrissant jusqu'à la lumière qui les environne. Jonas fait claquer le verre vide sur le comptoir et, de la paume de sa main, essuie l'écume prise à sa moustache ; et soudain il rote – un rot vraiment phénoménal qui résonne dans la salle réduite au silence, et à quoi succède un tintement de rires, comme si les fenêtres avaient tremblé.

« Voilà ce que je leur dis, aux pédés qui font la morale.

– Si on passait à autre chose, les gars ? » dit Roland en surgissant de son comptoir.

William ne devrait pas soutenir ainsi le regard de Jonas ; et surtout, il ne devrait pas dire :

« Il n'y a pas de morale, seulement des moralités. Évidemment, ce n'est pas le meilleur sujet pour causer avec un primate. »

Lorsqu'ils repenseront à cette soirée, la plupart des personnes présentes seront persuadées que l'élément déclenchant aura été William, ou du moins cette *parole de trop* un peu vite lâchée. Ils parleront d'inconscience, de provocation, s'en iront dire partout que William s'est fait prendre à son propre jeu, comme bien d'autres avant lui qui ne mesuraient pas de quoi Ischard est le nom. C'est ce qu'ils diront, par ignorance et par aveuglement, parce qu'aucun d'eux n'a vu ce qu'il fallait voir, le seul détonateur, la véritable étincelle : le coup d'œil *impératif* décoché par Jonas à Virgile, signal infime fermant toutes les issues, sauf une. Mais parce que Melvil a vu, parce que lui seul possède l'exercice et l'attention suffisants, il est de toute la salle le seul à ne pas sursauter quand la table de Virgile se retourne avec tout ce qui était posé dessus. Plusieurs tentent de s'interposer, mais quelque chose les repousse, comme des aimants de même pôle, et ils se reculent pour livrer passage aux yeux comme deux lampes éteintes et aux bras dont les inscriptions disent bien des histoires ayant commencé comme celle-ci et n'ayant pas bien fini. William, pourtant, n'esquisse pas un geste tandis que Virgile marche sur lui, ni quand viennent s'abattre sur la table les moellons serrés de ses poings. Il le regarde par-dessus ses lunettes, irradiant un calme sinistre, presque joyeux.

« Pas à moi, Virgile. Je t'ai connu haut comme ça. Tu ne vas pas me faire ton numéro de psychopathe. »

Un revers de main envoie exploser son verre contre le mur : telle est la réponse, et les lampes éteintes ne disent rien.

« Bien », dit William. Il sort un billet de sa poche et le pose sur la table. « Je crois qu'il est l'heure de rentrer. Roland, tu m'excuseras pour le dérangement. Melvil, tu ferais bien d'aller t'expliquer avec ton ami, il te pardonnera peut-être ce que tu viens de faire. (Il se lève.) Puis-je passer, Virgile ? Je m'en vais. »

Virgile s'écarte et William le frôle et marche tranquillement jusqu'à la sortie, où il se campe pour allumer sa pipe, tous les regards braqués sur son dos. Puis la porte se referme et il ne reste de lui qu'une impression suicidaire. Une musique chaloupée coule imperturbablement des haut-parleurs, comme ces radios qui continuent de chanter parmi les tôles ensanglantées des carnages routiers.

Au bas des lambris, la bière mousse dans le verre cassé. On a remis d'aplomb la table et Virgile s'est rassis. Jonas commande une pinte. Les autres parlent. Le plus stupéfiant est que la vie reprenne si vite son cours. Melvil est tout seul à sa table dans le coin, à faire mine de rester. Roland vient s'accroupir pour éponger la bière et ramasser les tessons, qu'il dépose un à un sur son plateau. En se redressant, il désigne, à côté du verre encore plein d'Hippolyte, le billet que William a laissé sur la table.

« Tu rendras ça à Hildenbrandt. C'est pour la maison. »

Il lui tapote gauchement l'épaule et retourne à son comptoir. Melvil prend le billet, le plie et le déplie, et tout à coup, se demande ce qu'il fait là. Il se lève et prend doucement le manteau à capuche qui pend après la chaise d'Hippolyte ; et sans regarder personne, il sort.

12

La pietà du mémorial le regarde passer avec des larmes de pierre. La bruine a cessé. Seule une haute muraille grise, brasillant à sa base d'une incandescence lunaire, s'étire d'un bout à l'autre du ciel transparent, lumineux comme le jour, et qui n'éclaire rien. Le froid ne fait qu'attiser sa honte. Il marche vite, serrant contre lui le manteau. Devant l'école, les bancs sont vides. Pas âme qui vive près de la passerelle. Il traverse la cité, bute sur l'eau, revient sur ses pas. Les quelques silhouettes qu'il aperçoit marchent d'un pas trop égal. Rue des Aubépines, le perron est encore allumé : les Glaser ne l'éteignent jamais tant que l'oisillon n'a pas rejoint le nid. Hippolyte est donc là-dehors, quelque part, sans manteau. On ne peut pas le laisser, il va être malade, il va crever de froid.

Se sentir investi d'une mission le réconforte et l'encourage. Il revient vers la passerelle, s'enfonce dans l'allée des Roseaux. Il en parcourt à tâtons le premier tronçon, passe la rue des Muguets avec son lampadaire et retourne à l'obscurité. Personne. On devine seulement, au pied de la berge, les reptations de l'eau qui glisse sans bruit sur sa litière de fange. En débouchant dans la rue des Primevères, il aperçoit sur la place de petits groupes en train de quitter le Cénacle. Cela n'a pas de sens de chercher par ici. Alors il fait demi-tour et plonge à nouveau dans l'allée obscure, scrutant les formes invisibles, murmurant à chaque pas ou presque : « Hippolyte ! Hippolyte ! »

Sur la placette des Muguets, le lampadaire nimbe d'une gaze pâle la stèle d'Hildenbrandt. Il appelle encore : « Hippolyte ! », et une voix répond : « Laisse-moi. »

Cela vient de derrière la stèle, où il fait un noir d'encre.

« Tu es là ! Je t'ai cherché partout.

– Laisse-moi, t'es sourd ou quoi ? »

Il se penche par-dessus le garde-corps : rien, seulement une odeur de cigarette.

« Mais comment est-ce que tu es passé là-derrière ?

– Par le côté, il y a un trou dans le buisson. Je ne suis pas si con, figure-toi. »

Il longe le garde-corps, contourne la colonnette. L'ouverture dans le buisson est étroite et basse. Dès qu'il pose le pied sur la terre mouillée, il sent qu'elle s'enfonce et se dérobe. Pour ne pas atterrir dans l'eau tapie un mètre plus bas, il doit se cramponner aux volutes du lierre, puis aux balustres, avant d'atteindre un ressaut minuscule, juste assez large pour s'y tenir debout, absolument invisible depuis l'autre côté. Un briquet s'allume et il distingue Hippolyte recroquevillé dans l'angle, serrant la pochette en carton contre sa poitrine. Le môme grelotte.

« Tiens, ton manteau. »

La flamme s'éteint et le manteau quitte sa main. Il entend des froissements, la fermeture Éclair qui se ferme. Il se laisse glisser sur le rebord. Dès le contact avec le ciment, le froid se répand en lui comme une irradiation.

« C'est souvent que tu viens ici ?

– Chaque fois que je veux qu'on me foute la paix. Ça fait souvent. »

Silence.

« Je n'ai jamais pensé que tu étais con, tu sais.

– Alors ça veut dire que tu es encore plus con que moi. Ça c'est pas de chance. »

Il lui dit qu'il ne voulait pas lui faire de peine et qu'il ne sait pas pourquoi il a ri comme ça, comme un imbécile. Il dit que ce n'était pas drôle.

« Si, c'était drôle. C'est très drôle de se moquer d'un crétin comme moi. J'aurais bien rigolé moi aussi, si ç'aurait pas été de moi qu'on se foutait. »

Il peut le sentir qui tremble, tout près de son propre tremblement. La flamme du briquet jaillit encore puis disparaît, ne laissant derrière elle qu'un œil rouge qui volette à sa droite comme une luciole.

« Si tu étais un crétin, est-ce qu'on voudrait te voir ? Est-ce qu'on passerait comme ça toutes nos soirées avec toi à discuter ?

– Arrête de dire n'importe quelles conneries pour me faire plaisir. Je suis un crétin et tu le sais très bien. Ne t'en fais pas, j'ai l'habitude. Le jour où j'en croiserai un de plus débile que moi, je vais bien me foutre de sa gueule, ça tu peux me croire. »

Il voudrait lui prendre les mains pour les embrasser, il voudrait poser son front sur ses genoux et implorer son pardon – Oh comme je te comprends, voudrait-il dire, comme je souffre avec toi, moi né Ischard mais le dernier, la brêle, la chiffe molle… Mais on ne peut être à la fois le bourreau et le consolé, et une fois de plus, privé de mots, le bavard se tait. Il ne peut que trembler dans le noir, écoutant Hippolyte lui dire l'enfant qu'il fut jusqu'à ses dix ans, un enfant comme les autres, conforme à ce qu'on se figure lorsqu'est prononcé le mot *enfant*, énergique et bien dégourdi, aimant le vélo, l'escalade, tout ce qui se joue avec une balle, et du reste, adorant l'école. Et jamais seul ! insiste-t-il, jamais en reste quand on faisait les équipes, invité aux anniversaires, meneur, toujours au centre. Mais il y a eu ce dimanche à la piscine découverte, un dimanche de fournaise où il nageait et se dépensait dans le plein soleil, quand brusquement il a été foudroyé – parce qu'il y avait dans sa tête une bulle, comme une bulle de savon qui venait d'éclater, sans bruit ni le moindre signe d'alerte. La bulle avait juste fait *pop !* et c'était comme si on lui avait fait sauter un bâton de dynamite à l'intérieur du crâne. Il s'est écroulé au bord du bassin et il a fallu un petit moment pour qu'on s'aperçoive qu'il n'était pas en train de faire le comique. Sur les pelouses et dans les eaux turquoise, les enfants normaux continuaient de jouer ; lui avait cessé à tout jamais d'en être un.

Lorsque les trépans sont venus soulager l'insupportable douleur et que le magma rouge a fait éruption dans le grand jour, sa cervelle était déjà ratatinée, fichue. Toute une moitié de lui était morte. Il dit encore que le plus dur, c'est le souvenir de cet enfant comme les autres qui ne s'est pas effacé de sa mémoire d'infirme. Que son crâne est comme une de ces noix répugnantes dont l'intérieur est tout noir et flétri. Ils tremblotent côte à côte, et Melvil n'ose plus regarder vers cette voix qui parle dans l'ombre et dit ce qui n'est dicible qu'à l'abri de l'obscurité : que le pire n'est pas d'être stupide, mais de ne pas l'être assez pour ignorer qu'on l'est ; et le plus enrageant, de savoir que le chemin s'est si facilement accompli dans le sens de la destruction, mais ne pourra jamais s'accomplir en sens inverse.

Hippolyte répète qu'avant, il n'était jamais seul, jamais. Il dit que lorsqu'on le traite d'attardé, d'imbécile, d'abruti, de mongol, il ne lui vient pas l'idée de nier, seulement de préciser que ce n'est pas dans cet état qu'il est né, que son enveloppe le trahit, et qu'il fut autrefois et demeure en principe un être digne de respect, de douceur et d'amitié. Et comme en disant cela Hippolyte pleure, Melvil sent s'ouvrir en lui-même une interminable plaie, et monter du tréfonds de son être le désir, crépusculaire et apaisant, d'une fin prochaine.

IV

1

Un soir qu'il rentre de la mairie, Nelly est installée sur le canapé du salon. Tout de suite il regarde le père, mais le père ne semble pas furieux, il est assis au bord de son fauteuil, droit comme un i, tenant dans ses doigts entrecroisés un verre à moutarde rempli de vin rouge. La bouteille est posée sur la table, où elle a laissé plusieurs cercles roses. En voyant entrer Melvil, Jonas attrape la bouteille et verse un autre verre, qu'il lui fourre dans les mains en disant : « *Hoplà geis !* »

Ils trinquent aux retrouvailles et Nelly se rassoit sur le canapé, avec son sac à ses pieds et un manteau en fausse peau jeté sur l'accoudoir ; eux prennent place sur les chaises, Jonas à la pointe de la table et Virgile un peu en retrait, tourné de côté, le regard dans le vague – Melvil s'aperçoit alors qu'il a installé sa chaise trop au centre, droit en face de Nelly, qui le regarde et s'émerveille à nouveau de le trouver si changé. Elle porte un pull outremer qui accuse sa maigreur, un pantalon en matière noire luisante, une écharpe de grosse laine enroulée autour du cou. Elle allume une cigarette. Ils fument tous, sauf lui.

Il ignore de qui est venue l'initiative, mais ne peut pas exclure que ce soit venu d'elle ; quoique cela lui paraisse invraisemblable. Il y a eu, c'est vrai, la fête de mariage où ils se sont revus : ce qui a pu se combiner ce soir-là, nul n'était tenu de l'en aviser. Depuis, ils n'en ont pas reparlé, en tout cas pas devant lui. En définitive, il n'y a rien d'étonnant à ce que Nelly leur rende visite – et même, est-ce que cela ne devait pas forcément arriver un jour ou l'autre ? S'il avait eu la jugeote d'y penser, il aurait eu toutes les raisons de s'y attendre. Et pourtant, quelque chose dans son esprit fait obstacle à l'acceptation de ce fait simple et indubitable : Nelly Burgmüller est là, dans le salon des Ischard, assise sur leur canapé. Il ne sait que faire de cette scène bizarre où ils échangent des platitudes tandis que Jonas meuble les silences avec des calembours et remplit à tout moment leurs verres. Il se sent affreusement mal à l'aise, comme si rien, ni lui ni les autres, n'était à sa vraie place.

Mais Nelly surtout, Nelly si polie, si lisse… Pourquoi cette comédie, Nelly ? S'enquérir des uns et des autres, ceux qu'elle a connus à Hildenbrandt, demander de leurs nouvelles avec l'air d'y trouver le plus vif intérêt, comme si elle n'avait pas déjà posé les mêmes questions et obtenu les mêmes réponses au repas de noces ; ou, quand l'inspiration tarit, regarder autour d'elle, s'extasier sur leur merdique intérieur qui, ô merveille, n'a pas changé depuis toutes ces années, et en désespoir de cause, se tourner vers lui et le féliciter une fois de plus d'être parvenu à vieillir entre ses quinze ans et maintenant, une décennie plus tard !

Il tient son verre sur ses genoux, ne songeant à boire que lorsque Jonas vient le resservir à ras bord. Nelly est assise là, sous ses yeux, mais il ne parvient toujours pas à l'assimiler aux souvenirs qu'il a d'elle. Ses traits sont plus mûrs, dégrossis par l'extinction de l'adolescence ; sa chevelure, plus courte qu'autrefois, est trop soignée et l'affuble de quelque chose de chétif et de banal. L'insaisissable en elle s'est évaporé, elle apparaît sensible et sympathique – oui, sympathique, Nelly ! Elle qui ne l'était pas et ne cherchait surtout pas à l'être.

L'impression de Melvil est plus désastreuse encore qu'à la soirée de mariage, quand il l'a vue débarquer au volant de son pot de yaourt. Où est passée la marque distinctive de Nelly, ce *pas froid aux yeux* qui effrayait ceux de son âge, tenait les grands en respect et faisait péter les plombs aux adultes ? Des yeux gris-bleu impudents, un front de sauvagesse, et surtout un caractère, bon sang, à s'arracher les cheveux. Cette fille semait le malaise et le déplaisir comme un contagieux répand ses bacilles, avec la même prodigalité. Vous ne l'aviez pas plus tôt rencontrée qu'elle vous acculait et vous foulait aux pieds, puis s'éloignait en riant – en riant de vous ! –, laissant derrière elle une effluence d'audace et de frivolité, de dérision, d'insolence et de sarcasme qui vous laissait le choix de l'idolâtrer ou bien de la haïr ; seule l'indifférence était interdite.

Telle était Nelly. Elle donnait l'impression que rien au monde n'aurait pu l'étonner ni la réduire au silence, ni arracher à sa face le sourire qu'elle tendait vers vous, plus outrageant qu'un crachat – et maintenant, dans leur salon, ce même visage, si convenable, si inoffensif… Son culot éhonté n'a pas seulement été délavé par les ans, il a disparu sans laisser de vestige, comme si elle n'en avait fait preuve que par caprice, par mensonge ; ou plutôt, comme si la Nelly qu'il avait connue n'avait été qu'une création de son esprit trop impressionnable, une monumentale erreur. Il y a du parjure dans ce qu'elle est devenue. Elle est gâchée ; il aurait préféré qu'elle ne revienne pas.

À force d'insistance, ils sont malgré tout parvenus à insuffler un semblant de vie à la conversation. Il est décidé, un peu fortuitement, que Nelly restera manger. Dans la cuisine, ils sortent ce qu'ils trouvent et l'entassent sur la table : un reste de viande, des conserves de sardines et de lentilles à la saucisse, une barquette de céleri rémoulade, du pâté en tube, du pain en sachet, des yaourts. Jonas débouche une bouteille apportée par Nelly. Sans doute pour lui faire honneur, ils l'installent sur une longueur de la table ; le père préside, Virgile en face ; Melvil se partage l'autre longueur avec Jonas.

La lumière un peu verte de la cuisine aggrave les traits de Nelly et tout ce qu'ils ne proclament plus. Sa poitrine s'efface dans ses épaules qui se voûtent ; les fruits défendus de jadis dégoulinent dans des bonnets empesés dont les gaufrures se laissent deviner sous le lainage bleu. Appuyée sur ses coudes, ses épaules trop minces pointant vers le plafond, elle les observe l'un après l'autre avec un sourire naïvement sincère. Elle boit, mais ne mange presque rien.

Tout en tartinant du *mettwurst* sur son pain, Jonas raconte une histoire où il est question d'un convoyeur de fonds et d'un gérant de discothèque de Forbach, sans qu'il soit bien clair s'il a lui-même été mêlé à cette affaire, et jusqu'à quel point (Jonas raconte toujours les histoires comme s'il y tenait un rôle essentiel, en omettant souvent de préciser lequel). Le père mastique, bouche ouverte, et Virgile, la tête dans une main, triture dans son assiette avec ses doigts, s'envoyant de temps en temps un morceau dans la bouche. Melvil a sommeil, demain il a travail. L'anecdote de Jonas n'en finit plus. Il bâille. C'est alors que son regard tombe sur la main de Nelly, suspendue, par une bienséante attention accordée aux péripéties du convoyeur, dans le geste de porter son verre à ses lèvres – il aperçoit sa main, et brusquement il la retrouve.

C'est comme si une membrane opaque s'était rompue, laissant l'influx du souvenir irriguer le présent. Ces mains, il l'*éprouve* cette fois, appartiennent bien à la Nelly qu'il a connue – des mains safranées aux doigts longs et solides, aux ongles carrés ourlés d'une légère ombre ; de saines et fortes poignes, faites pour s'emparer, tenir ferme, capables de dureté et de sévices, mais dont le soyeux, quand elles vous effleuraient par hasard, vous laissait confondu, comme caressé. On dirait qu'en venant se loger dans un certain réceptacle de sa mémoire, l'image incarnée de ces mains a miraculeusement organisé autour d'elles les feuilles mortes du passé, comme un arbre nu que rhabillerait d'une bourrasque une subite inversion de l’automne ; et la personne de Nelly, tout à coup, est revêtue de son personnage.

La puissance de cette révélation l’arrache littéralement à sa chaise ; il doit se lever pour faire quelque chose, n’importe quoi, aller farfouiller du côté de l’évier. Ainsi donc, il avait devant lui, depuis le début, une part vivante de la légende ! Pour que celle-ci se réanime, la présence seule de Nelly ne suffisait pas, il fallait que resurgisse cette dimension évidente et cachée – peut-être parce que ce n’est pas le souvenir d’elle qui vient de s’exhumer en lui, mais son étonnement d’alors, demeuré intact, que de telles mains puissent se révéler pleinement féminines (mais découvrir ce qui est féminin, songe-t-il, c’est sans doute toujours le découvrir autre que tel qu’on se l’est figuré).

Réfrénant sa pensée qui se précipite, il se retourne vers la table : Nelly en personne est là devant eux, répétant qu’ils ne savent pas à quel point ils lui ont manqué. Au début, juste après avoir quitté le quartier, elle pensait à eux sans arrêt. Elle se demandait où ils étaient, ce qu’ils pouvaient être en train de faire. Ce dont elle souffrait surtout, c’était de ne plus voir sa mère. Elle ne supportait pas les rencontres un dimanche par mois, sous surveillance, comme au parloir ; elle a demandé à vivre avec elle, au moins une partie du temps : ça n’a pas été possible. Alors, elle a dû entrer en résistance, user des armes à sa disposition, des armes de petite fille. Ça lui a pris plusieurs années pour avoir gain de cause et, bien sûr, tous ces chantages et cette lutte ont laissé des traces, des blessures nouvelles qui venaient s’ajouter aux anciennes. Mais sa satisfaction, une fois obtenue, a été de courte durée.

C'est elle qui parle à présent, eux l'écoutent. À plusieurs reprises, elle tente de se réfréner – puis paraît se dire : Et après ? À quoi bon leur cacher, à *eux*, la vérité ? Ils n'ont rien demandé, elle raconte – sa mère et les hommes qu'elle fréquentait, nombreux, tous des rebuts, pas propres sur eux et qui se prenaient pour James Dean. Quand elle rentrait de soirée, on ne savait jamais quel genre de traîne-lattes apparaîtrait à sa suite dans le séjour bas de plafond où toutes deux cohabitaient difficilement, après tant d'efforts pour être réunies. Nelly ne pouvait cacher le dégoût qu'ils lui inspiraient, avec leurs cheveux graisseux et leurs vestes en faux cuir qui sentaient le chien mouillé. Ils l'appelaient *miss* ou *princesse* avec des sourires mielleux, et lui rendaient bien son mépris et sa haine. Un dimanche matin, en rentrant d'une fête arrosée, un de ces tocards a escaladé l'échelle de sa mezzanine avec l'intention de se glisser dans son lit ; elle a dû le repousser à coups de pieds et de poings, pendant que sa mère, ivre morte, plutôt que de la défendre, cherchait à la convaincre de se laisser faire. C'est là que Nelly a décidé de partir ; de toute façon, elle ne trouvait plus le sommeil dans cet appartement.

Elle a vécu quelque temps en foyer, puis chez les bonnes sœurs. Ensuite, elle a *rencontré quelqu'un* et s'est mise en ménage – mais elle préfère ne pas s'attarder sur cette histoire, tout ce qu'il faut savoir c'est qu'il lui a fallu encore d'autres années pour se tirer de cette ornière. Elle a été mariée, figurez-vous – un prodigieux fiasco. Voilà un peu plus d'un an que tout ça est derrière elle, et chaque matin, elle continue d'éprouver le même soulagement de se réveiller seule dans son lit.

Seule, on peut dire qu'elle l'est, et même un peu trop. Elle avait une amie qui lui restait d'Hildenbrandt, Stéphanie – « Tu te souviens de Stéphanie, avec ses frisettes blondes ? » Elle travaillait chez un fabricant de moquette à Haguenau. C'était un 28 décembre, il faisait un froid de bête. Stéphanie aurait dû être chez elle, mais la direction cherchait des volontaires, alors elle avait accepté de venir au milieu de ses vacances, pour l'argent. Il n'y avait pas de chauffage dans l'usine et Stéphanie avait gardé un foulard autour du cou, pour ne pas tomber malade ; elle était à son poste sur une grosse machine, ils appellent ça une retordeuse, Nelly en a retenu le nom. Stéphanie était habituée à cette machine, elle la connaissait bien, mais ce matin-là, quelque chose est allé de travers. L'usine était à moitié vide et les autres ouvrières n'ont pas vu tout de suite que son foulard s'était pris dans le mécanisme, qui l'avait avalé ; le temps que quelqu'un s'en aperçoive et mette le système hors fonction, la retordeuse avait étranglé Stéphanie. Elle n'a jamais repris connaissance.

« Stéphanie, tu te rends compte ? Morte… » Elle répète le mot *morte*, comme pour en faire sentir tout le poids ; dit plusieurs fois que c'était atroce, citant les prénoms des deux enfants et du mari, c'était atroce, atroce ; elle s'excuse, mais elle n'a eu personne à qui dire tout cela – personne, depuis qu'elle n'a plus Stéphanie. Elle n'a que de ces fréquentations avec qui on passe le temps, des gens qui se disent vos amis mais qui, s'ils restent sans nouvelles de vous, ne le remarquent même pas. Elle habite à Rixheim, dans un immeuble plutôt tranquille. Elle a travaillé dans une usine de téléphones, chez un chauffagiste, dans une blanchisserie d'hôpital et à la caisse d'un petit théâtre. En ce moment, elle est agent d'accueil sur une aire d'autoroute, vers Colmar. Elle déteste le Haut-Rhin, et Mulhouse plus que tout le reste ; elle n'attend que l'occasion de partir, quitter ce trou à rats pour ne plus jamais y remettre les pieds.

« Et ton père, il devient quoi ? »

C'est le père qui demande. Depuis que Nelly parle, il est resté en arrêt, comme un homme sur le point de s'emporter qu'une réplique inattendue aurait totalement désarmé. Il en a oublié de manger le bout de pain qu'il tient entre ses doigts. Quand ce sont ses fils qui racontent une histoire, il ne paraît pas les entendre ; s'il pose une question, c'est seulement pour avoir le cendrier. Mais ce soir, avec Nelly à leur table, on ne le reconnaît pas, le voilà qui demande après monsieur Burgmüller, un bonhomme qu'il n'a jamais vraiment connu, et pas vu depuis des années.

« Je lui rends visite de temps à autre, dit Nelly. Mais je ne reste jamais longtemps, une heure ou deux c'est le maximum. Vous comprenez, monsieur Ischard, je ne peux rien pour lui, il est tellement malheureux. Quand j'arrive, il est de mauvaise humeur, il me dit tout juste bonjour, il s'agite dans son deux-pièces… Il range, il nettoie, j'ai l'impression de le déranger ; et quand enfin il ose me regarder, il fond en larmes. Qu'est-ce que vous voulez que je fasse ? J'essaye d'être gentille avec lui, de le consoler… Finalement, je comprends que je ne peux pas rester, parce que c'est moi, c'est de me voir qui le rend si triste… J'essaie d'être la plus douce possible, je lui dis que je dois m'en aller, il ne veut rien entendre. Je lui dis que si je reste ça sera pire, et il sait bien que j'ai raison, mais il se met quand même en colère. *Tu avais promis !* il crie. *Tu avais dit que tu resterais le week-end ! J'avais prévu ça et ça, des choses à faire ensemble, je t'ai tellement attendue…* Et il commence à m'insulter, toujours en larmes, qui peut supporter ça, monsieur Ischard ? Il me crie dessus et il se cramponne à mon sac, à mon manteau, je dois m'enfuir, qui peut supporter ça, venant de son propre père ? »

Elle se tait et les regarde, une main sur la bouche. Le père pose son bout de pain sur le bord de son assiette. Jonas prend la bouteille pour remplir les verres. Virgile ne dit rien.

2

Et puis, Nelly est là de plus en plus souvent. Il ne sait jamais par avance quand elle viendra. Un soir ou un autre, au moment où il rentre, il remarque sa petite voiture garée devant la maison, et la trouve assise avec eux au salon, en train de bavarder devant la télévision. Certaines fois elle reste manger, mais pas toujours. Elle ne vient jamais les mains vides, elle apporte du saucisson ou une bouteille de vin et, les dimanches midi, plutôt une tarte ou des beignets, ou bien un *mannele* pour chacun d'eux. Virgile, Jonas et le père ne semblent pas surpris de la voir débarquer, comme si c'était prévu ; et il ne se produit jamais que Nelly vienne un jour où Jonas et Virgile se sont absentés. Lorsqu'elle enfile son manteau pour partir, il arrive qu'ils lui demandent de les déposer en chemin, à Bourtzwiller ou à la Tour de l'Europe, et c'est tout, ils n'en disent pas plus. Ils montent dans la petite voiture qui s'éloigne en laissant derrière elle son petit nuage d'essence flotter sur la rue trempée de pluie.

Ils sont de retour le lendemain ou quelques jours plus tard ; quelquefois, ils rentrent séparément, et celui qui est arrivé le premier est déjà reparti quand le second revient.

Maintenant, Melvil a pris l'habitude de faire les courses pour cinq. Depuis le jour où Nelly a dit qu'elle aimait les yaourts à la vanille, il y en a toujours deux douzaines qui l'attendent au réfrigérateur. Quand il a fait des grosses courses et qu'il se retrouve seul avec le père parce que les autres sont par monts et par vaux, ils sont obligés de manger le même repas plusieurs jours d'affilée.

3

Souvent, après manger, Nelly et Virgile descendent fumer une cigarette dans le jardin ; il entend leurs pas sur les marches du sous-sol et une odeur de cave lui parvient dans la cuisine, portée par une bouffée d'air froid ; ou bien ils partent faire un tour, et lorsqu'il sort la poubelle, il les voit déboucher de l'obscurité, revenant de l'allée des Roseaux. Ils s'installent au salon avec le père et Jonas et regardent la télé jusqu'à ce que Nelly rajuste son écharpe autour de son cou et annonce qu'elle va rentrer chez elle.

Le père qui a veillé tard chevrote de fatigue ; il est le seul à qui Nelly fasse une bise avant de partir. Quand elle se penche vers lui, il lui touche doucement le bras et demande quand est-ce qu'elle revient les voir.

4

Un dimanche blanc de froid et de soleil, comme ils s'attardent au jardin, il lui vient l'idée qu'ils auront sûrement envie de leur café. Il prépare deux tasses et les leur descend. Il trouve Nelly blottie contre Virgile, le bras de Virgile autour de ses épaules. Elle dit qu'il est un ange et accueille la tasse fumante entre les manches de son pull où elle a retranché ses mains. Virgile prend sa tasse et, au bout de son autre bras, ses doigts continuent de caresser les cheveux de Nelly.

5

Comme Jonas et Virgile n'ont pas d'emploi, ils ignorent ces matins laborieux où l'on s'en va avant le jour, le ventre irradié du café bouillant qu'on a avalé d'un trait en regardant, par la fenêtre, la rue blanche de gel. Quand il sort dans la brume mordante précédant l'aube, il se heurte à l'énorme anorak de Kammerlocher, le voisin d'en face, qui se démène avec des gestes de cosmonaute pour délivrer sa voiture du givre de la nuit ; le moteur qui chauffe, tenant une note aiguë et vacillante, expulse des flots puants de fumée au milieu de quoi ils échangent un salut bref, leurs yeux pleins de sommeil préférant s'éviter.

En passant par l'allée des Roseaux, il retrouve pour un instant le feutré de la nuit et s'offre un prolongement de rêve, cadencé par son propre souffle et le crissement de ses pas sur la terre durcie. Autour de lui des cheminées fument, des vitres allumées révèlent des cuisines où l'on s'affaire en pantoufles et robe de chambre, au son probable d'une radio ou d'un téléviseur ; mais à cette heure, chaque maison garde ses bruits pour elle, seul se donne à entendre le souffle diffus de la ville qui enfle dans le lointain et paraît se rapprocher. L'air ne sent rien, il étreint seulement. Tout est voilé par une grisaille atone mêlée de cire brune. On a peine à croire qu'une aurore s'apprête à poindre dans le ciel sang de bœuf.

Sur la place où le Cénacle et les autres commerces son en train d'ouvrir, des gens emmitouflés patientent à l'abri illusoire de l'arrêt de bus. Bientôt, un mugissement se fait entendre dans le sein du brouillard ; un front de Léviathan accourt avec des yeux lumineux et troubles ; la carcasse embuée s'immobilise, les portes s'écartent avec une impatience de sergent-chef. Il monte, se fraye une place parmi des faces cartonneuses, des yeux pochés obstinément fermés pour grappiller au courant d'air quelques précieuses minutes de précieux repos ; et comme la machine s'ébranle en secouant sa cargaison de chair éreintée, suspendu à la main courante, il songe encore une fois à la maison assoupie, la maison au complet où reposent, au calme, les quelques êtres dont son monde a besoin pour n'être pas un désert.

6

Des lits moelleux, des robinets d'où coule l'eau chaude tant qu'on en veut ; des radiateurs si brûlants qu'on peut à peine les toucher et, à la cuisine, les respirations du café en train de couler ; dans un coin de la salle de bains, le linge qui sèche en répandant son odeur de lessive ; les allées et venues, les objets qui sont là et qui n'y étaient pas la veille, les affaires qui traînent, quelque effort que l'on fasse pour maintenir un semblant d'ordre : la maison est redevenue un foyer, une minuscule cellule du monde toute remplie de vie, chaude et rassurante comme les couvertures sous lesquelles on se glisse jusqu'au nez en attendant le recul de l'hiver.

Il y a des causeries, des gueulantes, des remue-ménage qui se déclarent subitement dans les profondeurs du logis, des lumières qui brûlent et qu'on n'a pas allumées soi-même ; des raisons d'acheter un rôti, de déboucher une bouteille, de préparer la table avec des couverts autour des assiettes et des feuilles d'essuie-tout pliées en deux à côté ; des raisons de se presser de rentrer après le travail, parce que si ça se trouve, Nelly sera là ; et si elle n'y est pas, des raisons d'être triste, mais d'une tristesse bien gentille, bien inoffensive – ô le joli chagrin que c'est, d'avoir à patienter jusqu'au week-end pour voir Nelly, quand un jour on est resté neuf ans sans nouvelles d'un frère, trois sans presque rien savoir de l'autre !

À la cité administrative, il traîne de bureau en bureau une allégresse fébrile émaillée de petits tressaillements impatients. Les journées n'en finissent pas dans cette ruche stérile où des êtres s'agitent sans rime ni raison. Il ne les comprend pas, leur vie est, comment dire ? – si pauvre en existence ; tout chez eux est dérisoire, leurs propos, leurs tracas, leurs projets, leurs plaisirs ; à force de les côtoyer de jour en jour, on en vient à se laisser captiver par les tragédies de poche et les tout petits scandales pour lesquels ils se passionnent, vicissitudes infinitésimales qui viennent divertir l'ordre immuable des bureaux – alors qu'au-dehors, il y a la vie véritable, et tant de choses qui arrivent !

Dire qu'il est d'Hildenbrandt. Dire qu'il est né Ischard. Il sent s'opérer en lui une mue qui lui fera quitter l'état larvaire où il végétait depuis si longtemps, pour advenir enfin – sous quelle forme, il ne sait, mais il sait sur qui compter pour le révéler à lui-même. L'imprévisibilité, la brutalité des Ischard l'arracheront à sa chrysalide – oui, et quels que soient les maux à endurer pour cela, quel que soit le prix à payer. Fini de raser les murs, c'est de vivre maintenant qu'il s'agit !

Il y a quelques semaines encore, c'était l'extinction, c'était la fin, lui et le père attendaient, ne sachant plus à quel saint se vouer – et à présent, un nouvel âge vient de s'inaugurer, plus rien n'est impossible. L'épopée a recommencé à s'écrire, et cette fois, il en est partie prenante. Plus question d'être cantonné au rôle de mémorialiste, l'aventure ne s'écrira plus sans lui. Nous ! proclame-t-il dans ces moments d'euphorie, nous, nous ! *Nous* sommes les Ischard, et vous allez voir ce dont *nous* sommes capables.

« Tu es bien un Ischard » ; « Du Ischard tout craché » ; « Si tout le monde faisait comme les Ischard » ; « Va dire ça à un Ischard » – ce sont les tournures que Nelly multiplie quand elle est avec eux et qu'ils bavardent à propos de sa journée ou de la leur, puisque désormais toutes leurs existences sont liées et confluent ici, dans cette maison à nouveau irriguée par le sang chaud de la vie. Il ne voit pas pourquoi il ne se sentirait pas concerné. Cette histoire maintenant est aussi la sienne, il y pénètre de plain-pied ; tandis que tous les autres, y compris Hippolyte et William, qu'il a presque cessé de voir, ne sont que des figurants – les figurants d'un monde étalonné par les Ischard.

7

Vient ce répit un peu fallacieux de la fin décembre, l'atmosphère d'universelle indulgence, le compte à rebours fiévreux dans l'attente du solstice. L'effervescence qui s'empare de la gent enfantine est communicative ; lui, ce sont surtout les bonnes femmes du quartier qui lui ont donné envie, avec leurs tas de préparatifs dont elles se font l'inventaire, où qu'il les croise.

Quand les frangins rentrent de Montbéliard et qu'ils voient la chose dans l'angle du salon, haute d'un mètre à tout casser, clignotante, ornée de deux globes rouge mat et d'un troisième argenté avec de la dentelle blanche à l'équateur, Melvil s'empourpre jusqu'à la racine des cheveux. Vu la tête que fait Jonas, il s'attend à ce que le bazar voltige illico par la fenêtre.

Mais Virgile dit : « Bonne idée, ça plaira à Nelly. »

Du coup, Jonas la met en veilleuse ; il quitte seulement la pièce en disant : « C'est très joli, petite sœur. » Lui, s'il l'a fait, c'est avant tout pour Nelly, parce qu'il est persuadé qu'elle en sera folle de joie.

D'ailleurs, il ne s'est pas trompé. Le jeudi soir, quand elle entre dans le salon et le découvre, son visage se fronce bizarrement. « Oh Melvil, ça fait dix ans que je n'en ai pas eu », dit-elle dans une sorte de murmure. Le dimanche d'après, elle débarque avec un carton rempli de vieilles décorations achetées dans une foire à tout ; ils passent l'après-midi à en faire tenir le plus possible sur les branches du petit sapin.

« Dites, monsieur Ischard, est-ce que ce n'est pas joli comme ça ?

– Tout ce que tu veux, *Schatz* », dit le père en mastiquant une des pâtes de fruits qu'elle a apportées, sa lèvre inférieure luisant comme un bonbon rose dans le scintillement de la guirlande.

Le même jour, madame Hoeb sonne chez eux avec une énorme boîte rouge en forme de cœur, fermée par un ruban de satin. Jonas défait le ruban sur le pas de la porte et se fourre deux ou trois *bredele* dans la bouche.

« Il y en a neuf variétés, dit madame Hoeb. J'ai mis beaucoup d'étoiles à la cannelle, parce que je sais qu'*il* adore ça.

– Mmmh, ch'est délichieux, dit Jonas. Virgile, viens remerchier la voisine pour ses gâteaux !

– Tiens, vlà l'autre andouille ! » dit madame Hoeb en voyant le père arriver dans le couloir. Elle le prend dans ses gros bras et le serre contre elle comme si elle n'allait plus le lâcher.

« C'est bon, peut-être ! » crie Jonas, et madame Hoeb s'écarte.

Le père lui pose la main sur le coude.

« Est-ce que tu as vu Nelly ? Nelly ! braille-t-il vers le salon. Viens voir, ma fille. Voilà, c'est Nelly. Est-ce que tu te souviens de Nelly ?

– *Yé*, si je me souviens ! »

Elle attrape les mains de Nelly et l'embrasse sur les deux joues.

« La petite Burgmüller, la voyoute en chef ! On m'avait dit que tu étais dans les parages, mais pas que tu étais si belle. Penses-tu qu'elles sont jalouses, les vieilles biques ! Alors mamzelle, toujours aussi chipie et la langue bien pendue ? Puisque te revoilà chez les Ischard, j'aime autant t'avertir : ils se sont tout sauf améliorés. Pour mettre de l'ordre dans leur caverne, ces Neandertal auraient bien besoin d'une femme. Et même de plusieurs ! »

8

Pour Nelly, cela faisait dix ans – et pour eux ? Il n'a même plus souvenir de leur dernier Noël. Il a cuisiné longtemps, retrouvé une nappe brodée dans un placard et dressé une table de fête. Pour la décorer, Nelly a apporté des bougies et des rameaux de houx. Elle est venue maquillée, apprêtée, chaussée de hauts escarpins de cuir prune. Ils ont fermé les volets, tiré les rideaux ; les pavillons voisins, où se déroulent pareilles bombances et pareilles libations, semblent rejetés dans un lointain sidéral. Il n'y a qu'eux au monde ce soir, et ils sont heureux d'être ensemble. Le père rit pour un rien, Virgile se montre presque loquace ; mais celui qui paraît le plus content, c'est Jonas. Il ouvre bouteille sur bouteille, parle trop et trop fort et, sous l'effet des quantités de vin ingurgitées, se répand en serments, jure de s'amender, les implore d'oublier les saloperies qu'il a pu dire ou faire, même s'il concède qu'il faudrait être sérieusement amnésique. Promenant autour de lui un œil sentimental et trouble, il les crible inopinément de bisous, que le père chasse du revers de la main en affectant de pester.

Nelly leur a offert à tous des cadeaux, des babioles, s'offrant à elle-même le plaisir de les déposer au pied de l'arbuste. L'étonnement de découvrir son prénom inscrit en toutes lettres sur l'un des paquets ne quitte plus Melvil ; il a gardé sur le nez les lunettes de soleil rose fluo qu'il a reçues, ainsi les autres ne voient pas ses regards lorsqu'ils communient dans un éclat de rire ou se remémorent de vieilles péripéties dont il entretenait le récit dans sa mythologie. Cette tablée est son exaucement, sa patrie reconquise, le couronnement de sa patience. Il est si violemment heureux que son bonheur confine à l'abattement et à la pitié.

Le père non plus n'a pas quitté son cadeau, un pull bleu-vert qui lui donne une allure de coussin tricoté ; il finit par s'endormir dans son fauteuil, d'un sommeil recueilli d'enfant. Sur le canapé, Nelly aussi s'est assoupie. Le noir de ses yeux a légèrement coulé et elle ronfle doucement, bercée par les respirations de Virgile, contre qui elle s'est blottie. Elle porte la même robe beige à corsage pailleté que le soir du mariage, lorsqu'elle leur est réapparue et que, peut-être, c'était eux avant tout qu'elle était venue chercher ; il n'y a que le père qui ait pensé à la complimenter.

« *Hoplà, bis bàll !* » trompette Jonas avant d'entreprendre un corps-à-corps féroce avec les deux volées de marches qui le séparent de son pieu. Le père ouvre un œil, Melvil doit l'emmener se coucher. À son retour dans le salon, Nelly n'y est plus. Seuls restent au pied du canapé ses escarpins prune, dont l'un s'est renversé ; il n'ose y porter la main pour le remettre d'aplomb.

« Elle a pris ma chambre, dit Virgile, devançant sa question. Je dors ici. »

Il a ouvert une fenêtre et fume, adossé à l'encadrement, le regard fixé sur l'obscurité dehors.

« Je te cherche une couverture.

– Pas besoin. »

Un bruit d'averse crépite dans le jardin et l'étincellement d'une pluie d'or se matérialise en face de la fenêtre, dans le tronçon de lumière que le salon braque sur la nuit ; un rot aigre tombe des cieux, suivi d'un déclic de briquet. Jonas a atteint son perchoir.

9

Le lendemain, ils mangent les reliefs, prennent la voiture et vont au cimetière.

Comme à chaque fois il tremble affreusement, à grands spasmes de tout son corps. Il voudrait se ressaisir mais il est au-delà de tout contrôle et redoute le coup de grâce : une taloche ou pire, une injure. Dans son dos, il devine la présence de Virgile et Jonas, et à côté, le gros menton du père, pétrifié comme une statue, blanc comme un lavabo. Il n'ose baisser les yeux vers lui mais peut sentir son mépris, alors qu'il tremble comme un insensé en laissant échapper de petits gémissements de souris. Une pierre se dresse devant eux, avec leur nom gravé dessus ; les autres mots, les dates, tout lui paraît distant et bureaucratique. Eux ne l'appelaient pas Frédérique ; ils lui disaient simplement : maman.

Dire qu'elle est censée *reposer* là, dans cette terre où ceux qui voudraient encore aimer ont froid. Entourée d'inconnus insignifiants, pas aimables, ce noir monolithe pesant sur elle, quel peut bien être son repos ? Ils viennent à elle enveloppés d'un immuable silence, non celui du recueillement, juste une croûte de mutisme ; incapables d'un mot, dût-elle ne pas l'entendre, mais qui pourrait lui être doux. Seuls paraissent prier auprès d'eux les sifflements du vent et Nelly, qui pleure à sanglots discrets, au bras de Virgile.

Ils retournent vers la voiture en longeant l'allée bourbeuse, le père avançant à petits pas raides, claquant de la langue avec irritation car le bras auquel il s'accroche n'en finit plus de trembler. Le parking est constellé de flaques sales. Ils remontent en voiture et c'est Jonas qui prend le volant ; lui n'est pas en état de conduire.

Puis ils se retrouvent au salon, à ne pas dire grand-chose ; à la fois tristes et heureux – du moins veut-il le croire, puisque aucun d'eux ne laisse rien paraître. Cette heure morose et nostalgique, il songe qu'il est rassuré de la passer auprès d'eux. Quand brusquement, une évidence vient le frapper, aussi inexorable et crue que celle de l'extinction tôt ou tard de tous les sens pour toujours : la certitude, quoi qu'il advienne et quelle que soit l'échéance, que ni Nelly, ni Virgile, ni Jonas ne seront bientôt plus là – parce qu'il serait sot de croire que de fauves enragés, on puisse faire pour longtemps des bêtes domestiques.

10

Un soir, en revenant des courses, il aperçoit Hippolyte sur le côté de la place avec son mégot, planté devant un massif de buissons. À l'affût de quelque chose, il s'avance pour écarter une branche, scrute les profondeurs de la végétation. La cigarette pincée entre le pouce et l'index quitte à peine sa bouche entre deux bouffées.

« Te v'là toi ! s'écrie le môme en le voyant venir. Ça *geht's* ? »

Ils échangent une poignée de main vigoureuse et des vœux maladroits.

« T'as fait quoi à nouvel an ? Moi, j'étais chez ma grand-mère, tu parles si je me suis fait chier. Mais avec mon cousin, on a bien fait les cons. On a barboté des bouteilles et on s'en est foutu une sacrée. »

Lui dit évasivement que ses frères ont été faire la fête à Belfort et qu'il a réveillonné tranquille avec le père ; il passe sous silence que ce dernier s'est couché sitôt dîné et que lui-même a capitulé bien avant les douze coups de minuit, n'ayant plus rien à quoi s'occuper une fois la vaisselle faite. Il ne dit pas non plus l'esquive exaspérée du père, le lendemain, quand il a voulu l'embrasser, ni qu'il a dû attendre le 3 pour voir Virgile et Jonas, le 6 pour souhaiter la bonne année à Nelly. Il dit que lui aussi, il a drôlement bu.

Une agitation parcourt le fourré, ça craque et ça remue sous les feuilles. « Ah ! » fait Hippolyte, et un tout jeune chien jaillit du buisson, vient leur trotter autour avec des reniflements empressés – haut comme le genou, blanc comme un pierrot, avec en guise d'oreilles de petits fanions roses doublés de grosse peluche, et en fait de queue, un bref panache vibrant comme une aile de libellule. Levant vers Melvil ses yeux d'obsidienne noirs et luisants, il vient porter contre sa main son petit nez rouge, le flaire avec humilité puis lui tire gaiement la langue. Sous les babines ourlées de noir, ses jolies quenottes brillent comme de la porcelaine.

« Bozo c'est son nom, dit Hippolyte. Bozo ! Assis, Bozo. » Et de presser le dos du chien pour le faire asseoir. Mais, entraîné par le frétillement du panache blanc, l'arrière-train se dandine et relève irrépressiblement l'animal, qui reprend son manège autour d'eux, les invitant au jeu avec de petits sursauts joyeux.

Il demande à qui appartient ce nounours.

« À moi, je l'ai eu à Noël, il n'est pas croyable, t'as vu ? Jamais fatigué et il court tout le temps, et dès qu'il peut il se roule dans la merde. Et puis on a son petit caractère, pas moyen de lui faire faire assis ou couché, c'est comme si tu chiais dans la colle. Bozo, assis Bozo ! Sage ! Je te préviens, je te fous la laisse ! »

Ce que disant, il tire de sa poche un de ces machins à enrouleur dont le propre est de fixer aussi vaguement l'autorité du maître que la latitude de l'animal, et l'agite devant celui-ci comme une menace suprême. Le surgissement de la chose provoque sur l'arrière-train blanc une impulsion réflexe, et le chien tout entier détale ventre à terre vers les Primevères, tourne au coin des Anémones et disparaît.

« Et voilà, il a encore foutu le camp, dit Hippolyte avec un sourire enchanté. Il est ingérable, celui-là, ingérable ! Il paraît qu'au refuge, il a fait un raffut du diable, il bondissait dans sa cage en criant comme un singe. C'est ce qu'ils ont dit, mes vieux. Ils disent que ce n'est pas eux qui l'ont choisi, tu sais quoi ? c'est lui ! Il les appelait. Il nous voulait comme maîtres, nous et pas un autre. Il savait qu'on s'occuperait bien de lui, les chiens ils ont l'instinct pour ça. Allez, maintenant il va falloir qu'on lui cavale après. Ça le fait délirer ce saligaud, de me tourner la bourrique. »

Comme ils cheminent côte à côte, le petit boiteux l'entretient de son chien avec le même ravissement travesti en irritation qu'une mère se plaignant de l'excès de vitalité d'un enfant dégourdi ; c'est en ces mêmes termes, songe Melvil, que madame Glaser devait parler d'Hippolyte au temps où il était un autre, avant l'accident. Avait-elle déjà, alors, cet air de chagrin inexpiable ? Il ne peut se défendre de l'imaginer, dans son séjour qu'elle s'est efforcée d'habiller de fête, assise auprès du grand sapin dont il a aperçu depuis la rue, un soir, la masse d'aiguilles poudrée de fausse neige qui s'adossait à la fenêtre. Il imagine le sourire pathétique de madame Glaser, qui se veut plein de promesses pour cette nuit de la nativité, et Hippolyte en face qui l'observe, vaguement défiant, impatient surtout, d'une impatience gamine qui refuse de s'admettre. Quelle malédiction supportait donc cette femme avant que ne survienne la vraie, la définitive, la sienne ? C'est une question qu'on peut se poser : le malheur change-t-il les gens ou sont-ils dès le départ façonnés pour ce qui va leur arriver ? Y a-t-il, dans le destin, quelque chose de l'ordre de la prédisposition et même, peut-être, de l'attente ? – Mais voilà que le chien fait son entrée dans le salon, retenu en rigolant par le père, qui a mis son écharpe pour aller le délivrer de la voiture où il tournoyait comme une toupie depuis des heures. Avide de tout humer dans ce nouveau foyer, le chien-cadeau galope sur place au bout de sa laisse et, apercevant Hippolyte, reconnaît aussitôt en lui son maître, son dieu. Que fait le père Glaser alors qu'ils se fêtent comme deux amis éternels, deux frères faisant enfin connaissance ? Melvil le présume mal à l'aise, s'esquivant sans mot dire ou prétextant un *tour au petit coin* pour quitter la pièce. Les effusions ne sont pas son affaire, elles l'indisposent ; il s'est laissé affecter préférentiellement aux tâches administratives et au babil du quotidien – ébréché et vaseux, mais solide à sa manière, par l'égalité de son humeur. Ce n'est pas à lui de témoigner de la bassesse du monde : c'est à elle ; à elle le souci permanent de protéger, les mises en garde mille fois répétées, jusqu'à la persécution ; à elle la douleur opiniâtrement partagée à défaut de pouvoir être soufferte, à elle l'édification des remparts, à l'abri de quoi grondent la révolte et la frustration de l'enfant malade et insupportablement fragile. Lui, le papa, jour après jour, s'obstine à faire comme si tout était on ne peut plus normal – et paradoxalement, cette ligne de conduite, la seule qu'il ait su adopter, est peut-être ce qui les maintient tous trois à flot.

Assise comme Melvil se la figure sur leur canapé soigneusement houssé, madame Glaser regarde son fils avec l'ami dont elle vient de lui faire cadeau, cet ami-là qui, lui, ne trahira pas – du moins c'est ce que Melvil pense qu'elle pense. Son Hippolyte, le bébé qu'on a tiré d'elle et posé sur son ventre, elle aura tout fait pour le maintenir à l'abri du monde extérieur, celui des bien-portants où les êtres comme lui ne sont pas les bienvenus. Elle le savait, depuis la piscine et les trépans elle ne sait plus que cela, et le lui a dit, n'a eu de cesse de le lui dire. Confinée au rôle d'empêcheuse, de prophétesse de malheur, elle a assisté impuissante à l'échafaudage du drame, son fils se hâtant, sans qu'elle puisse rien pour le retenir, rien qui ne fût pire que ce dont elle voulait le défendre – se hâtant clopin-clopant vers ce qui tôt ou tard ne manquerait pas de lui arriver. Depuis la piscine et les trépans elle n'a peut-être plus jamais pensé qu'à cela.

Ce qui lui vient alors en tête, le voyant fou de joie, fêté par un animal dont il est instantanément devenu le maître, le dieu – *Il n'y aura qu'un chien pour vouloir de lui.* Oui, voilà ce que madame Glaser se dit en voyant son Hippolyte, son bébé, aimé enfin, et tout aussi éperdument, par quelqu'un d'autre qu'elle : *Après nous, il n'y aura plus qu'un chien pour vouloir de lui.* Elle revoit dans quel état il lui est revenu *du dehors*, son garçon si tête de mule et à la fois si désastreusement vulnérable – anéanti, taillé en pièces… Par une nuit inclémente de décembre, on s'en est pris à lui, on lui a fait du mal, sans qu'elle puisse rien pour l'empêcher. Et elle qui dormait ! Elle dormait sans se douter, elle s'était assoupie, à bout d'inquiétude, comme à chaque fois qu'il part à l'aventure, rempli de fougue et d'inconscience… Sans qu'elle se doute de rien, c'est arrivé, à ces heures et dans ces lieux contre lesquels elle n'a eu de cesse de le mettre en garde, l'incitant peut-être, involontairement, le poussant tout droit, le jetant, par ses excès de précautions, en pleine gueule du chagrin. Ça devait arriver, c'est arrivé et – cette pensée la supplicie – ça ne pourra qu'arriver encore.

Tandis qu'ils cheminent côte à côte sur les traces du chien en peluche, Melvil garde cette vision de madame Glaser ressassant toutes ces pensées à la dérobée et souriant malgré tout, heureuse par devoir ; il peut presque entendre la façon dont elle déglutit pour cacher qu'elle renifle. – Et subitement la vision se transforme et il se voit lui-même, dans ces matins où il lui arrive encore de se réveiller persuadé qu'*elle* va entrer dans la chambre, qu'il l'entendra ouvrir les volets et sentira le lit fléchir sous son poids, quand elle s'assoira près de lui ; elle chuchotera son prénom comme en chantant, tout en peignant de ses doigts les boucles de ses cheveux, et lui laissera le temps de s'étirer dans son pyjama et de se blottir contre elle – tant qu'il le peut, il se cramponne à son illusion mais, dans le silence qui persiste, il doit se résoudre à l'éveil, atrocement seul, prisonnier de la vie telle qu'elle est. La pitié qu'il éprouve pour lui-même et pour elle, ces matins-là, est si totale qu'il lui semble qu'il n'y a pas d'être au monde dont il ne pourrait avoir pitié ; mais il sait aussi que s'il en avait été autrement, à peine autrement, s'il y avait eu quelqu'un pour éprouver cette pitié à sa place, juste pour avoir pitié de lui comme madame Glaser a pitié de son fils, lui aussi aurait un jour reçu, pour Noël ou un anniversaire, un joli petit chien orphelin aux dents de porcelaine, dont il serait, instantanément, devenu le dieu.

11

« *Il y a des villes spontanées et des villes préméditées*, écrit Dostoïevski quelque part. Je dis que ce quartier est une construction de l'esprit, une de ces citadelles qu'on a dressées pour y murer le devenir. La verdure et les pavillons bucoliques ne changent rien à l'affaire : dès le départ, il s'agissait de mettre le vivant *sous tutelle*. »

Voilà bientôt une heure que William leur parle de Dieu, de Newton et de « la vieille obsession monothéiste qui veut que tout soit Un » ; de l'Homme qui jadis avait réussi son putsch, reléguant le Très-Haut aux charges honorifiques ; de l'esprit qui avait supplanté la providence. Un petit nombre de principes toujours plus unifiés prétendaient expliquer et régir le monde ; gigantesquement agrandi par le savoir humain, il finissait en même temps d'être vaste, explique encore William tout en leur faisant passer des canettes de bière et des sandwichs au salami.

Un pique-nique dans le ciel – c'est ce qu'il leur a proposé lorsqu'il les a invités à déjeuner avec lui ce dimanche. L'immeuble où ils sont perchés se trouve de l'autre côté de la rivière, serré entre Hildenbrandt et le quartier des bidasses. Une partie de la charpente est à nu, protégée par des bâches. Quand Melvil est arrivé avec Hippolyte, William les attendait avec des casques et tout un attirail de sangles et de crochets. Il les a harnachés en leur donnant quelques consignes. Sans attendre et refusant toute aide, Hippolyte s'est faufilé dans les échafaudages. Ils sont montés jusqu'au sixième et William a grimpé sur le toit avec une agilité étonnante pour quelqu'un de sa corpulence. Il leur a soigneusement attaché leurs longes, ne portant lui-même aucun équipement de sécurité.

Ils se sont installés à califourchon sur trois chiens-assis disposés en triangle. Pour peu qu'on parvienne à oublier le vent glacé qui souffle à longues bourrasques et les vingt mètres de vide qui béent au-delà de la gouttière, cette position offre une vue imprenable sur les toits d'Hildenbrandt.

« Cesse donc de te pencher, tu vas faire le plongeon ! » crie William à Hippolyte qui, appuyé d'une main à un chevron, se tord le cou pour tenter d'apercevoir, par-delà les voliges nues, la rue où retentissent des jappements plaintifs. « Ne t'en fais pas pour lui, dès qu'il te reverra ça sera oublié. Et puis on ne fait pas monter un chien sur un toit, à moins d'avoir l'intention de s'en débarrasser. Arrête de te pencher, nom d'une quetsche ! Ça ne te plairait pas de tester la robustesse de ces cordes… »

Hippolyte se rassoit et mord rageusement dans son sandwich. Quand il mastique, ça fait remuer son casque autour de sa tête. Au début, ils ont joué à repérer leurs maisons, à suivre le tracé des rues. Puis William a sorti le casse-croûte et s'est lancé dans un de ses satanés cours magistraux. Pas moyen de s'y soustraire, fût-on candidat au saut de l'ange : les harnais sont redoutablement bien fixés. Le piège est imparable. L'air hautement satisfait, William décapsule une autre bière et sourit au panorama.

« Regardez-la, cette étrange cité qu'on appelle Hildenbrandt : elle n'a ni chair, ni odeur, ni sexe. Ce n'est pas la ville où l'on s'engloutit, où l'on se perd, où tout arrive, *cette ville étrangère et paradoxale* dont parle Faulkner, *avec son atmosphère fatale et dangereuse, en même temps féminine et dure comme l'acier ;* ni cette chose *à la fois vécue et rêvée*, la *chose humaine par excellence* de Lévi-Strauss. Elle ignore l'ivresse et le tragique qui suintent de chaque venelle, de chaque pan de mur des vieux bourgs patinés et crasseux. Et pourtant, voilà soixante-dix ans que des existences s'y déroulent, avec leurs espoirs, leurs péripéties, leurs accidents, leurs bonheurs et leurs deuils. Une ville est comme une prolifération microbienne ayant colonisé son milieu ; la topographie, le climat et l'histoire l'ont sécrétée pierre à pierre et nommée. Mais pour celle-ci, il en a été autrement. Tout a été décidé pour elle, c'est un lieu abstrait comme une idée. Et c'est dans cette abstraction, messieurs, que nous vivons nos vies, si tant est que vivre vraiment y soit possible. »

Melvil n'a pas faim, il a le vertige. Son sandwich lui colle au palais et il rêve d'ôter ce casque ridicule qui lui cisaille le menton. Quand, il y a quelques jours, Hippolyte lui a parlé de ce *plan* qu'il avait avec William, pourquoi s'est-il senti vexé de ne pas être dans le coup ? Après l'épisode du Cénacle, il aurait dû trouver logique que William ne veuille plus rien savoir de lui. Il s'efforçait de ne pas laisser voir sa contrariété. « Allez, fais pas la gueule ! » a lancé Hippolyte et, le soir même, William appelait chez lui pour l'inviter. Il a fait mine de réfléchir avant d'accepter.

Ce souvenir lui est pénible, il le chasse avec une gorgée de bière. Des édredons cotonneux croisent comme de lents navires dans le ciel d'un bleu polaire. William parle toujours.

« Les pensées continuaient de s'engendrer l'une l'autre : Saint-Simon, le nouveau christianisme, les élites éclairées… Après les idéalistes vint la lignée des visionnaires : Ledoux et sa ville de Chaux, Fourier et son Phalanstère, Proudhon, tous héritiers du vieux Platon, tous fils prodigues de Thomas More – mais brûlant d'entamer les travaux pratiques. Ils appartenaient, eût dit Jünger, à *la dangereuse espèce des rêveurs concrets*. Leur foi profane leur dictait que les grandes œuvres ne deviennent possibles que si on les accomplit. La cité éternellement heureuse était là, tracée sur le papier, idyllique comme ces vues d'architecte où le climat est toujours radieux. Maintenant, ils voulaient la voir sortir de terre.

« L'une des premières tentatives revient à Robert Owen, qui alla jusqu'à acheter une ville pour y bâtir sa société idéale – disons-le, avec bien peu de succès. Cette expérience n'en fut pas moins pionnière. D'autres suivirent, par exemple à Guise, où Godin donna corps à la pensée de Fourier. Le Familistère, comme il l'a appelé, offrait logements, coopérative, école, bibliothèque, piscine, jardin… Et une salle des fêtes, et un théâtre, et une société de musique ! Ça a marché du tonnerre, des dizaines de familles sont venues s'y installer – et y sont restées un siècle.

« Tout ce bataclan n'était cependant pas du goût des Marx et des Engels, qui ricanaient sur ce qu'il qualifiaient d'*organisation élucubrée de la société*. Mais comment en aurait-il été autrement ? L'utopie veut abolir la haine ; l'idéologie ne sert qu'à la légitimer. Toutes deux sont cousines par l'échec auquel elles se condamnent, car rien, y compris son assouvissement, ne peut éteindre la haine. Même la destruction de son objet ne suffit pas à la stériliser. Tôt ou tard elle resurgit, dans le sein même de l'idéal, comme le péché au jardin d'Éden. L'expérience de Guise est éloquente à cet égard ; cependant, pour en avoir le cœur net, il fallait l'avoir fait.

« Vous savez que c'est ici même que certaines grandes utopies humanistes ont pris corps ? Au XIXe siècle, toute cette région n'était qu'une gigantesque manufacture ; cheminées, chevalements, terrils à perte de vue. À Mulhouse, les premières cités ouvrières se sont construites autour des filatures et des ateliers Koechlin. Il y a eu aussi Bata en Moselle, une usine de chaussures en pleine forêt, adossée à son village ouvrier. À force d'*élucubrer*, les urbanistes s'étaient trouvé des alliés inattendus : les industriels, dont le paternalisme servait merveilleusement les intérêts. La doctrine hygiéniste leur offrait des arguments pour fixer une main-d'œuvre trop volatile. Cela dit, le projet de Ferdinand n'avait pas de finalité patronale ; ses motivations étaient tout autres.

« Mais nous n'en sommes pas encore à Ferdinand. Avant le nom d'Hildenbrandt, il y en a un autre, un nom anglais : Ebenezer Howard. Un modeste rédacteur du Parlement de Londres, dont la tête bouillonnait d'idées sociales. *Le calme, un labeur loyal et convenable, une maison saine et belle, et assez de loisir pour cultiver son corps et son esprit* : voilà à quoi Howard aspire pour ses semblables. Il rêve d'une ville sans fumées, sans taudis, sans quartiers insalubres, entourée d'une ceinture de fermes qui l'alimenteraient en denrées agricoles. Bref, un jardin des Hespérides à la française, en plein cœur d'une époque vouée à l'acier et au moteur électrique. Ce qui semble absurde et sans espoir est forcément prometteur, pour un utopiste ! Sa cité idéale, Howard en médite les moindres détails : il y positionne les espaces verts, les lieux culturels, les asiles de fous ; il prévoit les réservoirs d'eau, les carrières de pierres et les briqueteries, les cimetières, les écoles d'agriculture, les routes et canaux, calculant avec précision la surface de chaque quartier et son nombre d'habitants. Chacune de ces unités résidentielles s'inscrira dans un réseau plus vaste d'unités similaires, réalisant *l'union joyeuse*, promet-il, de l'urbain et du rural. C'est beau comme de l'art soviétique.

« En 1898, l'énergumène détaille sa vision dans un livre, *Garden Cities of To-morrow* : le concept de cité-jardin était né. Pour Howard, ça ne faisait pas un pli : son modèle de ville-campagne était promis à se répandre sur la Terre. Contre toute attente, il fut pris au sérieux, ses idées exercèrent même une certaine fascination sur ses contemporains. Bientôt, des cités-jardins virent le jour en Angleterre et aux Pays-Bas. En France, la première tentative arrive six ans après la publication de Howard : la cité Bruno, à Dourges, une évolution des corons de l'ère minière. Dans l'entre-deux-guerres, les lotissements de ce type poussent comme des champignons, à Reims, Lyon, Marseille, dans le Nord et en région parisienne à Gennevilliers, Drancy, Stains ou Suresnes… À Strasbourg, le faubourg-jardin du Stockfeld est aménagé à partir de 1910. Et en 1920, à Mulhouse, Ferdinand Hildenbrandt signe l'acte fondateur de la cité qui portera son nom. »

Après l'avoir longuement, lentement préparée, William allume sa pipe, émettant de petits moutons de fumée qui se dissolvent dans le courant d'air. L'ombre étirée de leur immeuble est allée se plier contre la robe bleue d'un sapin. Au-delà des saules pleureurs nus qui penchent sur l'eau leurs chevelures vaporeuses, les toits d'Hildenbrandt s'alignent comme une procession de carapaces à écailles.

« Les bénéfices résultant de la guerre, disait le texte, ne devaient pas profiter à *ceux* qui les avaient faits, mais retourner à la communauté. Ferdinand allait offrir un habitat décent à des ménages nécessiteux et les changer en familles nombreuses – la nation avait dramatiquement besoin de sang neuf et l'Allemagne, provisoirement neutralisée, était toujours là, sur l'autre rive du Rhin. Il négocia avec la municipalité un contrat de fermage sur un ancien terrain militaire de douze hectares. Assisté d'un comité d'architectes, il perfectionna longuement les plans du vert paradis où les hommes, enfin, cesseraient d'être misérables. Un concours national fut lancé pour créer le patron des cent cinquante maisons à construire. Il en résulta deux modèles types, l'un de quatre-vingt-dix mètres carrés, l'autre de cent dix – ces jolis pavillons que nous connaissons bien, tout droit sortis d'une pastorale Biedermeier. Sous-sol surélevé, toiture de cinq mètres de haut, à quatre pentes ou à deux avec quarts de croupe, chiens-assis à un ou deux vantaux. De menues variations permettaient de limiter l'impression de monotonie ; chaque bicoque avait son petit quelque chose – l'emplacement d'une porte ou de fenêtres, la forme du perron – et se voulait une invitation au bonheur domestique. »

D'un geste du bras, il leur rappelle que ce qu'il vient de décrire, ce sont les maisons qu'ils ont sous les yeux, où ils habitent et où leur existence quotidienne se déroule.

« Pour moi, le quartier, c'était juste le quartier, dit Hippolyte en haussant son épaule valide. J'aurais jamais pensé… tout ça. »

William sourit en voyant leurs regards errer sur le panorama des maisons, avant de continuer.

« Deux principes présidaient aux aménagements intérieurs : confort et fonctionnalité. La liste des équipements aurait fait rêver n'importe quelle ménagère des années vingt, surtout pour un loyer si modique : chauffage dans toutes les pièces, lavabos, buanderie, électricité, eau courante. La contrepartie – il fallait qu'il y en ait une ! – consistait à farcir de marmaille le logement que la fondation vous aurait octroyé. Hildenbrandt ne serait pas peuplée d'hommes et de femmes, mais de pères et de mères de famille dont l'existence graviterait autour du foyer. Cela explique l'absence d'équipements collectifs dans les frontières historiques du quartier, à l'exception de l'école, aménagée plus tardivement dans un pavillon inoccupé de la place du Jasmin.

« Lors de l'inauguration, en 1928, quand les premiers couples s'installent dans les pavillons flambant neufs, ils doivent adhérer par écrit à un règlement intérieur scrupuleux : défense de posséder un animal domestique ; défense de faire sécher du linge dans le jardin ou d'y bâtir ne serait-ce qu'un abri en bois ; défense de cultiver des essences végétales en dehors de la liste édictée par la fondation ; interdiction d'employer quelqu'un pour assumer les tâches incombant à la maîtresse de maison (laquelle s'engageait d'ailleurs à ne pas exercer d'activité professionnelle afin de se consacrer à la vie domestique) ; enfin, défense d'héberger quiconque, famille ou amis, sans en référer à l'administration. La fondation se faisait fort d'effectuer des contrôles dans les foyers pour s'assurer du respect de sa charte des bonnes mœurs.

« L'office HLM qui administre aujourd'hui la cité-jardin s'est prudemment délesté de ce règlement un chouia intrusif. Il ne s'agissait pourtant pas d'être tyrannique, c'était bien le bonheur des familles qui était recherché, un bonheur *civilisé*. En voulant façonner les générations futures et y apposer son certificat de conformité, Ferdinand montrait le souci éternel de toute divinité créatrice : enceindre de frontières étroites le libre-arbitre magnanimement accordé à ses créatures ; donner d'une main, et de l'autre agiter un index menaçant. En vérité, on ne devrait jamais accepter le cadeau d'un dieu, de peur de finir transformé en cancrelat ou en plante verte. Tâchez de vous en souvenir. »

Il s'interrompt pour vider son fourneau en le tapotant contre une tuile. Passé sur l'autre versant, le soleil se refroidit rapidement et glisse vers l'horizon, terne et rouge comme une bille de terre cuite. L'ombre épaissit à vue d'œil dans la tranchée de la rue. Hippolyte s'impatiente car le chien s'est remis à appeler. Mais William prend son temps, soufflant de la buée sur les verres de ses lunettes et les essuyant tranquillement avec son foulard.

« C'est peut-être ça, un chef-d'œuvre. Juste quelques pierres empilées les unes sur les autres. Des rues aux noms de fleurs. Une enclave que des générations vont peupler et nourrir de leurs propres existences. C'est un endroit étrange, un peu hostile et effrayant, où l'on n'accède pas sans obstacles, mais qui s'empare de vous sitôt la frontière franchie. On est d'abord désorienté, les normes ailleurs valables sont révoquées ; d'autres s'y substituent, que l'on finit par intérioriser. Or, c'est le propre d'une norme, une fois qu'elle est en nous, c'est nous qui ne pouvons plus en sortir. N'est-ce pas vrai ? Pour vous deux qui avez grandi ici, pour toi Melvil qui y es né, ce cadre n'a-t-il pas la force des choses *telles qu'elles sont*, d'un invariant, d'une condition humaine ? »

Mais William n'attend pas que l'un d'eux lui réponde, ni même que cette idée fasse son chemin en eux. C'est sa propre idée, avant tout, qu'il est en train de poursuivre.

« Quoique les clichés veuillent le contraire, la création n'a aucun rapport avec la liberté. Tout véritable créateur est animé d'une soif de contrôle illimitée, inhumaine – et toujours déçue. S'il est capable d'engendrer à lui seul tout un territoire, c'est à l'unique fin de le régenter ; son malheur est qu'il en reste forclos, confiné dans ce monde indocile dont il subit les atteintes et qui n'est pas son œuvre. Il ne lui reste plus alors qu'à croire à ses propres balivernes. À la fin de sa vie, couvert d'honneurs et célébré de toutes parts, Ferdinand présentait la cité-jardin comme son plus grand accomplissement, sa véritable fierté. L'homme de bien, le bâtisseur d'une génération heureuse et saine, c'était le portrait de lui qu'il entendait laisser ; oubliant totalement, ou préférant oublier, ce qu'il avait été d'autre, et dans quel état d'esprit, au sortir de la guerre, il avait créé sa fondation.

« Mettez-vous un instant à sa place : pendant cinq décennies, il a rêvé de retour à la France ; et lorsqu'enfin ce retour est accompli, lorsqu'enfin le drapeau tricolore flotte à tous les clochers d'Alsace, quelle est la première chose que fait la République ? Elle le cloue au pilori. L'accuser de traîtrise, lui, le francophile notoire, le héraut du paternalisme, le pilier de l'économie régionale ! Mortifié, et qui plus est incapable de reconnaître ses torts – mais qui d'entre nous en est capable ? –, Ferdinand réagit alors comme seuls peuvent le faire ceux de sa trempe ; si les hommes qui devraient le porter aux nues le bafouent, réfléchit-il, c'est que les hommes sont à changer. Alors, dans un sursaut de rage et de génie, il crée cette ville, il crée Hildenbrandt – et il réinvente son propre nom.

« On pourrait n'y voir qu'une habile manœuvre politique, mais c'est bien plus que cela – et au fond, bien plus triste. C'est une tentative désespérée de *domestiquer* la nature humaine et d'annuler ce qui, en elle, échappe à tout contrôle – cet épuisant impondérable, cette contradiction systématique et tenace qui n'aspire qu'à être entendue, non à être raisonnable, cet éternel facteur d'aléa qu'on appelle *autrui*. Je vous le demande, mes amis, si les gens cessaient un peu d'être eux-mêmes pour être comme on voudrait qu'ils soient, le monde ne tournerait-il pas enfin rond ?

« *Changer les hommes*, voilà ce que Ferdinand a voulu. Trois décennies plus tard, il était toujours là, et j'ai eu le temps de le connaître. Il y avait dans sa présence quelque chose d'écrasant qui se faisait passer pour de la grandeur, mais qui n'en était pas. J'ai mis pas mal d'années à comprendre que ce qui en imposait chez ce personnage, c'était d'abord son mépris, fût-il magnanime, pour tout ce qui *n'était pas lui*.

« Les Hildenbrandt ont hérité de sa fortune et de son renom, mais aussi de cette conviction que le monde leur est naturellement subordonné. Il n'existe qu'un seul Vrai, dont ils sont les détenteurs par droit héréditaire. Ils ne comprennent pas qu'on puisse penser et ressentir autrement qu'eux ; ni ne conçoivent que la réalité soit multiple, complexe, insaisissable et relative. Quand ils y sont confrontés, la versatilité du monde et des êtres les désempare : il se figurent être entourés d'escrocs, de pervers et de détraqués.

« Les Hildenbrandt sont des seigneurs, et ils sont seuls. Le nom qu'ils portent les domine, il n'est personne à qui ils s'adressent d'égal à égal. C'est pourquoi ils font preuve de si peu d'empathie, y compris entre eux, au sein même de la famille, où s'entretiennent des rapports durs et dépourvus d'indulgence. Ils n'en continuent pas moins à se voir eux-mêmes comme des modèles d'altruisme et d'humanité. L'existence de cette cité-jardin qui porte leur nom continue de glorifier la leur. Ils ne s'y intéressent pourtant pas au point de s'y risquer – sans même parler d'y vivre ! Aucun Hildenbrandt n'a jamais mis les pieds *à* Hildenbrandt. Aucun, si ce n'est moi. Tu es congelé, Melvil, il est temps que je vous reconduise vers la terre ferme. »

« Jeunes gens, déclare-t-il lorsqu'ils sont dans la rue, j'espère que ce voyage vous a plu. *Y a-t-il en effet chose plus belle que le ciel qui contient tout ce qui est beau ?* Je suis heureux d'avoir été votre nocher. La prochaine fois, je tâcherai d'être moins bavard. »

Melvil profite qu'Hippolyte est absorbé par ses retrouvailles avec son chien pour tendre le billet à William ; celui-ci le considère avec étonnement, les mains vissées au fond des poches.

« Charon fait payer le passage, garde tes sous pour lui.

– C'est Roland qui me l'a rendu, le soir où… C'est à toi, voilà. » Après un silence, il ajoute : « D'ailleurs, ce soir-là, je voudrais que tu saches… Vraiment, j'aurais aimé que… » – et sa voix se paralyse.

« Qu'est-ce que tu aurais aimé ?

– Que ça ne se passe pas… comme ça.

– Je le sais. Mais ce n'est pas à moi que tu dois le dire. C'est à Hippolyte et à ses parents. »

Il regarde par terre. William prend le billet et le glisse dans sa poche.

« Ainsi soit-il ! Je le conserve pour nos prochaines libations. À bientôt, mon garçon. »

12

Un matin qu'il descend, plein de sommeil, la cuisine est noyée d'un brouillard âcre qui lui enflamme aussitôt bronches et yeux. Il ouvre la fenêtre sur l'aube noire et le froid se déverse à l'intérieur, mouillant sans la chasser l'odeur pesante du tabac. La pluie n'a pas cessé de la nuit. Elle continue de tout accabler sous son cliquetis invisible. De minuscules gouttes fusent comme des insectes et viennent déposer leur rosée sur son nez et son menton. Enfin, il ose se retourner.

« Salut… » prononce-t-il, et Virgile ne répond pas.

Il était là quand Melvil est entré. Accoudé à la table, il tient son front dans ses mains, immobile comme peut l'être une chose sans vie. Le cendrier déborde de mégots, il y a deux paquets vides sur la table à côté du briquet, et un autre froissé par terre. Le néon lui-même semble à bout d'insomnie.

Melvil frissonne et se détourne pour refermer la fenêtre, puis met le café à couler. Il mâchonne une brioche et colle ses mains au radiateur pour se réchauffer, comme il ferait s'il était tout seul. La respiration des matins répand dans la cuisine son arôme tendre et brûlé, dispersant peu à peu l'inhospitalité de la nuit. Quand c'est prêt, il déloge la cafetière et remplit deux grandes tasses ; il en fait glisser une sur la table, entre les bras couverts de hiéroglyphes qui n'ont toujours pas bougé. Alors, quelque chose en Virgile s'ébranle ; ses mains quittent son front et se posent autour de la tasse.

Merci, murmure sa voix blafarde, presque silencieuse.

13

Une notion nouvelle a fait son apparition chez eux : l'avenir. Une chose dont on n'a jamais entendu le père parler. Aymé a toujours vécu comme si le lendemain était à peine possible, prêt à accepter que tout soit fini d'un instant à l'autre. Melvil se souvient de lui dans la force de l'âge ; c'était une présence rassurante et dangereuse, rassurante par son danger même. Certains semblaient prendre plaisir à prononcer son nom, comme pour en éprouver la dureté et la sécheresse virile. On pouvait se demander quel genre d'effet ça lui faisait, à Aymé, quand, pour les besoins de quelque démarche, il avait à se nommer. Il ne proférait jamais ce mot, Ischard, qu'avec une sorte de distance, comme s'il avait conservé à ses yeux quelque chose d'arbitraire et d'étrange ou, plus exactement, d'étranger. *Ischard Aymé*, disait-il, et il regardait la personne en face comme si elle allait le mettre en doute et qu'il faudrait avoir une explication. Ce nom était un attribut greffé à lui, un sceau dont on l'avait marqué, charge à lui d'y insuffler sens et destinée.

Il ignorait son origine, les raisons ayant déterminé son choix et sa graphie, et si ce nom avait une histoire – lui qui n'en avait pas. Rien n'empêchait qu'il eût renfermé un contenu latent qui se serait silencieusement transmis à lui, influençant de façon occulte ceux de ses comportements qui le servaient le moins et pouvaient apparaître, y compris à ses propres yeux, comme les plus dénués de sens.

Il n'héritait de rien, en tout cas dont il fût conscient. À ses fils en revanche, il avait à transmettre : de lui, l'aîné reçut la colère et la nature éruptive ; le puîné, la hargne tenace et la perfidie. Quant au benjamin, s'il a hérité quelque chose d'Aymé, c'est sans doute sa propension à l'immobilisme et à la résignation ; car cette faculté qu'a Melvil de raisonner jusqu'à couper les cheveux en quatre, que sa mère ou certains professeurs appelaient son intelligence et en quoi lui-même n'a jamais vu qu'un obstacle et une tare, ne saurait lui être venue du père – ou alors, comme la forme altérée d'une obscure et frénétique manie de rumination.

Il doit bien y avoir aussi chez Aymé quelque chose qui réfléchit à ce qui lui arrive ; aucun être humain ne peut tout à fait renoncer à penser. Peut-être, au fil des années, n'a-t-il jamais cessé de le faire. Mais il s'est toujours conduit comme quelqu'un chez qui le moindre retour sur soi ne fait qu'attiser une fureur qui couve, et finit inévitablement par rejaillir au-dehors, sous forme d'agression.

Peut-être, à une certaine époque, a-t-il tenté de suivre un autre chemin. Il avait fini par trouver une raison valable d'espérer que chaque jour vécu soit suivi d'un autre : sa femme, Frédérique, à qui il était vraisemblablement très attaché et dont, cela n'est pas douteux, il était tendrement aimé. Elle est morte brutalement et, ensuite, l'existence du père n'a plus été qu'une succession de départs sans adieux : celui de Virgile, acculé à l'exil ; celui de Jonas qui, après lui avoir cassé la gueule, a rassemblé en hâte quelques affaires et s'est évaporé pendant trois ans ; sa propre démission de Schoepflin, suivie de la rupture complète avec tout son entourage, et même du rejet de madame Hoeb – laquelle n'a cependant pas renoncé à veiller sur lui, à sa curieuse et véhémente manière. Sans un mot d'explication, il s'est retiré du monde des vivants. Il était comme ces grands arbres au fond des jardins, qui du jour au lendemain se mettent à dépérir. Il se flétrissait de l'intérieur, voué à une extinction rapide – mais la dernière étincelle qui subsistait en lui était une étincelle d'attente.

C'est alors que Virgile est revenu, puis Jonas.

Et qu'ensuite s'est produit ce qu'il faut bien qualifier de miracle.

Dès l'instant que Nelly a passé leur porte, Aymé n'a plus été le même. Il a tout de suite paru plus vieux, et en même temps plus vivant ; il a repris des couleurs ; même sa colère et son ressentiment sont comme revitalisés. Quand Nelly n'est pas là, il s'ennuie, chose inimaginable il y a quelques semaines. Il est impatient, il se réjouit, et se désespère que le temps soit si lent. Lorsqu'elle arrive, on le sent s'installer moelleusement dans le moment présent. Non qu'il ait tant de choses que ça à lui dire : sa seule présence suffit à le contenter.

Certains dimanches, quand il fait soleil, il se laisse convaincre d'aller se promener à son bras dans les rues du quartier. Elle l'emmitoufle, lui colle un bonnet sur la tête et lui enroule autour du cou sa propre écharpe de laine rouge, où il fourre son nez sans rien dire, ses yeux exprimant quelque chose d'incertain, peut-être bien de la nostalgie.

Une heure plus tard il rentre avec elle, les joues rosies par le froid, faisant mine de pester contre la première chose qui vient ; il savoure son café et sa cigarette avant de s'endormir dans son fauteuil, la tête de côté et les mains à plat sur ses cuisses. Longtemps après que Nelly est retournée chez elle, son odeur et sa voix continuent d'imprégner le canapé et les coussins et l'air même du salon, de l'entrée et de la cuisine.

14

Il aimerait pouvoir expliquer tout cela à Hippolyte et William, tout cela dans son immense et fantastique complexité. Cette attention instinctive que Virgile et Nelly ont l'un pour l'autre, ces gestes apparentés qui semblent traduire un attachement venu des profondeurs. Mais comment leur décrire l'impression, indissociable de cet appel réciproque, et dont elle est pour ainsi dire constitutive – comment décrire cette impression persistante d'effroi et de menace ?

S'ils lui laissaient le temps de chercher ses mots, peut-être pourrait-il définir cette nuance nouvelle apparue dans le regard de Nelly, et qui a succédé, en quelque sorte, à l'étonnement de se trouver parmi eux après toutes ces années. Par moments, elle semble en proie à cette hébétude qu'on traîne après un rêve étrange et triste, quand tout vous apparaît incertain, fait de sable. Qu'a-t-il donc, Virgile ? semble-t-elle demander. Pourquoi ces retrouvailles inassouvies ? Comment n'arrivent-ils pas à se toucher, étant en perpétuelle quête l'un de l'autre ?

Mais quand le regard de Nelly pèse sur eux, les frères de Virgile, et les somme de lui expliquer ce qui se passe, ils ne trouvent rien à lui répondre. Même Jonas s'esquive au premier prétexte.

C'est pourtant lui le premier qui a prononcé le mot fatidique. Sans doute était-ce une maladresse – mais il n'a paru le dire que pour faciliter les choses, aider à advenir ce qui restait planté sur le seuil, hésitant à franchir le pas décisif. Jonas a mis les pieds dans le plat, et voilà – ils étaient à table et il a dit : « Est-ce que ça ne serait pas un peu bien, avec toute la merde qu'il y a eue ? Est-ce que ça ne serait pas la meilleure chose qui pourrait nous arriver à tous ? »

Plus il y pense et plus Melvil se convainc que Jonas avait ses raisons pour leur jeter tout à trac ce mot-là au visage, en plein repas. Il devait obscurément percevoir que, si union il doit y avoir, alors il faut que cela se fasse vite, pendant qu'il en est temps. Oui, se répète-t-il pour la centième fois, sans doute n'y a-t-il pas d'autre moyen d'imaginer Virgile et Nelly mener une vie commune quelque part et de quelque manière, que de la sceller sur-le-champ, et c'est pourquoi Jonas a si vite et si brutalement parlé de mariage – alors même qu'il subsiste chez Virgile quelque chose de farouche et de paradoxal qui attire à lui Nelly, et en même temps la repousse.

« Tu t'appelleras *Nelly Ischard*, et comment que ça te plairait ! » a rigolé Jonas, et Nelly le regardait sans rien dire, avec une expression qui pouvait tout signifier, y compris le consentement.

Virgile, c'était comme s'il n'avait pas été là.

Le père aussi a maintenant son idée fixe : il voudrait que Nelly n'ait plus à s'infliger ces trajets incessants. Mettant la logique du côté de son désir, il cherche à leur prouver par des raisonnements imparables qu'il n'y a pas de meilleure solution pour elle que de venir s'installer ici, avec eux. Les sourires embarrassés de Nelly, le silence atrocement gênant de Virgile n'y font rien, le père continue d'argumenter, cherchant par la tyrannie à extorquer l'assentiment que la persuasion n'a pu lui procurer – et Melvil, dans ces moments, se sent comme coincé dans une pièce avec un homme ivre qui manipulerait un fusil chargé.

15

Nelly, Virgile – fut un temps, il aurait été impossible d'évoquer l'un sans nommer l'autre. C'était Virgile et Nelly, Nelly et Virgile : les deux faces d'une même pièce, les deux visages d'une même identité. Il doit y avoir tant de gens, à Mulhouse ou ailleurs, qui connaissent aujourd'hui Nelly, ou qui croient la connaître, sans jamais avoir entendu parler de Virgile ; et qu'ont-ils su d'elle, ceux du régiment, tous les gars du 3e REI qui ont côtoyé Virgile, des Balkans à la Guyane ? À peu près rien, on pourrait le parier. L'opprobre a fait son œuvre. Alors qu'ils traînent sur un banc du quartier, Melvil s'efforce de faire percevoir à Hippolyte l'aberration que cela représente, que ces deux noms, naguère si étroitement entrelacés, aient fini par se détacher l'un de l'autre et poursuivre des existences disjointes. C'était peut-être ce que tout le monde voulait, mais cela s'était fait, pour ainsi dire, en violation patente des lois naturelles.

Il y a pourtant eu un avant – avant la disjonction, avant même la fusion. Évoquer cette préhistoire, quand on l'a connue, c'est comme de penser à ta propre vie avant ta naissance, tente-t-il d'expliquer à Hippolyte, mais l'image ne semble pas parler au môme, qui hausse les sourcils puis les fronce – peut-être parce qu'Hippolyte a connu deux naissances et ne doit pas clairement savoir laquelle a fait de lui ce qu'il est. C'était, en tout cas, avant qu'il vienne habiter dans la cité-jardin. Ses parents n'en avaient pas encore été réduits à déposer une demande de logement social. Les Glaser sont arrivés à Hildenbrandt l'année qui a suivi les événements, quand la fièvre était déjà retombée ; et comme ils sont toujours restés à l'écart et n'ont jamais vraiment voulu – ou su – s'intégrer, il ne s'est trouvé personne pour les mettre en garde contre les Ischard, ni pour leur raconter ce qui s'était passé. Personne pour leur dire quel genre de fille était Nelly avant qu'elle n'ait connu Virgile.

Dans la première image que Melvil a d'elle, elle est allongée à plat ventre sur un lit d'herbes jaunes, ses pieds nus battant l'air, avec tout autour une prairie qui semblait ne jamais devoir finir. C'était bien avant que le scandale n'éclate, bien avant que chacun à Hildenbrandt ne soit forcé de prendre position et que la communauté tout entière ne finisse par se dresser contre eux dans une réprobation fielleuse et hypocrite. Ils s'offraient cette première aventure que les écoliers n'oublient jamais, loin du quartier et de ses pelouses où leurs parents les croyaient occupés à jouer, comme les enfants qu'ils n'étaient plus tout à fait. Ils avaient pédalé en file indienne sur la départementale, hurlant de joie et de terreur lorsque les semi-remorques frôlaient leurs vélos avec leurs roues et leur bruit énormes ; puis s'étaient égarés dans un coin de campagne, empêtrant leurs pédales dans la brousse, avant de s'aménager une clairière invisible au milieu des hautes herbes.

Ils étaient cinq à fomenter l'échappée, mais deux s'étaient dégonflés et il ne restait que lui, un garçon de sa classe et Nelly, deux ans de moins. Ils ont couché les herbes, elle s'est étendue dessus et s'est déchaussée ; elle a allumé une cigarette et leur a tendu le paquet. Son copain en a pris une, mais lui n'a pas osé. Il se rappelait la fois où il avait été malade parce que Jonas lui avait fait aspirer quelques bouffées de tabac ; d'ailleurs son souffle s'embarrassait déjà, sous l'effet conjugué de l'effort et des pollens qu'on voyait voleter comme des flocons de neige sur fond de ciel bleu.

Nelly leur parlait de choses sales, des choses dont, étant donné leur avance d'âge, ils auraient dû parler les premiers. Le mur d'herbes qui les entourait leur ménageait une intimité qu'ils n'avaient encore jamais connue ; rien dans l'immensité qui les surplombait n'aurait pu surprendre leur conversation, ni les regards qu'elle les laissait promener sur les nouveautés de son corps sans chercher à les leur dérober. Elle riait avec méchanceté de leur ignorance et de leur crédulité. Ce fut là, à l'abri de ce rempart bruissant, qu'il fit la découverte de tout ce qui, dans le spectacle du monde, semble à la fois avoir été fait pour vous et pour se refuser à vous.

Mais cela, Hippolyte n'a pas besoin de le savoir. Il ne devrait savoir que ceci : ce n'était pas Nelly qu'une simple escapade allait plonger dans une torpeur rêveuse pendant des jours, pas plus qu'elle n'était susceptible, dix ans et des poussières plus tard, de s'en souvenir dans les moindres détails. L'après-midi ne faisait que commencer quand elle a brusquement remis ses chaussures, rompant un charme où les deux garçons hésitaient encore à s'aventurer. Elle les regarda comme deux niais qui ne comprenaient rien, puis elle ne les regarda plus. Elle pédala si vite sur le chemin du retour qu'ils eurent du mal à la suivre.

16

Ensuite, il y eut le parfum de vanille, le manteau à fleurs rouges au col ourlé de fourrure corbeau que Nelly portait en hiver, et que l'on repérait de loin les matins de classe, quand elle apparaissait à l'entrée de la cour. Mais à lui, cette histoire n'appartenait déjà plus. Poussée par quelque chose qu'elle sentait croître en elle, Nelly avait délaissé ses amusements de collégienne au profit de ceux d'une bande de frappes en pleine vingtaine que l'on croisait dans le quartier sans oser les regarder, et que certains appelaient *la bande des frères Ischard.*

Elle ne les avait pas laissés choisir ; subitement, elle avait été parmi eux, presque à les commander. Elle leur avait imposé son toupet invraisemblable, son intransigeance nuisible et sa voix de rogomme, capable de déchirer un être de part en part d'une seule salve de rire. Mieux qu'un membre de la bande, elle en était l'effigie, insolente, crâneuse et téméraire. Tout ce qu'ils risquaient, elle le risquait plus radicalement qu'eux, on l'aurait crue à la source de chacun de leurs mauvais coups, comme si c'eût été elle qui les avait faits délinquants. Elle était là à les inciter, à surenchérir, se faisant craindre d'eux par les sarcasmes qu'elle distribuait autour d'elle comme une bête venimeuse. C'était ainsi, sans doute, qu'elle s'était concilié l'amitié de ces voyous, à laquelle un simple garçon du collège n'aurait pu prétendre, fût-il le frère cadet de leurs deux meneurs – car évidemment, il y avait une autre raison à ce que Nelly ait été si promptement adoptée par la bande : elle était désirable et attendait que quelqu'un l'aide à accomplir la joie mystérieuse qui tourmentait son corps neuf.

Voilà certainement pourquoi personne ne songea à donner tort à Virgile, car tout le monde savait que c'était elle qui était venue le chercher, elle qui s'était accrochée à son bras et paradait à ses côtés avec des airs de propriétaire. Le paradoxe même que seule fût de taille pour occuper cette place (cette place de compagne auprès du chef de meute) une gamine qui n'avait pas quatorze ans et devait culminer à trente-sept kilos, suggérait qu'il y avait là quelque chose de l'ordre de la prédestination, et qu'il valait mieux laisser faire plutôt que d'aller s'attirer des ennuis en mettant son nez dans ce qu'on ne pouvait comprendre.

Telle était – du moins peut-on le supposer – la raison du silence tacite qui entourait, à Hildenbrandt, les amours inattendues de la fille Burgmüller et de la bête noire du quartier. Nelly était la seule capable d'apprivoiser Virgile, elle avait su cela d'instinct dès que la sève de l'instinct était montée en elle, et personne n'y pouvait rien.

Beaucoup, sans doute, ne furent pas fâchés que cette effraction dans la vie de Virgile l'ait tant soit peu assagi. On savait maintenant que c'était à Nelly qu'il ne fallait pas chercher noise. Ses provocations faisaient lever des types ; Virgile les faisait rasseoir. Une sorte d'équilibre s'était instauré, et tout le monde jugeait préférable, en tout cas pour l'instant, de fermer les yeux sur les questions de bonne morale. Étant donné que madame Burgmüller elle-même paraissait agréer cette liaison, pourquoi en questionner la licéité ? Si la mère de Nelly s'était révoltée, si elle avait tenté d'empêcher quoi que ce fût, alors peut-être les gens se seraient-ils indignés à sa suite, comme les événements prouvèrent plus tard qu'ils en étaient capables, du moment qu'ils agissaient en foule. Mais une fois la mère au courant, et puisqu'elle n'avait jamais paru y trouver à redire, la population avait admis la chose comme un fait établi, susceptible même de procurer certains bénéfices en matière de paix et de sécurité.

Madame Burgmüller avait été vue en train de bavarder aimablement – certains plus tard diraient : coquettement – avec l'hier incontrôlable, infréquentable Virgile, au su de tous le ravisseur de sa fille, celui qui avait pris d'elle une chose primordiale et ne s'en contenterait fatalement pas. On ne saura sans doute jamais quel genre de pensées cette mère caressait, ni quelle part elle prenait inconsciemment à cette aventure qui n'était pas de l'âge de sa fille, mais eût encore pu être du sien, et qu'elle couvrit de sa bienveillance durant ces quelques mois où elle fut au courant et où son mari ne l'était pas.

On ne saura pas non plus comment l'affaire finit par parvenir aux oreilles du père de Nelly, mais le jour où il la découvrit, cela faisait près d'un an qu'elle était engagée.

Monsieur Burgmüller conduisait le bus communal et personne ne l'avait jamais vu sortir de ses gonds ; la colère où il entra ce soir-là fut épouvantable. Il ne songea même pas à régler les choses dans une discrétion de bon aloi. Au contraire, il courut partout clamer son indignation et sa stupeur – et comme il ne rencontra pas les réactions offensées que sa détresse appelait, mais des airs faussement étonnés qui signifiaient que tout le monde savait sauf lui, ce fut contre la cité tout entière que sa furie se déchaîna. C'était une de ces soirées nerveuses du début de l'été, où des restes d'électricité continuent de flotter dans la ville longtemps après le crépuscule. Le ciel était rouge et les rues résonnaient des imprécations de monsieur Burgmüller. Des pères de famille étaient sortis de chez eux, torse nu ou en *schloppe*, pour tenter de le calmer ; mais il continuait à les injurier et à les maudire d'une voix suraiguë, démente.

Il ameutait tout le quartier en marchant droit vers la rue des Iris.

Dans la maison silencieuse, Aymé, Virgile et Jonas écoutaient ses cris approcher. Quelqu'un avait téléphoné pour leur dire ce qui se passait. Ils étaient assis à la table de la cuisine, ne cessant de fumer. Melvil, expédié dans sa chambre à l'étage, se sentait inexplicablement coupable de toutes sortes de fautes commises ou sur le point de l'être. Il avait glissé un œil sous le rideau et l'approche de l'orage l'avait pétrifié à cette place. Sa lumière avait beau être éteinte, il lui semblait que depuis le trottoir on ne verrait que le cercle de buée que son souffle accéléré déposait sur la vitre. Ça bougeait dans la cuisine. Il tremblait comme une feuille.

Burgmüller, l'affable petit Burgmüller qui disait toujours *monsieur* et *mademoiselle* aux gamins qui montaient dans son bus, en appelait aux autorités, à la police, à la société tout entière et même à la divinité, les prenant à témoin du drame inadmissible dont il était le jouet. Aujourd'hui encore, Melvil ne peut repenser à cette scène sans se sentir pâlir – cette scène à laquelle il n'a jamais su donner de place dans la fatale, la glorieuse chronique des Ischard, parce qu'elle représente le moment à partir duquel tout ce qu'ils avaient reconstitué depuis la perte de leur mère a commencé à se défaire irrémédiablement, et à toute vitesse ; aussi parce que cette scène est peut-être d'abord son traumatisme à lui, et il ne peut sans en revivre intensément l'angoisse se rappeler cette impression de catastrophe en train d'arriver, les hurlements lugubres au bout de la rue, et le forcené qui zigzaguait d'un trottoir à l'autre, échappant aux mains qui tentaient de le retenir, tapant frénétiquement du pied, et de loin en loin, tombant à quatre pattes et giflant le sol de ses deux mains ouvertes.

Que se serait-il passé, si Burgmüller était parvenu jusqu'à chez eux ? Mieux vaut ne pas se le demander. Par miracle, cela n'arriva pas, soit que sa colère se fût dégonflée in extremis, soit que les voisins, à force de persuasion, fussent parvenus, sinon à le ramener à la raison, du moins à le décourager d'aller plus loin. Depuis son obscurité, Melvil le regarda s'éloigner, soutenu par dix bras compatissants, ses jambes ne le portant plus.

Le lendemain, ils ne sont pas sortis de chez eux. Madame Hoeb est venue frapper à leur porte pour leur demander si le petit frère n'avait pas eu trop peur ; elle leur dit de ne pas s'en faire, que tout finirait par s'arranger.

Mais elle se trompait, rien ne pourrait plus jamais s'arranger. Les cris de monsieur Burgmüller avaient fourni à la communauté le prétexte dont elle avait besoin pour désigner ses brebis galeuses et prononcer leur éviction. L'enfance bafouée est un mot d'ordre et subitement, la tapageuse, l'impudente petite Nelly devenait la victime de ces Ischard dont on avait tout, trop accepté, et qui venaient de franchir l'ultime limite. C'est alors qu'ils surent, sans que nul ne se risquât à venir le leur dire en face, ce qu'on pensait vraiment d'eux.

Irresponsables, asociaux, meneurs et récidivistes : il ne sait plus où ni quand il a entendu cette formule, mais se souvient avoir aussitôt compris de qui il était question. Il n'y avait plus dans cette façon de parler d'eux la discrète admiration qu'il aimait déceler, celle du citoyen tranquille pour la licence des voyous, mais seulement du mépris. On avait cessé de les craindre, on ne craignait plus que ce qu'ils incarnaient. Ils étaient en quarantaine. Les fruits pourris de la cité-jardin.

La situation fut particulièrement dure à vivre pour lui, le benjamin, la chiffe molle. L'aura de ses frères et de son père ne le protégeait plus, et certains se permettaient avec lui ce qu'ils n'auraient jamais osé avec les autres – le dévisager, le prendre de haut, tourner les talons quand il arrivait. Il fut stupéfait de voir des adultes semer sur son chemin des messes basses fielleuses, tels des écoliers harceleurs. À travers lui, on espérait faire comprendre aux Ischard qu'on ne se laisserait plus faire et que, d'ailleurs, ils n'étaient plus les bienvenus, plus chez eux dans cette cité-jardin où l'on se flattait de *vivre honnêtement* et d'être *propre sur soi*. Il en vint à se terrer à la maison, passa le reste de l'été à écouter de la musique et à jouer aux jeux vidéo, et quand la rentrée fut là, apprit à raser les murs. Il avait quinze ans.

Malgré tout, ses propres ennuis lui semblaient bien peu de chose au regard de la situation de Virgile, devenu, sous l'effet de la sourde et unanime fermentation de la rumeur, un ennemi public, un paria, un déviant ; un détourneur de petites filles. Virgile n'avait pas la froideur de Jonas, il se sentait des attaches dans ce quartier et y être redouté ne lui suffisait pas, il avait besoin aussi d'un peu de sympathie ; mais de sympathie, la cité Hildenbrandt n'en avait plus un atome à lui offrir. Ses propres amis, qui prétendaient le soutenir, ne se sentaient pas de taille à soutenir sa cause ; ils lui conseillaient de faire profil bas, certains même l'évitaient.

L'enjeu, c'était Nelly. Elle était venue le chercher, et maintenant il ne pouvait plus être sans elle. Avec Nelly à ses côtés, Virgile aurait pu tout supporter – ils auraient tout affronté si n'était venue s'interposer entre eux la rébellion fanatique de monsieur Burgmüller contre ce qu'il considérait judiciairement comme un crime, sociale-ment comme un déshonneur, humainement comme une malédiction et intimement comme un vol. Horrifié que sa femme ait su l'affaire et la lui ait cachée, le père de Nelly avait demandé le divorce. Il mettait sur le compte de l'âge de sa fille l'horreur dont le frappait quelque chose qu'il savait inéluctable, mais à quoi il n'avait pas voulu se préparer. Il cherchait à défaire une réalité sur laquelle il était impossible de revenir ; et cette impossibilité même faisait que sa rage semblait ne jamais devoir s'éteindre.

On peut répudier une épouse, mais de l'amour d'une fille, un père ne peut se mutiler. Monsieur Burgmüller voulait croire que sa douleur suffirait à extirper Virgile de la vie de Nelly. Le malheureux ne comprenait pas pourquoi c'était lui-même que sa fille haïssait, et non celui qu'il avait désigné comme son oppresseur. En quelques jours, ses traits s'étaient creusés d'une souffrance de deuil. Sa fille, sa précieuse et unique fille, lui échappait, lui filait entre les doigts comme l'eau d'un torrent. Aucune porte close, aucun volet jalousement barricadé n'aurait empêché Nelly de rejoindre celui que sa chair et son cœur avaient élu pour lui appartenir. Tandis que le père dans son salon se consumait dans la rage impuissante du dépossédé, la prunelle de ses yeux s'évadait par une fenêtre et, palpitante, courait s'offrir aux appétits de son bourreau.

Maintenant, Nelly et Virgile parlaient de s'enfuir, d'aller vivre ailleurs cette chose toute simple qu'ils désiraient et qu'on voulait leur refuser. S'il le fallait, ils disparaîtraient aux antipodes et personne n'entendrait plus jamais parler d'eux. Melvil se souvient que, durant les quelques semaines où cette intention exista, l'idée que Virgile puisse partir et ne plus donner signe de vie lui sembla à la fois saugrenue, inconcevable et cauchemardesque.

Il n'avait pas assez vécu pour savoir que les gens font parfois ce qu'ils disent. Virgile serait parti ; c'est Nelly qui a hésité. C'était trop dur, elle était si petite. Elle pensait avoir encore besoin de ses parents. Burgmüller cependant, voyant poindre la défaite, joua son va-tout. Il fit parler le droit et l'affaire fut stoppée net. Le dossier judiciaire de Virgile pesait déjà assez lourd. Il vit un juge qui lui expliqua ce qu'il encourait et lui laissa le choix entre la geôle et l'exil : il préféra l'exil. Quant à Nelly, son père en obtint la garde par suite de l'irresponsabilité de la mère – qu'il appelait désormais aigrement *la maquerelle*. Il s'empressa de soustraire sa fille à cette cité-jardin où il n'était plus question de vivre *dans de bonnes conditions d'hygiène et de moralité*. Du jour au lendemain, on ne vit plus Nelly au collège, ni sur la place, ni dans les rues d'Hildenbrandt. Le soir même, ou peut-être le suivant, Virgile prenait le train pour Strasbourg, où se trouvait le bureau des recrutements de la Légion étrangère.

V

1

Elle s'appelle Katia. Elle vit toujours dans le quartier des militaires, de l'autre côté de la rivière, mais maintenant, avec son mari ; autrefois, c'était avec sa mère, qui continue d'habiter dans l'immeuble jumeau du sien, sur la même dalle. En ce temps-là déjà, elle arpentait les rues en menant une poussette où gazouillait un bambin, non le sien mais un du beau quartier, derrière le supermarché. Sa mère était nourrice agréée et Katia aimait mieux donner un coup de main à la maison que d'aller s'ennuyer en classe ; elle ne fréquentait plus le collège que sporadiquement, quand l'envie lui en prenait, avec le détachement enjoué des visiteurs de passage. C'était une fille courte et large, sans cou, sans chevilles, sans galbes, blonde avec des yeux d'un bleu translucide, aussi ronds que sa figure où ils étaient fichés comme deux hublots ouvrant sur un ciel vide. Quand elle souriait, elle découvrait des dents larges et arrondies, très blanches, et son regard conservait une fixité sereine et fade. Elle paraissait toujours reposée, confiante.

De gamine, elle devint adulte, apparemment sans avoir traversé d'adolescence ; à quinze ou seize ans, elle était aussi mûre qu'elle le serait jamais. Le destin ne pouvait la surprendre : elle aurait des enfants et garderait ceux des autres, comme sa mère. Elle n'avait pas d'autre but que ces déambulations paisibles dans les rues du quartier, menant devant elle une poussette, allant au parc ou bien aux commissions, s'arrêtant sur un trottoir pour discuter avec les dames qu'elle croisait, toujours d'humeur étale, filant de lents accents toniques, dans son immuable survêtement en velours rose.

Certains après-midi, si le cœur lui en disait, elle s'en allait vers le terrain vague, où les adolescents des environs transpiraient et donnaient de la voix en jouant au football. Appuyée à la balustrade, berçant doucement la poussette où le bambin s'était endormi, elle suivait d'un œil amusé leurs allées et venues sur l'étendue boueuse, applaudissant leurs exploits avec entrain et indifférence. Il n'était pas rare alors que l'un des joueurs se détachât du groupe, épongeant son visage avec son maillot, et entraînât Katia du côté de la caserne, vers l'alignement de garages qui jouxtait le terrain. Vingt minutes plus tard ils étaient de retour. Le garçon prenait sa course pour rejoindre son équipe et demandait froidement le score ; elle, toujours placide et amusée, retournait vers le quartier des bidasses en chantonnant pour divertir l'occupant de la poussette qui s'était réveillé de sa sieste.

Les garçons l'appelaient la grosse Katia, mais ils ne parlaient jamais d'elle ; ils ne la mentionnaient que dans l'intention de faire rire. Melvil n'aurait jamais eu l'audace, ni même l'idée, d'entraîner la grosse Katia vers les garages, ne serait-ce que parce qu'elle était plus vieille que lui. Il se souvient qu'on l'avait envoyé là-bas chercher un arc et des flèches, et que c'était pour tuer des ragondins, qu'on voyait sommeiller sur les berges de la rivière. Quand il s'est approché de la porte numéro 9, celle qu'on lui avait indiquée, il a vu Jonas surgir à sa gauche, en tenue de sport verte. « Alors frangin, envie de s'envoyer en l'air ? »

Il ne le regardait pas, mais scrutait la rue avec des yeux de sentinelle. Il l'a pris à la nuque, de l'autre main abaissant la poignée. « Allez, ça va bien se passer. » Jonas l'a poussé à l'intérieur et la porte s'est refermée.

Un filet de lumière dégoulinait d'une lucarne tachée de lichen. Assise dans le vieux canapé, Katia n'avait pas l'air surprise de le voir. Il y avait une place à côté d'elle. Le fracas de la porte résonnait encore dans le cube de ciment qui sentait l'essence et la poussière. Katia souriait. « Qu'est-ce que tu attends ? Approche. »

Dès qu'il s'est assis près d'elle, elle lui a caressé la joue, puis, à mesure qu'elle se déshabillait, elle s'est arrangée pour que quelque chose de son corps reste toujours en contact avec lui. Ses mouvements faisaient grincer et remuer le canapé, le remuant lui-même tandis qu'elle retirait le pantalon de velours rose avec la culotte encore dedans. Elle s'est adossée à l'accoudoir, ses grosses jambes repliées devant elle. Dans cette lumière souterraine, sa peau était d'un gris brunâtre. Il a regardé ses vastes seins, aux tétons en forme de biberons, irréguliers et violacés, et il a pensé à l'arc et aux flèches, aux ragondins qu'on allait tuer. Katia a souri encore puis ses mains ont remonté ses gros genoux contre sa poitrine.

« Il a dit que tu dois voir à quoi ça ressemble. Regarde. »

Il a vu une longue fêlure bleue et le creux noir en dessous, et il a vu des poils drus, effrayants comme des poils d'homme.

« Regarde. »

La main de Katia glissait le long de la fêlure, sans répugnance la caressait. Entre elle et lui, il y avait le dessous poussiéreux de ses gros pieds.

« Regarde. »

L'autre main a glissé sur la fêlure, laquelle était si longue que tous ses doigts purent s'y insinuer et en écarter les bords, révélant une béance corail. Devant l'effroi de la chair vive, l'esprit de Melvil s'accrochait aux ragondins, ces pauvres bêtes sales qui allaient tenter en vain de fuir, de courir éperdument vers l'eau, leur corps traversé d'une flèche. Les orteils noirs de Katia vinrent se poser contre sa joue et la lui pincer, comme on pince la joue d'un marmot. Elle respirait vite et elle riait en l'attirant contre elle.

« Ils me demandent tous la même chose. Mais toi, tu ne vas pas me le demander aussi, *gæll* ? Allez viens, viens chez Katia… »

Et il a plongé dans la fêlure et cru y étouffer, et il se demandait profondément si les autres avaient ressenti la même épouvante ou s'il était juste trop jeune, ou trop lâche, ou trop faible ; mais en même temps, il entendait les soupirs de Katia et sentait les secousses puissantes qui montaient de son bassin alors qu'elle pressait sa tête contre les bourrelets de son ventre, et il s'étonnait de sentir monter et croître en lui quelque chose de plus que la peur, qui était sans rapport avec le plaisir mais lui en procurait, parce qu'il se sentait pour la première fois tenu par le devoir ancestral, le vieux devoir du genre.

Quand elle l'a repoussé, elle a essuyé son visage de sa main, avec une sollicitude de nounou, pendant que de l'autre elle défaisait le bouton de son pantalon. Ce fut comme quand sa mère le déshabillait pour lui faire sa toilette (sa mère défaite et froide, allongée sous la terre morte) ; et il a vu Katia qui crachait dans sa main et tendait sa main vers lui, vers ce qu'elle avait libéré de lui, et ce fut le délice d'être lavé par les mains de sa mère, cet enveloppement total, doux et onctueux – mais comme il est impossible d'employer de tels termes devant Hippolyte, qui l'écoute avec une mine d'assoiffé parce que lui aussi, maintenant, brûle de savoir, il n'emploie que les mots vagues et vulgaires dont on use ordinairement pour de tels récits, et qui ne témoignent en rien de la vérité. Il ne peut vraiment dire comment la jouissance s'éleva du fond de l'ignominie, ni cette sensation interminable de pisser au lit au milieu d'un rêve, pendant que, ses yeux translucides fixés sur lui, Katia éclatait de rire. Il ne peut dire ni l'horreur d'être mâle, ni l'horreur peut-être pire, entrevue ce jour-là, l'horreur d'être femelle, parce qu'Hippolyte, lui, brûle de savoir et se révolte que le savoir se refuse à lui, et répète sans cesse qu'il est de son droit, à lui aussi, de connaître ce que c'est que baiser.

Bien sûr, répond Melvil à sa question, bien sûr que ça lui est arrivé des tas de fois, avec bien d'autres femmes. Et il le voit se gratter la nuque et taper du poing sur son genou, furieux d'impuissance. Il croit bon de ne rien ajouter.

2

Brusquement il s'aperçoit qu'il est éveillé, comme s'il l'était déjà depuis une heure. Du plus profond de son sommeil, il a entendu le crissement de pneus, la clé qui fouillait la serrure, le piétinement dans l'entrée. Il continuait à dormir tout en les écoutant s'interpeller comme en plein jour. *Murgés à mort*, a dit une voix, peut-être la sienne, à la lisière de son rêve.

Ils se sont installés dans la cuisine où ils continuent à boire, et lui n'a pas quitté son immobilité de dormeur, même s'il ne dort déjà plus.

Tout à coup, il fait un bond de carpe sur son matelas. Quelque chose vient d'exploser sur le carrelage, peut-être une bouteille ou bien le plat rempli de couverts qu'il avait laissé sur l'évier pour le laver demain. Ça ne les fait pourtant pas taire, on dirait qu'ils n'ont rien remarqué. Leur conversation file sur sa lancée, comme un vélo privé de cycliste et qui ne s'en serait pas encore aperçu. Ces imbéciles vont réveiller le père, peste-t-il, mais dans la pièce à côté, le ronflement se poursuit, intense et régulier.

Il se retourne et fourre sa tête sous l'oreiller. Sa main tâte au pied du lit, à la recherche de ses écouteurs. Mais il ne s'y résout pas, ce n'est pas de musique qu'il a envie, seulement de calme et de silence. Il entend des grincements de chaises et Jonas qui raconte quelque chose, et Virgile qui part d'un rire énorme en répétant plusieurs fois une phrase de l'histoire. Nelly aussi rit fort, d'une voix confuse et avinée. Dans le même instant ou presque retentit le *Bis bàll !* de Jonas, mais beaucoup plus près – il est déjà dans l'escalier. Melvil l'entend monter en trébuchant sur les marches, rebondissant entre les cloisons comme une bille de flipper ; on croirait qu'une fanfare au grand complet ascensionne vers les combles. Puis le silence retombe sur la maison. Dans la chambre du père, par miracle, le ronflement n'a pas cessé ; mais lui est réveillé pour de bon.

Une odeur de tabac s'est infiltrée sous sa porte, il a trop chaud et tout son corps le démange. Luttant contre une envie féroce de se gratter, il cherche un sommeil dont le principe même lui a échappé. Le lampadaire de la rue, qui filtre à travers les persiennes, strie le plafond d'un torse de squelette ; de loin en loin, les phares d'une voiture font danser ce sac d'os.

Et puis, un petit rire, tout près. Ça ne vient plus de la cuisine. C'est juste en dessous de lui, sous son plancher, dans la chambre de Virgile. Le petit rire se répète, enfantin ; et encore une fois, mais enveloppé dans un soupir, presque humide. Il a les yeux grands ouverts, hypnotisés par le squelette immobile hanché à son plafond. Ce qu'il faudrait, c'est ne pas entendre ; dormir, être sourd, être ailleurs, s'évanouir – mais les petits rires continuent, et il les guette malgré lui, comme la respiration d'un dormeur, le goutte-à-goutte d'un robinet qui fuit.

Il n'ose plus faire un geste ni même laisser l'air quitter ses poumons. De loin en loin, le petit rire tinte encore, ou plutôt il gémit, doucement plaintif, monotone et tendre ; puis il devient plus sonore, bégaye, chevrote, fait mine de s'atténuer avant de resurgir comme délivré d'une apnée, enfin bêle, s'étire longuement, douloureusement – impossible d'échapper à cette mélopée de sacrifice, ce chant sinistre de châtiment et de jouissance. Écarquillé dans le noir, les paupières cousues ouvertes, il se roule dans ses draps. Plus de rire, plus de jeu, plus même d'ivresse – c'est une lamentation qui monte maintenant vers lui à travers le plancher, une lamentation d'assouvissement souverain, hostile au monde entier, une lamentation de joie.

Une voiture passe dans la rue, le squelette s'élance le long du plafond. Dans une brusque impulsion, il roule sur le ventre, empoigne les écouteurs et pousse la molette au maximum ; le flot de musique le submerge et il se blottit, poings serrés, recroquevillé en lui-même ; et là, tout au fond, par bonheur, il n'y a rien – rien que la nullité, la solitude et le repos.

Et pourtant, quand le baladeur a déroulé toute sa bande et que le son s'interrompt, ce sont des plaintes encore qui l'arrachent à son refuge de sommeil – mais trop proches et trop misérables pour être de plaisir, et il comprend que ces plaintes-là sont pour lui, ce sont les siennes car elles sont sa faute. La musique l'a empêché d'entendre, comme souvent vers cinq heures, le vieux qui le demandait. Il a dû l'appeler dix, vingt fois de son timbre fêlé : *Melvil ! Melvil fr'dammi !*, sans que personne ne l'entende dans la maison qui dormait d'un sommeil soûl.

La lumière brûle son regard avant qu'il sache qu'il a pressé l'interrupteur. Le père est là, renversé sur le plancher, un bras coincé sous lui, à bout de fureur et de force. L'espace d'un instant il reste stupide, désemparé ; puis il se précipite pour le relever et le vieux l'empoigne par les cheveux jusqu'à être d'aplomb. Il le mène à la salle de bains et l'aide à se rincer dans la douche. De retour dans la chambre, le père s'écroule dans son lit comme un tas de pierres. Alors il va chercher la serpillère, et ce qui reste de la nuit, il le passe à éponger sans bruit la flaque d'urine qui s'est répandue presque jusqu'à l'escalier.

3

Jonas a la tête des mauvais jours, quand l'un de ses *contacts* lui a donné des raisons d'être contrarié. Il fait les cent pas dans le salon, les mains croisées derrière la tête. De temps en temps il fait un détour par l'entrée, s'arrête pour se regarder dans le miroir, puis il se remet à tourner en rond.

(Dans ces cas-là, il finit généralement par annoncer qu'il a besoin de se détendre et qu'il va partir *faire la chouille*. Il passe quelques coups de fil et s'enferme dans la salle de bains, d'où il ressort une heure plus tard sapé et gominé, son air furibond n'annonçant nulle disposition festive – ou alors celle des fêtes qui tournent mal. Cependant, quand il rentre le lendemain, il est toujours bien défoulé et content de lui. On est tenté d'ouvrir le journal, où l'on s'attend à trouver quelques échos de sa soirée.)

Ils déjeunent avec le père, comme trois moines, dans un silence inquiétant. Voilà au moins quatre jours que Virgile est absent, la semaine est presque finie. Jonas n'arrête pas de remuer sur sa chaise. Sans attendre le café, il frappe la table du plat de la main et se lève, empochant son paquet de clopes.

« Amène-toi, Caillette, on va faire un tour. »

En face de l'école, ils squattent sur le dossier d'un banc, tête dans les épaules et mains dans les poches. Une lente et longue bourrasque circule sur la place du Jasmin déserte. S'éterniser ici n'a aucun sens, songe Melvil, à moins d'avoir follement envie de s'enrhumer ; mais il n'ose pas demander ce qu'ils attendent comme ça. Il fait la conversation tout seul, les phrases qu'il amorce se perdent dans le courant d'air. Jonas ne fait même pas semblant d'écouter. Il fume ses cigarettes en trois aspirations puis émiette le mégot entre ses doigts, l'air d'un dépôt de munitions guettant l'étincelle pour sauter.

Tout à coup, il éclate de rire. « Ah, mon petit frère ! » dit-il, et il lui passe un bras autour du cou. « Dis-moi voir… »

Il le regarde de très près, comme s'il allait l'embrasser. En même temps, son bras lui serre la nuque à la briser. « Combien de temps ça fait ? » demande-t-il.

Lui le regarde sans comprendre : « Combien de temps que quoi ?…

– Mais qu'il est aveugle ! dit Jonas en riant. Tu croyais que je ne m'en rendrais pas compte ? Tu me prends pour une bite ? »

Il se débat un peu et l'autre lâche prise. Il est essoufflé comme si l'air manquait d'oxygène. Les yeux de Jonas ne le quittent pas, mais pour le moment sa colère ne se voit plus ; il est seulement en train de l'observer.

« T'accouches ?

– Ce n'est pas exactement… Ce n'est pas ce que tu crois.

– Il n'est pas aveugle ?

– Si, enfin non… C'est-à-dire pas encore, pas tout à fait.

– *Pas encore ?*

– Il a une maladie… Une saloperie dégénérative. Des espèces de taches qui lui grignotent la vue, sans qu'on puisse rien y faire. Au bout du compte, il l'aura perdue complètement, seulement on ne sait pas quand. Ça peut prendre deux ans d'un côté, dix de l'autre, on ne peut pas prédire. À gauche, pour l'instant, c'est encore pas trop mal.

– Et à droite ?

– À droite, c'est quasiment fini…

– Est-ce que tu te rends compte de ce que tu es en train de me dire ? » fait Jonas, et sans lui laisser le temps de répondre, il répète sa phrase un ton plus haut.

Il bondit du banc et fait quelques pas, s'immobilisant pour allumer une cigarette avec le mégot de la précédente. Lui serre ses mains entre ses genoux pour les réchauffer.

« S'ils l'ont largué, à l'usine, évidemment c'était pour ça… dit Jonas en se retournant.

– Ce n'est pas d'eux que c'est venu, dit-il, jusqu'au bout il leur a caché. Mais il ne pouvait presque plus rien faire, ça devenait dangereux. Quand il a compris qu'il n'y arriverait plus, il a pris le premier prétexte et…

– Quand est-ce qu'il te l'a dit, à toi ?

– Il ne m'a rien dit, ça s'est fait comme ça. On s'est adaptés. Tout s'est organisé en fonction de sa… (il hésite) de sa situation. On n'en parlait pas directement, mais on parlait de certains problèmes que ça posait, des toubibs…

– Qu'est-ce qu'ils ont dit, les toubibs ?

– Pour le convaincre d'y aller, je ne te raconte pas ce que ça a été. Tu sais comment il est. Quand enfin il s'est laissé faire, ils ont dit qu'on arrivait trop tard. Et en même temps, ils répétaient que c'était incurable et qu'il n'y avait aucun traitement…

– *Noch a mohl !* s'écrie Jonas. Ils soignent même le foutu cancer ! »

Pendant une ou deux minutes, ils restent l'un en face de l'autre sans rien dire, écoutant le vent psalmodier dans le ciel blanc. Jonas demande s'ils ne pouvaient pas opérer. Lui fait non de la tête. Ils ont seulement donné des conseils pour freiner le processus.

« Quel genre de conseils ?

– Arrêter de fumer et manger des légumes verts.

– Des légumes verts, putain !

– Ils lui ont prescrit des compléments alimentaires mais il ne les a jamais pris. Il n'a pas non plus voulu de lunettes. »

Jonas se gratte le menton avec la main qui tient la cigarette. Il suit des yeux un couple qui passe avec une petite fille emmitouflée, au guidon d'une trottinette rose. Melvil a remis ses mains dans ses poches. Il parle des démarches qu'il a fallu entreprendre, du père qui freinait des quatre fers. Il a rempli les dossiers et les a envoyés sans le lui dire – mais ça n'a pas donné grand-chose, il manquait toujours telle ou telle pièce, le formulaire X ou l'attestation Y.

« Et ses copains ? C'est à cause de ça s'il ne les voit plus, pas vrai ? »

Il hausse les épaules.

« Je ne sais pas trop ce qu'il lui a pris. Il a arrêté d'y aller, il ne voulait même plus leur parler. De toute façon, ça devenait compliqué aussi de jouer aux cartes… »

De temps en temps, Jonas se tape sur la cuisse avec irritation puis recommence à faire les cent pas. Il regarde Melvil comme s'il était en train de confesser les détails scabreux d'un crime.

« Et quand on est devant la télé ? Hein, quand on est là à commenter comme des blaireaux, avec Nelly, et qu'il rigole à nos blagues… Il ne sait même pas ce qu'on est en train de regarder ! »

Melvil fait doucement non de la tête. Jonas s'avance à nouveau vers lui.

« Quand je suis parti, c'était déjà commencé ?

– Oui.

– Tu le savais ?

– Oui.

– Pourquoi tu ne me l'as pas dit ? Tu te prends pour qui ?

– Il me l'avait défendu.

– Je croyais que vous n'en aviez jamais parlé !

– Mais non, non ! Tu sais comment il est, sa façon de… Il a compris que j'avais compris, et… J'ai compris qu'il ne voulait pas qu'on en parle.

– Ça serait bien la première fois que tu comprends quelque chose ! » siffle Jonas.

Mais dans la même seconde, il se rassoit sur le banc et lui tapote le genou, comme si c'était lui qu'il fallait rassurer.

« Dis-moi au moins que c'est pas moi…

– Pas toi ?

– Tu sais, la fois… le soir où je lui ai mis des gifles. Est-ce que ça n'a pas pu… je ne sais pas, lui faire péter un truc dans le cerveau ?

– C'était déjà commencé. Ne te bile pas, ça n'a rien pu changer.

– Sauf qu'il ne pouvait plus se défendre.

– Tu as envoyé l'argent. Il a dû te pardonner…

– J'ai pas besoin qu'il me pardonne, dit Jonas. Il l'avait bien cherché, il a eu ce qu'il méritait. »

Silence, vent glacial, fumée.

« Et Virgile ? demande Jonas.

– Pas au courant.

– Il est passé où ? Tu le sais ? Fais très attention à ce que tu vas me répondre. »

Melvil ne sait pas où est Virgile. Il ne sait pas même quand il s'est esquivé. Dans sa chambre, il a vu le sac militaire avec les vêtements. Impossible de dire pourquoi Virgile est parti sans rien emporter. Même son paquet de cigarettes est resté près du cendrier, au pied du matelas. Jonas le dévisage longuement, puis il hoche la tête en regardant comme à travers lui.

« Il est aveugle et tu ne m'as rien dit. Petit salaud. » Et brutalement le ton change : « Par ici ! Viens mon pépère, viens voir tonton Jonas… »

Le chien approche en trottant, ralentit, hésite, une patte en l'air. Puis baissant la tête, il flaire le sol et rejoint Jonas, la main de Jonas tendue vers lui.

« C'est ça mon bonhomme, viens faire léchouille… »

Le petit nez rouge respire la main et s'y frotte amoureusement. Le panache blanc frétille, les quatre pattes piétinent. La main de Jonas a flatté le poitrail puis s'est refermée dans la fourrure, sur le collier. En le voyant défaire sa ceinture de l'autre main, Melvil ne comprend pas tout de suite. Il admire le geste par lequel Jonas, qui a ôté de sa taille la ceinture de cuir tressé et la tient par la boucle, la fait virevolter et la rattrape par l'autre extrémité, tout en maintenant le collier du chien.

« Viens voir, mon bichon… »

Quand Jonas lève le bras, la boucle de fer émet un cliquetis. La lanière siffle, un claquement sec se réverbère à travers la place. Le chien a un sursaut et s'aplatit sur le ventre, mais le coup suivant arrive déjà. Ce n'est qu'au premier hurlement que lui comprend enfin, et sa réaction est d'abord de jeter des regards dans toutes les directions, de crainte que quelqu'un n'accoure, tant les hurlements sont stridents et continus, horribles comme des cris humains. Mais il n'esquisse pas un geste, les mains vissées au fond de ses poches, il attend sans bouger que Jonas ait fini de cingler le chien à tour de bras et lâche enfin le collier, à bout de souffle. L'animal en peluche s'enfuit en boitillant, leur jetant des regards effarés, sans cesser de hurler. Ses aboiements s'éteignent longtemps après qu'il a disparu derrière les maisons, en direction de la départementale.

Jonas, en train de renfiler sa ceinture dans les passants de son jean, perçoit le regard de Melvil et se tourne brusquement vers lui.

« *Ja wos esch ?* Tu voudrais être à sa place ? »

Il répond « Non, non » du ton de l'évidence. Jonas se rassoit sur le dossier du banc et essuie la sueur à son front.

« Il fallait que quelqu'un paye », dit-il.

La silhouette d'Hippolyte apparaît juste après, à l'autre bout de la place. Il vient à eux en dodelinant de la tête, gêné qu'ils le regardent claudiquer.

« Vous n'auriez pas vu Bozo ? Bozo c'est mon chien, précise-t-il à Jonas. Il s'est encore *crapahuté*, ça fait une plombe que je lui cours après.

– Barre-toi Duschmoll, on s'en fout de ta vie », dit Jonas sans même le regarder.

Hippolyte, qui s'apprêtait à leur tendre la main, se fige avec l'air de ne pas saisir, ou plutôt ne pas croire ce qu'il entend. Après une seconde, il hausse son épaule valide et, s'adressant à Melvil :

« J'ai entendu aboyer et ça venait d'ici. T'as rien remarqué ?

– T'es sourd ou t'es con ? s'écrie Jonas. *Raus*, fous-moi le camp, espèce de débile mental, résidu de fausse couche, sale mongol ! *Gnnnaaaa ! Gnnninnggnaaa !* »

4

Ils vont, ils viennent, disparaissent pendant des jours, ensemble ou séparément. Ils ne préviennent pas qu'ils partent, n'annoncent jamais leur retour. Tout ce qu'ils exigent, c'est de pouvoir s'attabler et bâfrer à leur faim, quel que soit le moment où ils rentrent. Melvil quitte le travail sans savoir s'il dînera en tête à tête avec le père ou s'il va trouver les deux autres vautrés dans le canapé, à regarder la télé comme s'ils avaient été à la même place la veille et tous les autres soirs de la semaine.

Un samedi matin, alors que Melvil le croyait occupé à roupiller dans son antre, Jonas débarque par la porte d'entrée et fonce tambouriner chez Virgile. Faute de réponse, il entre dans la chambre ; on l'entend fouiller, remuer des choses à l'intérieur.

« Il est passé ? Il a téléphoné ? » s'écrie-t-il en sortant, l'air de devoir repartir sur-le-champ.

Melvil dit que Virgile n'est pas passé, qu'il n'a pas téléphoné. Jonas paraît surpris, puis fou de rage, mais très vite il se ressaisit. Il défait son manteau et compte les cigarettes qui lui restent. « Du coup j'imagine que le trône est libre ? » dit-il en s'emparant du journal.

La semaine se passe, et toujours pas de Virgile. Entre-temps, Jonas est reparti, puis il est revenu, mais il n'a plus posé de questions ni visité la chambre. Il a l'air de réfléchir à quelque chose. Lui se demande si Jonas a fini par savoir où est Virgile et ce qu'il fabrique. A-t-il essayé de contacter Nelly ? Virgile est peut-être avec elle – cependant, il a beau triturer cette idée, il ne parvient pas à la trouver plausible. Le samedi, Jonas est absent, le téléphone sonne : c'est Nelly. Sa voix enjouée fait naître en lui un espoir insensé, qui éclate comme une bulle quand elle demande à parler à Virgile.

« Mais il n'est pas là... répond-il avec un étonnement factice.

– Dans ce cas, tu peux lui dire que je viens demain soir ? »

Cette réponse le consterne, car elle peut tout signifier : que Nelly est au courant, ou au contraire qu'elle ne l'est pas ; ou encore, qu'elle sait certaines choses mais pas tout. Peut-être qu'elle est inquiète et ne veut pas le montrer ; peut-être qu'elle n'a pas encore commencé à s'inquiéter.

Il promet de transmettre. Elle lui dit qu'elle l'embrasse.

Cette nuit-là, il dort très mal ; il se réveille triste comme un orphelin. C'est dimanche matin, Jonas ronfle comme une mobylette dans le salon, une bouteille de gin vide au pied du canapé et la télé allumée. Le père, qu'il a installé à la cuisine avec sa radio et son café, n'est pas satisfait, il râle sans discontinuer et quand il s'interrompt pour reprendre haleine, c'est encore la radio qui parle. Melvil se détourne et regarde par la fenêtre. Où être tranquille et qu'on lui foute la paix ? Il attrape sa tasse et son blouson et descend au jardin.

Au sous-sol, le bazar a encore changé de forme. Les affaires de maman sont là, quelque part, il ne sait même plus où. Un mois après l'enterrement, le père a tout viré, il ne supportait plus ; les trois garçons ont insisté pour que ça n'aille pas à la benne et qu'on le garde en souvenir. C'est donc ici qu'elle a ses affaires depuis toutes ces années : à la cave, où l'eau monte à mi-hauteur des murs quand les fortes pluies font déborder la rivière. Il faudrait ouvrir ces cartons et regarder ce qu'il y a à l'intérieur – toutes les fois qu'il descend, il se promet de le faire.

Au fond, il tire le verrou et quand il ouvre la porte, manque de marcher sur Virgile, renversé là par terre, contre le chambranle. De justesse, il retient le café de s'envoler et son cœur fait un roulement de tambour dans sa poitrine. L'espace d'une seconde, il reste pétrifié.

Poings serrés sous les aisselles et genoux repliés devant lui, Virgile paraît tout petit. Ses vêtements, ou plutôt ce qu'il en reste, sont ceux qu'il portait la dernière fois qu'il l'a vu – c'était il y a huit jours. Il n'a ni manteau ni chaussures. Les ongles de ses orteils font comme des taches de nacre sur ses pieds noirs de crasse. Il grelotte.

Mais où étais-tu, je t'ai cherché partout, s'écrie silencieusement Melvil, tandis que sa voix n'émet qu'un petit bêlement rauque. Il pose la tasse et essaie d'aider Virgile à se lever, mais il pèse comme une carcasse de bête, alors Melvil court chercher une couverture et s'accroupit près de lui pour l'y envelopper.

Il a dû frotter sa peau à tout ce qui point, à toutes les épines, les chardons, aux ronces barbelées ; tant il est couvert de balafres et de plaies où perle encore du sang séché, couleur framboise. C'est Virgile mais barbu, les traits creusés comme des taillades, Virgile avec des yeux d'égaré, la bouche encroûtée aux commissures d'une pâte d'écume blanche et les cheveux terreux comme si, pour conjurer le froid, il s'était enseveli dans la boue. Ses mains surtout sont affreusement meurtries, et des ongles lui manquent.

La première chose qu'il arrive à penser est que Virgile a le ventre vide, et depuis quand ? – alors il prend la tasse de café et la lui glisse entre les doigts ; il l'aide à la porter à ses lèvres et écoute le liquide s'écouler dans sa gorge sèche. Puis il cavale à l'étage et revient avec une cigarette qu'il dépose entre ces mêmes lèvres, gratte le briquet en tremblant. La braise rougeoie, la fumée s'élève dans l'air brun. Il rectifie un peu la couverture, se serre contre Virgile avec beaucoup d'amour, pose son front contre sa tempe.

« Personne n'en saura rien, lui murmure-t-il. Je te le promets, ça sera entre nous deux, ça sera notre… », et le reste se perd dans une plainte étranglée, aiguë comme un hoquet d'enfant.

Il a mis les loques dans un sac-poubelle et caché le sac-poubelle au fond du panier à linge. Virgile reste près d'une heure sous la douche ; pendant ce temps, Melvil lui prépare un repas. Quand il remonte avec des habits propres, il trouve Virgile rasé, en train de baigner ses mains dans le lavabo où il a vidé le flacon de désinfectant. Réchauffé et décrassé, ce n'est plus le même, malgré les stigmates et le masque d'épuisement sur son visage. Il mange de bon appétit en avalant des litres de café, puis fume deux ou trois cigarettes. Avant de gagner sa chambre, Virgile passe la tête dans le salon.

« Salut, dit-il.

– Ah, te voilà, dit le père. Elle a prévenu, elle sera là pour manger. »

Sur le canapé, Jonas roupille toujours. La porte de la chambre se ferme. Quand Virgile réapparaît, à la nuit close, ils sont devant les programmes du dimanche.

« Ils t'ont laissé sortir ? » dit Jonas sans quitter l'écran des yeux.

Virgile ne répond pas. Il se laisse tomber à côté de lui dans le canapé et se rendort presque aussitôt. Jonas continue de zapper toutes les cinq ou six secondes. Melvil regarde les loques grises qui pendent aux fenêtres ; il se souvient que jadis elles furent des rideaux blancs et que c'était toute une histoire quand maman décidait de les laver, parce qu'il fallait grimper là-haut pour démonter les tringles. Il n'a jamais eu le courage de le faire, c'est elle sans doute qui les a lessivés pour la dernière fois. Le père se tourne dans son fauteuil, comme pour regarder l'horloge.

« Ça va être l'heure, elle ne devrait plus tarder. »

5

Pendant une dizaine de jours, on a cru à l'imminence du printemps ; personne ne s'attendait plus à voir de la neige. Il s'est pourtant mis à tomber des flocons gros comme des duvets d'oie, et quand cette tempête silencieuse a eu fini de se déchaîner, trottoirs, haies, véhicules, tout était recouvert d'un épais matelas blanc. La ville ankylosée est perturbée dans ses rythmes et ses mobiles les plus fondamentaux. Seule la petite rivière persiste dans sa tâche de limace, traçant son sillage noir entre ses berges poudrées de givre.

Ils mettent un bonnet au père et l'emmènent se promener dans la blancheur. Sous leurs pas, le tapis cotonneux grince comme du polystyrène ; tout paraît intime et feutré. Jonas et Melvil encadrent étroitement le père, Virgile et Nelly marchent à quelques mètres derrière, sans parler mais en se donnant la main. Le ciel a une teinte de cendre froide.

Le terrain vague, relégué en périphérie de la ville et comme repoussé par elle, s'est revêtu de majesté ; toute sa gadoue disparaît sous l'étendue presque vierge, pareille à un souvenir d'enfance. Les distances mêmes sont comme désorganisées, la façade de la caserne paraît plus lointaine. Le long de la file de garages, des gamins se battent comme des chiffonniers dans les congères. Les trois frangins aussi sont redevenus des mômes, truffant comme jadis leurs projectiles avec des cailloux et se roulant par terre pour se fourrer de la neige dans le col. Des glaçons plein les cheveux, Melvil rit tellement qu'il n'arrive plus à se remettre debout. Au bras du père, les pieds joints, Nelly attend qu'ils aient fini de faire les imbéciles.

La semaine suivante, ils sont tous malades et la neige fond. Tout devient boueux et sale. Dans l'allée des Roseaux, les dernières croûtes brunâtres tiendront jusqu'au week-end.

6

En entrant dans la pièce, il trouve le père immobile, le menton dans la main. La cigarette entre ses doigts a cessé de fumer, mais il ne s'en est manifestement pas aperçu. Un peu plus tard, quand il revient voir, Aymé n'a pas bougé d'un cil ; la tête de côté, il semble fixer quelque chose qui n'est pas là, ou bien contempler l'intérieur du buffet, tout mousseux de poussière parce qu'il y manque une porte. On ne le voit même pas respirer. La troisième fois qu'il passe, le père lui apparaît aussi pétrifié qu'une statue, aussi blanc. Il avise un cendrier, le flanque par terre – Aymé sursaute et se tourne machinalement pour écraser son mégot. Quand Melvil revient avec l'aspirateur, le père est à nouveau dans ses pensées ; les coudes sur les accoudoirs, il observe ses mains qu'il tient ouvertes devant lui, remuant les doigts.

« C'est pour bientôt », dit-il.

Melvil tressaille, commence à bégayer quelque chose.

« Je parle des enfants, dit le père en se tournant sur son fauteuil. C'est pour bientôt, oui ou non ? Pour moi, ça ne fait pas un pli.

– Ah… Tu crois ? »

Il passe et repasse sur les mégots, étalant la cendre sur la moquette sans réaliser que l'aspirateur n'est même pas branché. Le père se tapote le nez avec l'air de celui qui peut se fier à son flair.

« Peut-être bien que c'est déjà en route. Un de ces soirs elle va venir et nous l'annoncer et on va tous se mettre à attendre. Il n'y aura rien à faire, juste laisser venir. Au bout du compte on l'aura notre polichinelle, il sera là à piailler avec ses biberons, ses joujoux. Et moi, je pourrai encore le voir. »

7

Un soir, alors qu'ils viennent de passer à table, il remarque qu'il y a quelque chose qui ne va pas. Virgile ingurgite, le nez dans son auge, et Nelly, en face, le regarde fixement sans toucher à la sienne. Au bout d'un moment, Jonas s'en aperçoit aussi.

« Qu'est-ce que t'attends pour bouffer ? » lance-t-il à Nelly d'un air scrutateur.

Le père s'interrompt de mastiquer : « Et alors *Schatz*, qu'est-ce qui ne va pas ?

– Ça va très bien monsieur Ischard, ne vous en faites pas », dit Nelly.

Et elle continue de regarder Virgile, qui continue de l'ignorer. Melvil, ne sachant que faire, remplit le verre d'eau de Nelly. Puis il reste stupidement debout à côté d'elle, la carafe à la main.

« Qu'est-ce que t'as avec mon frangin ? s'écrie Jonas. Dis-le si t'as quelque chose à dire !

– Ta gueule, Jonas », dit Nelly.

Virgile lève enfin les yeux vers elle.

« Elle a raison, Jonas, dit-il. Ta gueule. »

Rigolard, il attrape le ketchup et en verse une coulée au milieu de ses nouilles, avant de recommencer à manger.

Ça fait un moment que ça se prépare, réalise Melvil. Qu'elle ne plaisante pas, ne cause pas, qu'elle a toujours l'air plus ou moins contrariée ; qu'elle arrive en retard à chaque fois, sans s'excuser alors qu'elle sait pertinemment qu'ils l'attendent tous les quatre ; qu'elle lance un *bonne nuit* à la cantonade et s'éclipse dans la chambre sans attendre Virgile, sans même un geste pour lui. Un soir où Melvil est passé devant la cuisine, elle a détourné le regard et Virgile était face à elle, bras croisés, appuyé à l'évier. Ils se disputaient, bien sûr. Il aurait dû s'en rendre compte.

Que Virgile puisse avoir encore besoin de temps, elle ne le comprend pas. Elle ne réalise pas qu'il est – oui, convalescent. Pendant neuf ans il a été malade, d'une maladie de la destinée ; pas le genre d'affection dont on se rétablit du jour au lendemain. Pour être de retour, il ne suffit pas d'avoir regagné son point de départ : il faut que le corps admette l'achèvement du voyage. Virgile est comme ces marins en permission sous les pas de qui la terre ferme navigue encore. Il est là, mais il n'a pas entièrement fini d'errer. C'est cela que Nelly ne comprend pas ou n'admet pas. Virgile a vu tout ce à quoi il tenait fondre en poussière entre ses doigts ; il a dû fuir, gagner le bout du monde ; voyager, mais pas par goût du voyage. Pendant neuf ans, ce qu'on a su de lui tenait en deux phrases ; au bout du compte, *on ne sait même pas d'où il est revenu*. Et maintenant, Nelly attend de lui qu'il répare leurs vies, la part gaspillée de leurs deux vies ; et refuse d'accepter que pour lui ça soit encore aller trop vite.

Brusquement, elle se lève et enfile son petit gilet vert anis.

« En fait, je ne vois pas ce que je fais ici. Je rentre. Vous saurez tous très bien vous passer de moi. »

Mais Virgile est là, bien là ! a-t-il envie de crier, *et pourquoi serait-il revenu, si ce n'est pour prendre à nouveau possession de la part de tendresse qui lui est dévolue en ce monde, et dont il a été injustement privé ? Pourquoi réapparaître ici, dans cette ville tendue comme une embuscade, cette ville offensée qui l'a vomi comme une ventrée pourrie – pourquoi, si ce n'est pour toi, Nelly ?* a-t-il envie de clamer, mais ni lui ni les autres ne prononcent une parole.

De ses grandes mains tremblantes, Nelly ramasse ses affaires et la porte d'entrée claque. Aucun d'eux n'a essayé de la retenir. Son assiette trône toujours sur la table et ils restent là à ne rien dire, comme si rien ne s'était réellement passé et que seul un fantôme venait de s'échapper de leurs quatre têtes.

Le lendemain, Jonas descend dès midi, sanglé dans son costume de dandy, et s'en va sans faire savoir quand on le reverra. Dans l'après-midi, Melvil trouve la chambre de Virgile ouverte, et personne à l'intérieur.

8

Le septième jour, ils reçoivent un appel de Jonas, très excité. « Passe-moi Virgile... Il n'est pas là ? Quand il arrive, dis-lui de me rejoindre *où il sait.* Et qu'il ne s'endorme pas en chemin. » Le soir suivant, nouveau coup de fil. Jonas le pourrit d'injures : « T'as pas passé la commission, sale fiente ! » Il a juste le temps de caser que Virgile n'est pas rentré – ça raccroche.

Il pose le combiné, regarde le père qui grignote des cacahuètes salées, sa main plongeant avec une régularité de métronome dans le paquet posé sur ses genoux. Brusquement, il est saisi d'un doute. Il va dans la chambre de Virgile, fouille dans le sac de sport, dans le placard, soulève les draps du lit – pris de vertige, il est forcé de s'asseoir au bord du matelas. Depuis le salon lui parviennent les gueulements de la radio et les bruits de bouche du père. Il reste longtemps assis, le cerveau entièrement vide, à contempler au pied du lit la paire de chaussures que le drap dissimulait, la seule paire de chaussures dont il sache Virgile propriétaire et sans laquelle il n'a pu quitter la maison à moins d'être parti *sans rien aux pieds*, la paire de baskets blanches encore à peu près neuve, déposée là comme par une main appliquée, soucieuse de l'ordre et de la santé du foyer.

9

Ça se produit toujours au petit matin, aussi a-t-il cessé de guetter jour et nuit comme au début. On s'habitue à tout et trouver la chambre vide ne le surprend plus, quelquefois même il s'y attend. L'idée qu'il verra Virgile revenir comme les autres fois tempère son inquiétude et lui procure un semblant de patience. Il sait que tôt ou tard il arrivera, probablement en longeant la rivière ; évitant les sentiers, il traversera des boqueteaux, des champs. Pour se réaccoutumer à la proximité des gens, il passera la dernière nuit dans les jardins ouvriers, d'où l'on aperçoit l'argenté de la lune friser les toits d'Hildenbrandt. Tapi dans les fourrés qui surplombent la départementale, il aura longuement guetté son heure avant de dévaler le talus et de sauter la glissière. Dans l'immense silence précédant l'aurore, il franchira la frontière invisible, s'infiltrera dans la cité ; la pietà au chagrin de pierre ne remarquera pas l'ombre subreptice se glissant au pied des pavillons éteints, fuyant les réverbères et toutes les lueurs de la nuit. Dans le noir total de l'allée des Roseaux, ses pieds nus renoueront avec la boue moelleuse. Aux Iris, il enjambera sans bruit la haie des Schlosser, traversera la pelouse jusqu'à la roseraie où son corps se fondra, recevant les dernières meurtrissures, les dernières inscriptions à même les récits de sa chair.

Il entrera par l'ouverture dans le grillage rouillé qui les a si souvent vus passer, jadis, pour aller rattraper en douce un ballon perdu. Le ciel aura commencé à s'éclaircir et il trouvera la couverture laissée là pour lui, sous la pile de chaises, à l'abri des intempéries ; il s'y enveloppera et s'endormira, la faim aidant, tout contre la porte de la cave où il sait ne risquer d'être vu de personne.

C'est là que son frère le découvrira, descendant au point du jour comme tous les matins depuis que la chambre est vide – chaque matin, avant même les premiers remuements du père, Melvil est debout et il descend, ses vieux chaussons aux pieds, le cœur battant quand les charnières grincent et que la clarté bleu marine se déverse dans la cave, le cœur en cendres quand il ne trouve pas là Virgile. Parfois la couverture a été utilisée, mais elle est déjà froide lorsqu'il y plonge ses mains ; il comprend alors que Virgile a cherché à revenir vers eux mais qu'avant l'aube, il a su n'être pas prêt ; c'était prématuré, il lui fallait errer encore, endurer encore. Au premier jaillissement de vraie lumière, il avait déjà regagné la plaine. Peut-être sera-t-il là demain. Alors, lui veillera à ce que Virgile puisse monter sans être vu des autres, il lui donnera des cigarettes et, pendant qu'il se réchauffera sous la douche, lui fera à manger.

Dans le frisson du matin, serrant contre lui la couverture, il regarde par-delà la haie des Schlosser, en direction de la campagne où son frère, quelque part, traîne son âme en lambeaux ; puis il plonge le nez dans la couverture et respire l'odeur dont Virgile l'a imprégnée : une odeur âcre et cependant doucereuse de sueur et de terre, de bois mouillé, de chagrin et d'effroi.

10

Ils marchent le long du terrain vague, contournant des flaques vastes comme de petits étangs, dont les sautes de vent font plisser la surface. De loin en loin, Hippolyte s'arrête pour mettre en bouche son pouce et son index, siffle et reste un instant à guetter avant de reprendre lugubrement sa claudication. Melvil lui emboîte le pas, tournant la tête de tous côtés pour montrer qu'il cherche aussi. C'est ce qu'il peut faire de mieux – et puis fermer sa gueule. Hippolyte a besoin d'un copain pour être avec lui et chercher, pas pour lui faire la conversation. Plus tard peut-être, il se montrera reconnaissant.

Un oiseau fend le ciel blanc, comme tracé à l'encre. Son vol longe les enjambées de câble d'un poteau électrique à l'autre, de très loin, jusqu'à se dissoudre. Par endroits, la vieille rambarde de bois s'est effondrée dans la rivière. Ses propres soucis, Melvil s'est juré de ne pas en parler ; il les traîne derrière lui à travers le terrain vague, partout. Il n'y a rien d'autre à quoi il pense. Il tourne la tête à droite et à gauche, faisant mine de chercher. Le bruit d'une camionnette s'éloigne en direction de la cité-jardin, mais sans s'être approché.

Devant lui, Hippolyte s'immobilise, montrant quelque chose du doigt. Tout au fond, dans la partie de la friche la plus livrée aux détritus, il y a une butte herbue où vient d'apparaître une tache blanchâtre ; à peine s'est-elle manifestée, cette chose s'élance dans leur direction, prenant sa course à travers le bourbier avec de petits cris aigus.

« Bozo ! »

La peluche est une guenille à teinte d'eau sale mais Hippolyte s'en moque ; Melvil le regarde y plonger sa figure, offrant sa bouche aux coups de langue, ses mains aux pattes crottées.

« Mon chien, mon chien, pourquoi tu fais ça ? » répète Hippolyte d'une voix étranglée. « Quand t'es pas là, j'en bave comme tu peux pas savoir ! »

11

Il a renoncé à se demander pourquoi il continue de retrouver Hippolyte et William plusieurs soirs par semaine, et même souvent les samedis ou les dimanches après-midi. Peut-être existe-t-il des milieux où l'on choisit ses amis, où l'on fait des rencontres assez nombreuses pour avoir la possibilité de décider lesquelles seront fécondes et lesquelles inutiles. Mais dans les villages, les petites périphéries, les quartiers clos comme Hildenbrandt, on doit se contenter de ceux qui sont là, comme le collègue de travail duquel on finit par tout savoir et à qui l'on en vient à tout dire, oubliant d'imaginer qui de mieux pourrait se trouver à sa place ; et si barbant puisse-t-il être, dans les périodes où il s'absente on se surprend à penser aux choses qu'on aura à lui raconter à son retour et à regarder sa place vide en regrettant de ne pouvoir honorer certaines habitudes prises ensemble, à force de se fréquenter jour après jour. Il faut reconnaître que leur petite routine à trois n'est pas désagréable. Ils s'accommodent assez bien, en fin de compte, de tout ce qui les sépare, et les quiproquos, dialogues de sourds et agacements auxquels donnent lieu leurs incompatibilités ont quelque chose d'amusant – en tout cas ça occupe, et ça change les idées.

Depuis quelque temps, William s'est mis à leur parler de son père, plus ou moins à chaque fois qu'ils se voient. Il a amené le sujet à petites touches, presque furtivement, mais c'est à se demander si ce n'est pas là qu'il voulait en venir, et depuis le début. William trouve à Melvil un air de famille avec son propre père – ça pourrait être comique si ce n'était énoncé avec un tel sérieux.

« Quand je te vois, j'ai parfois l'impression d'être en face de lui, je t'assure, c'est extraordinairement troublant. Mêmes épaules haut perchées, même démarche sautillante, même regard craintif et pénétrant… C'est le soir où tu es apparu en face de moi ici même, au Cénacle, il y a de ça près d'un an, ce premier soir du printemps où tu étais venu annoncer le retour imminent de ton frère. Ce soir-là j'avais bu et, levant la tête de mon bouquin, je t'aperçois, et il me semble un instant que mon père vient d'entrer dans cette salle, un verre à la main, mon père ressuscité, jeune comme je l'ai connu. »

William s'interrompt un instant et se met à rire, de ce rire réjoui et vaguement acerbe qu'il laisse échapper quand il parle d'un sujet qui lui tient à cœur – et si Hippolyte et Melvil secouent la tête de concert, ce n'est peut-être pas pour des raisons identiques. « Allons donc, qu'est-ce qu'il va encore nous faire comme nouvelle lubie », rigole Hippolyte, tandis que Melvil voudrait surtout éviter d'avoir à en faire les frais.

Mais trop tard. Voilà que pleuvent sur lui les « tout comme toi », à propos de ce père que William décrit comme un pensif, acquis à l'ordre des choses, et qui aurait bien voulu arranger son monde – mais qui, voilà, ne le pouvait pas, quelque effort qu'il fît, parce qu'il n'était pas du même bois que les autres Hildenbrandt, le bois de ronce qui fait les personnages éminents. « Tout comme toi », proprement inapte à l'action, moins par insuffisance physique que par répugnance pour toute forme d'engagement ; « tout comme toi », observateur minutieux de ce qui l'entourait sans propension à y estampiller son propre commentaire ; un personnage neutre et effacé jusqu'à l'invisible, dénué de toute intention de s'imposer – ici, William a courtoisement négligé le « tout comme toi ».

« C'était un de ces êtres dont on remarque à peine la présence, à qui l'on prête des émotions modestes et fades, des tempêtes existentielles réduites à une boule à neige… On les présumerait presque moins vivants que les autres, et quand ils meurent, moins morts ; même leurs malheurs semblent moins malheureux – à condition toutefois que le monde ne fasse pas violence à leur placidité.

« Le pire qui puisse arriver à l'un de ces petits poissons inoffensifs est d'éclore au beau milieu d'un banc de requins. Or, des Hildenbrandt, mon père n'avait que le nom, mais ni la denture ni la voracité. Eux s'illustraient, conquéraient les prestiges, prenaient position, se trouvaient des ennemis pour batailler avec ; lui préférait les jeux de société ; les jeux tout court, d'ailleurs : cartes, mots croisés, tout ce qui pouvait se pratiquer de ludique et sans conséquence.

Il était joueur, au sens enfantin du terme, mais pas futile pour autant, en tout cas pas suffisamment pour se prendre au sérieux. Il n'avait pas d'ambition pour lui-même. Sa fierté, c'était la réussite des autres, les oncles, les cousins, les beaux-frères et par-dessus tout, bien entendu, le renom de Ferdinand, son grand-père. Il s'estimait follement chanceux de côtoyer de telles sommités et d'être admis dans leur entourage. Leurs succès faisaient sa joie, il s'en sentait partie prenante, mais sans rien en accaparer pour lui-même. Il savait que leur réputation ne lui devrait jamais rien ; car depuis le premier jour, les autres avaient décidé qu'il était un Jean de la Lune et que jamais de sa vie il ne ferait quoi que ce soit de valable. »

Et William poursuit, indifférent au tapotis de doigts de Melvil sur la table du bar, ou plutôt, refusant de se laisser réduire au silence par l'inconfort et la honte que ses propos éveillent en lui.

« Ses trois sœurs aînées avaient été dûment casées ; lui allait sur ses dix-huit ans et aurait dû se préparer à prendre en main les affaires de la famille. Mais il était entendu qu'il n'aurait jamais *les épaules.* On ne savait trop que faire de lui. Toute dynastie a son rejeton taré ; celui des Hildenbrandt, c'était Armand, mon père.

« Pour l'heure, son père à lui codirigeait la holding familiale avec l'un de ses frères, celui dont l'esprit avait survécu aux tranchées. C'étaient des temps difficiles, ils eurent à affronter la Dépression, les clients insolvables, les faillites de banques. Devant la menace d'une nouvelle agression boche, le conseil de famille déclara l'heure venue pour les Hildenbrandt de se retirer des boîtes de conserve. Ils soldèrent leurs avoirs dans la compagnie et en quittèrent la gouvernance. Mon grand-père retourna un temps au barreau ; il était avocat-avoué de la faculté de droit de Strasbourg. Puis il fut nommé, c'est authentique, *président de l'Église protestante de la Confession d'Augsbourg d'Alsace et de Lorraine*. Les Établissements Hildenbrandt furent rebaptisés, absorbés, revendus, démembrés. Seule la fondation portait encore le nom de la famille, restée l'une des plus puissantes de la région. À quatre-vingts ans sonnés, Ferdinand continuait, comme aurait dit Kafka, de *gouverner le monde de son fauteuil*.

« Ne possédant plus ni usines, ni entrepôts, ni flotte d'aucune sorte, il fut plus aisé au clan de s'esquiver à temps et d'échapper aux ignominies de la nouvelle annexion. Ferdinand passa les cinq années d'exil dans un palace de Neuchâtel, où il s'était retranché avec son épouse et toute une domesticité. Réfugié à Grenoble avec ses parents, Armand fut un temps saute-ruisseau pour l'étude d'un notaire ami de la famille, puis employé dans les bureaux d'un administrateur judiciaire. Après la guerre, il vécut brièvement à Chalon-sur-Saône avant de revenir s'établir en Alsace, dans la région de Strasbourg.

« Mon père n'a pas fait exprès d'être un dissident, ce sont les circonstances qui l'ont voulu. Il ne fréquentait pas la haute société, mais ces gens de toutes conditions qui se parlent spontanément parce que leurs rapports sont moins codifiés. S'il s'est amouraché d'une Allemande, ce fut par le plus grand hasard, dans un de ces bals de zazous qui faisaient fureur dans l'après-guerre. Gertie était étudiante, de Hanovre. En tombant sous le charme de son accent à couper au couteau, il ne lui est certainement pas venu à l'idée qu'il se rendait coupable d'intelligence caractérisée avec l'ennemi ! Je suis convaincu qu'il n'a jamais cherché à scandaliser qui que ce soit ; sans doute n'a-t-il pris la mesure de la situation que lorsque la petite Allemande a montré des symptômes de grossesse.

– Sans déconner ! » s'écrie Hippolyte en secouant la main, atterré que même un type d'il y a un demi-siècle soit plus heureux que lui à la cruelle loterie des satisfactions charnelles. « Tu veux dire que…

– Parfaitement, il avait engrossé la Boche ! Se rendant ainsi coupable du pire et du plus infamant des impairs, susceptible de déclencher toutes sortes de conséquences, pour lui comme pour elle. Il s'est alors retrouvé face à la décision la plus terrible – mais peut-être aussi la seule – de son existence. Les Hildenbrandt auraient-ils eu la cruauté d'abandonner une jeune fille avec leur descendance dans le ventre, fût-ce le fruit franco-germanique de l'inconduite d'Armand, le raté de la famille ? Rien ne le prouve – mais il redoutait à ce point qu'ils exigent de lui une telle monstruosité, et il se savait si incapable de leur tenir tête, qu'il s'est comporté comme il l'aurait fait s'il avait eu l'intention de tous se les mettre à dos : sans avertir personne, il a fait de Gertie sa femme. Après quoi, avec patience et certainement avec terreur, il a attendu que l'affaire s'ébruite. Ce qui n'a pas traîné. »

S'ensuit un bref dialogue de sourds, Melvil jugeant utile de fournir à Hippolyte une précision de détail :

« Le bébé, c'était lui.

– Lui qui ? fait Hippolyte.

– Lui là : William.

– Quoi ! s'écrie Hippolyte, t'es le fils de la Boche ?

– Oui, dit William sans se formaliser, Gertie est ma mère. Elle vit toujours à Rixheim. »

Il y a un silence. Roland arrive à point nommé pour leur livrer une nouvelle tournée de bière. N'ayant engrossé ni épousé personne, Melvil a l'impression qu'il n'est plus trop question de lui ; son malaise se dissipe et il trinque de bon cœur. William reprend :

« Armand attendait donc avec angoisse que le conseil de famille fixe son sort et, par-là même, celui de sa jeune épouse. Or tout à coup, ce qui se produisit déjouait tous les pronostics : tout à coup, il ne se passa rien ! C'était, détrompez-vous, ce qui pouvait arriver de pire. Le geste d'Armand était de courage, mais les siens n'y virent qu'une preuve supplémentaire de son ineptie. Ils ne prononcèrent pas la mise au ban qui aurait peut-être permis au couple, au bout du compte, de connaître une vie heureuse. La vraie sanction, la vengeance des Hildenbrandt fut non pas de les rejeter mais au contraire de les accueillir, tout en les enveloppant d'un glacis d'indifférence retorse qu'ils eurent, que nous eûmes à subir notre vie entière.

« Nous serions toujours reçus aux fêtes de famille et autres cérémonies ; mais un vide infranchissable s'était constitué autour de nous. Les Hildenbrandt ne prendraient de nos nouvelles qu'avec une condescendance polie, comme on s'enquiert des malheurs de la bonne, et ne répondraient à nos sourires que par des sourires de façade, insincères et crispés. Nous leur parlerions, ils n'écouteraient pas. Nous serions toujours ces étrangers balourds qui n'ont pas conscience de déparer le décor. Aucun d'eux ne se soucierait que nous ne partions pas en vacances, que nous logions dans un bouge ou ayons, par exemple, à marcher une heure sous la pluie au retour de la grande réception donnée pour le centenaire de papy Ferdinand. Ont-ils seulement songé qu'il n'y avait plus de bus à cette heure ? On les a tous vus partir en voiture, aucun n'a proposé de faire un détour pour nous ramener dans notre faubourg. Armand, sa Boche et leur bâtard pouvaient bien avoir froid, c'était déjà assez pour eux d'avoir pu se gaver de petits-fours. Mon père est mort un an après Ferdinand, d'un cancer de l'estomac. À son enterrement, le curé n'a rien trouvé de mieux que de consacrer la moitié de son homélie au Patriarche, disparu à cent quatre ans et tellement regretté ; papa en avait soixante de moins. Dans toute l'assistance, on n'entendait que les sanglots de ma mère ; les autres, ils attendaient que ça se passe – eh, ils avaient tout de même fait le déplacement ! Quant à moi, ce qui m'empêchait de pleurer, voyez-vous, c'était la haine. »

Il choque son verre aux leurs et il a toujours l'air de sourire mais il ne sourit pas. Ils le regardent et même Hippolyte semble comprendre que cette haine dont William parle constitue sa clé de voûte. Se souvenant d'avoir été comparé à Armand Hildenbrandt, Melvil sent une interrogation indistincte se dresser dans son esprit, mais il la repousse. Que William lui trouve des traits communs avec son branque de père, c'est bien assez pour une seule soirée ; inutile de se faire expliquer au surplus en quoi leurs façons d'être branques sont apparentées. Il se contente de boire.

« Non loin de là se dressait toujours la cité-jardin, continue William, celle qui porte le nom des Hildenbrandt et assure leur inaltérable réputation d'humanistes. Un jour, j'ai pris conscience que mes parents auraient fait de parfaits clients pour l'utopie patriarcale de Ferdinand. Inutile de dire que ça ne leur a jamais traversé l'esprit. Mais vous n'imaginez pas l'indignation de ma mère quand je lui ai annoncé avoir déposé une demande, et qu'on venait de m'accorder un charmant pavillon rue des Jonquilles ! C'est qu'elle a embrassé la piété familiale de son mari comme on embrasse une religion ; on ne doit surtout rien faire qui soit susceptible d'embarrasser les Hildenbrandt ou de leur causer du tort. Ils sont *notre famille*, leur place est sur le piédestal et la nôtre au parterre. Elle serait prête à les défendre, avec toute la gentille réprobation dont elle est capable, si on osait les critiquer devant elle – et croyez-moi, j'en sais quelque chose ! Il ne faut pas croire qu'elle soit dupe de leur conduite à son égard, mais elle aussi, voyez-vous, est acquise à l'ordre des choses. Elle se met en frais pour chaque mariage ou communion auquel, protocole oblige, ils continuent de la convier, et me presse de l'y accompagner, puisque quelqu'un a jugé nécessaire de griffonner mon prénom sur le carton d'invitation ! Mais maman chérie, ils se passeront parfaitement de ma présence et tout aussi bien de la tienne ! Ils seront même soulagés de ne pas avoir à nous caser à une table, moi et mon éthylisme, toi et ton accent fritz ! C'est là qu'elle me prend sa petite tête obstinée, sa tête de maman qui ne veut pas comprendre, et se met à répéter comme un sacré magnétophone que ça ne se fait pas, que nous faisons partie de *la famille* et qu'il serait de la plus haute impolitesse de sécher *le mariache de ta coussine* ! Moi, maman, je les emmerde, les Hildenbrandt ! Je ne mettrai pas les pieds à leur pince-fesse, ou alors pour t'y faire honte, alors pourquoi insister ? Si, malgré le mépris qu'ils t'ont toujours témoigné et dont ils ne cesseront jamais de t'accabler jusqu'à ton dernier souffle, tu juges indispensable d'aller t'y présenter, habillée et pomponnée, je t'en prie, vas-y toute seule !

« Et quand, certain de m'être fait comprendre à force d'argumenter et de râler, je me lève pour partir et lui fais sa petite bise, vous savez ce qu'elle me dit ? *Bon, mais si tu ne peux pas fenir, il fa falloir au moins enfoyer une carte !* »

12

Jonas entre dans la cuisine et balance une veste à Virgile. « Fous-toi ça sur le dos, je vais te montrer comment on passe une bonne soirée. »

« Et la bouffe ? objecte Melvil. C'est prêt dans cinq minutes. » Jonas attrape la casserole et en vide la moitié dans l'évier. « Comme ça y'aura pas de restes. »

Virgile lui tapote gentiment l'épaule en passant, comme pour dire : Ne le prends pas mal, tu sais comment il est…

Jonas s'impatiente déjà dans l'entrée.

« Allez, *bis bàll* ! On reviendra… quand on reviendra. » Et à Virgile, juste avant que la porte ne claque : « On va aller un peu cirer l'*autobahn*, hein ? Ensuite j'aurai un ou deux comptes à solder, tu vas me donner un coup de main. »

Mais deux heures plus tard, voilà que Jonas débarque au Cénacle, seul. Il serre la main à Roland sans le regarder et s'installe au bar en se fouillant les poches. Schkesh, Jaeggi, Audric et Alban, à qui Melvil, les trouvant installés à une table, est allé serrer la louche en arrivant, se lèvent comme un seul homme pour rejoindre Jonas. Peu après arrivent Choël, Tomi et Diebolt.

William juge préférable de rentrer boire chez lui.

« Tiens, il existe encore celui-là, fait Jonas en le voyant quitter la salle. T'inquiète, on saura bien s'occuper de ton cas. »

Devant la sortie, William croise Barthos qui s'écarte pour le laisser passer. Hippolyte, imperturbable, continue d'examiner les voitures sur ses pages découpées qu'il a tirées de sa pochette et étalées sur la table. De temps en temps, il en glisse une sous le nez de Melvil.

« Châssis rigide et empattement raccourci, plus incisive qu'un scalpel… »

Lui écoute surtout la conversation des autres, au comptoir, parce qu'ils sont en train de parler de Virgile. Ils disent qu'ils ne le reconnaissent pas, que ce n'est pas le même type avec qui ils ont fait les quatre cents coups. Il est lointain, insaisissable. De toute évidence, il va mal.

« Dans quels emmerdements il est allé se fourrer ? demande Choël. De quoi est-ce qu'il a peur ?

– Peur, Virgile ! s'écrie Alban. De quoi veux-tu qu'il ait peur ? Il a la rage, voilà ce qu'il a.

– C'est une bombe à retardement, dit Choël.

– Et si tu es près de lui quand ça explose, voilà ce qui arrive… » fait Diebolt en montrant Audric, lequel hoche la tête avec l'air de revenir de loin.

Jonas siffle sa pinte sans desserrer les dents.

« Pour moi c'est pas de la peur et c'est pas non plus de la colère, dit Barthos. Virgile, ce qu'il a en lui, c'est pas un truc en plus… Ça serait plutôt un truc en moins. Comme s'il avait perdu un morceau en route. Un bout de lui-même qu'il aurait laissé quelque part, loin d'ici.

– Quelque chose l'a traumatisé, dit Hippolyte en face de Melvil. Il disparaît pendant des jours, on ne sait même pas où il va. Dis, tu m'écoutes ou merde ? »

Melvil lui jette un regard interloqué, stupide, auquel Hippolyte ne prend pas garde.

« Il est flippé, je te dis. Je ne comprends pas ce qu'il a. Il va falloir que je retourne l'emmener au vétérinaire. »

Maintenant, Tomi parle de son beau-frère qui a été à Sarajevo et qui après ça n'a plus jamais été le même. Audric raconte qu'au travail, il connaît un ancien casque bleu ; le type est toujours arrêté pour dépression, chaque année à Noël il essaie de se suicider.

« Sarajevo, c'est la porte à côté, vous vous rendez compte ce qu'il s'est passé là-bas… »

Ils hochent gravement la tête et il y a un silence parce qu'aucun d'eux n'est capable de dire ce qu'il s'est passé à Sarajevo.

« Et la sorcellerie ? » dit Schkesh. Il a vu une émission sur des tribus du Guatemala qui ont échappé à toute forme de civilisation. Leurs sages connaissent des rituels très anciens et sont capables de se changer en animaux. Ils croient que toutes les transformations sont possibles et guérissent les lépreux en les faisant entrer dans des bûchers.

Certains essaient de se moquer, mais Schkesh n'en démord pas et ils le laissent dire. Devant l'inexplicable, ses suppositions en valent bien d'autres et n'exigent pas qu'on se perde dans les intrications de l'histoire. Ils commencent par te faire jeûner, explique-t-il, puis ils te font absorber des drogues très puissantes. Ceux qu'ils entraînent dans le feu purificateur peuvent en ressortir guéris ou estropiés, métamorphosés en seigneurs ou en chiens. Il arrive qu'au contact des flammes leur âme se détache ; elle se met alors à errer sans fin parmi les mondes intermédiaires.

« Et s'il avait… ça peut paraître étrange, mais est-ce que Virgile ne pourrait pas avoir été envoûté ? Est-ce qu'il n'aurait pas pu, au cours de ses voyages, consommer une de ces drogues capables de séparer l'âme du corps ? Ce genre de choses s'est déjà vu. Je pose simplement la question. »

Jaeggi fait observer que Virgile n'était pas au Guatemala mais de l'autre côté, en Amazonie.

« S'il a été en Amazonie, pourquoi est-ce qu'il n'aurait pas été aussi au Guatemala, ou en Chine, ou à Babylone ? crie Schkesh. Est-ce qu'on sait vraiment où il est allé pendant toutes ces années ? Est-ce qu'on sait vraiment ce qui lui est arrivé ? »

À cet instant, Jonas éclate d'un rire sinistre. Melvil, d'un doigt sur la bouche, fait signe à Hippolyte de se taire.

« Ça je peux te le dire qu'il n'a pas été en Chine. En Chine, ben voyons… Il n'a jamais été plus loin qu'Ensisheim ! »

Il y a dans le *bierstub* tout un raffut de gens qui parlent, mais les mots de Jonas se détachent un à un, nets et cristallins comme une oraison tombant d'une chaire d'église.

« La question serait plutôt : où est-ce qu'il a été quand ils l'ont relâché ? Pas en Chine je vous assure, ni au Guatemala, ni dans votre foutue Amazonie à la con… Plutôt dans le genre d'endroit où on met les gens comme lui, qui se réveillent un matin en ne sachant plus qui ils sont. Ça il en a vu, des sorciers… Mais pour le visiter j'avais qu'à prendre le bus ! »

Jonas a l'air très content de lui. Les autres le regardent comme s'il les avait surpris en train de s'adonner à quelque chose de défendu et de honteux.

« Attrape ! » crie-t-il en lançant son verre à Audric, qui le laisse échapper. Le verre se fracasse sur le carrelage. « T'auras un gage, tu vas aller brouter le gazon du square et tout le monde te chiera sur la tête. »

Il boutonne sa veste et jette un billet sur le comptoir.

« Si je vois Virgile, je lui dirai comme vous rêvez de lui pomper la couille, il sera très honoré. *Bis bàll*, bande de pédales. »

13

Jonas est le premier à réagir. Il se redresse tout à coup et éteint la télé, attentif comme un chien aux aguets. Puis, broyant et jetant la canette qu'il avait posée sur son ventre, il se rue hors du salon. Melvil le rejoint dans la cuisine sans comprendre ce qu'il se passe. Il retrouve Jonas collé à la vitre, tenant dans son dos le manche du balai, dont il a démonté la brosse. Il soulève un bout du rideau pour regarder dehors lui aussi. Il a peur.

Une voiture s'est arrêtée le long du trottoir, une berline noire aux vitres fumées, avec des spoilers et un gros aileron sur le coffre. Trois des quatre portières s'ouvrent dans une synchronisation parfaite. De l'arrière descendent deux types vêtus d'anoraks bien trop chauds pour la saison, l'un orange et l'autre bleu ; côté passager, un grand chauve en col roulé et veston noirs a mis un pied à terre et regarde vers la maison, vers eux.

« C'est qui ces branquignols ? » fait Jonas.

Penchés sur la banquette arrière, les types en anorak se démènent pour extraire un quatrième gus, dont on ne voit qu'une main ballotter, inerte. Il doit peser quelque chose, car les deux costauds galèrent et toute la voiture est remuée. Le type en orange le tire sous les aisselles tandis que le bleu se dépêtre des jambes. C'est Virgile.

En l'amenant vers le trottoir, Orange tombe sur le cul. La porte d'entrée cogne contre le mur : Jonas s'est précipité dehors. Melvil a le temps de voir les trois bonshommes s'engouffrer dans la voiture et s'aperçoit qu'Orange et Bleu sont blêmes, comme s'ils venaient d'avoir la peur de leur vie. Il débouche sur le perron pour voir l'auto s'arracher dans un feulement strident. Son manche de bois à la main, Jonas la regarde disparaître au coin de la rue, puis les variations du moteur leur indiquent quels tournants elle prend pour quitter la cité, jusqu'à ce qu'on ne l'entende plus.

Virgile est allongé au bas des marches, un genou et un bras pliés comme s'il se dorait au bord d'une piscine. Il porte des vêtements qui ne sont pas à lui, des chaussures à bouts en pointe, une chemise lie-de-vin à vaste col constellée de taches qui ressemblent à des yeux dans du bouillon. Il a les deux poings éclaboussés de rouge. Il rigole.

14

On ne l'a jamais ménagé, on s'est toujours permis de le traiter selon son bon vouloir et sa mauvaise humeur, et voilà maintenant qu'on le secoue par l'épaule. Vraiment, on n'a jamais pris de gants avec lui, on lui balance tout ce qui vient sans jamais se demander ce qu'il peut en penser – à croire qu'il ne pense pas, ou alors qu'il pense tellement que c'est comme s'il ne pensait pas du tout. On le secoue et ça le persécute, c'est affreusement angoissant. Lui qui est incapable de violence, pourquoi le brutaliser ? Ce n'est pas très logique.

« Melvil ! »

Si seulement une fois, une seule fois on se tournait vers lui pour lui demander : *Ça va, Melvil ?* Au lieu de quoi on gueule que la bouffe n'est pas prête, le linge pas sec, qu'il y a un courant d'air, plus de bière au frigo. Y eut-il jamais quiconque pour donner tant et recevoir si peu ? Il aurait pu faire quelque chose s'il en avait eu l'occasion, s'il n'avait pas fallu vite vite commencer à gagner sa vie, tout arrêter pour participer à je ne sais quelles dépenses

– mais il ne reproche rien à personne, son seul désir est qu'on l'épargne, qu'on ne lui fasse pas de mal, rien que ça, pas de mal. Quelqu'un lui demande : « Ça va ? », et cette question l'émeut aux larmes. Il se met à pleurer, mais à seaux, il pleure tellement qu'il est au spectacle devant ses propres pleurs, un peu effrayé que les choses s'emballent à ce point. La pierre tombale en est tout inondée. Ce n'était pas ce qu'il voulait, il se confond en excuses – on va encore le bousculer. Il gémit.

« Melvil, *v'r deckl* ! »

On le secoue plus fort. Il ouvre les yeux et voit une silhouette, c'est sa mère qui est entrée pour l'embrasser. Imposante et moelleuse elle se penche vers son lit, il se rendort, pleure dans son rêve, s'éveille à nouveau les yeux humides, regarde des symboles sur les bras de Virgile – Virgile, à califourchon sur lui. Il sent son poids bien concret, le matelas qui s'enfonce sous ses genoux et ses poings.

« Il faut que tu te réveilles, petit frère, il n'y a que toi pour m'aider. »

Il imagine s'asseoir dans le lit mais il ne bouge pas, il bafouille des mots en désordre, le cœur battant.

« Bientôt six heures, répond Virgile. Il faut que j'y sois avant qu'elle parte.

– Qu'elle parte, qui donc ?...

– Nelly. Elle commence à sept. Je prends une douche, va te fringuer en vitesse. »

Dans l'odeur un peu enfantine de la chambre, Virgile a introduit un relent de transpiration, de terre moisie, peut-être aussi de sang. Par où est-il entré dans la maison ? Est-ce qu'il était déjà nu ? Descendu dans le vestibule, presque encore en plein rêve, Melvil ne sait plus dans quel ordre agir. Son blouson sur le dos et ses clés à la main, il s'aperçoit qu'il est en slip. Il remonte en catastrophe, s'étale sur les marches. Dans la salle de bains, l'eau a cessé de couler. Quand il arrive en haut, le père est à sa porte.

« Il est rentré ?

– Oui, je le dépose à Mulhouse. Je te préparerai ton café à mon retour, ou bien Jonas s'en occupera.

– Est-ce qu'il va la chercher ?

– Je n'en sais rien. Tu devrais te recoucher.

– Fais-moi descendre. »

Il le conduit dans l'escalier. Jamais seize marches ne furent si longues à descendre. Le père posé dans son fauteuil, il court rejoindre Virgile qui l'attend à côté de la voiture, les mains sur ses genoux comme un coureur à bout de souffle. Au moment où il met le contact, la porte de la maison se rouvre et le père surgit sur le perron en pyjama, montrant le poing.

« Virgile ! braille-t-il de sa voix sans timbre. T'as intérêt à nous la ramener petit enfoiré. Sans cela, je te fous dehors à coups de pompe dans le cul ! »

Il démarre, plantant là le père, et file vers la départementale. L'un des phares éclaire trop haut, l'autre pas assez. Bientôt ils sont sur l'autoroute ; Virgile paraît se détendre.

« Cette bonne vieille caisse, dit-il en tapotant les garnitures qui se décollent. Il y a encore la forme de maman dans le siège. Tu te souviens quand on partait en vacances, le coffre plein à craquer ? Maman avait préparé des sandwichs au *mettwurst* avec des cornichons. Avec Jonas, on faisait des grimaces aux voitures. Toi tu étais dans ton fauteuil d'enfant et tu nous regardais.

– J'étais très petit, dit-il.

– Oui, dit Virgile, tu étais très petit. »

Sur un panneau publicitaire, une famille semble flotter dans les airs au beau milieu de l'obscurité, parents et enfants fous de joie de se rendre à l'hypermarché.

Virgile demande : « On est quel jour ?

– Mercredi.

– Je suis parti longtemps ?

– Moins que les autres fois. Il n'y a eu que cinq nuits.

– Le vieux va poireauter pour son café.

– Il n'a qu'à poireauter, ça lui fera les pieds. »

Sa réponse amuse Virgile et ils se mettent à rire tous les deux, bref instant qui le paye de bien des sacrifices.

« Je suis content qu'on passe un moment ensemble, dit Virgile. Je ne me suis jamais beaucoup occupé de toi, je sais bien que ça t'a manqué. Mais ce qui est fait est fait, on ne peut pas le défaire.

– Je t'ai attendu pendant neuf ans, Virgile. »

Virgile ne dit rien. Il a tourné sa tête pour regarder la nuit noire défiler derrière la vitre, les taches de lumière qui passent, certaines doucement, d'autres plus vite.

« Je serais revenu si j'avais pu.

– Pourquoi tu n'as jamais donné de nouvelles ?

– Je ne sais pas. Peut-être que je ne pouvais pas le faire non plus. »

Une ambulance les dépasse comme une flèche, laissant derrière elle une traînée bleutée.

« Tu étais en Amazonie ?
– Oui, j'étais là-bas.
– Dans la jungle ?
– Dans la jungle, oui.
– C'était comment ?
– C'était… obscur. Et très bruyant.
– Et qu'est-ce qui t'a décidé à rentrer, je veux dire, après tout ce temps ?
– Les mouches.
– Les mouches ?
– Oui, les mouches. Je ne pouvais plus supporter les mouches. »

Il n'ose rien demander d'autre et Virgile ne dit plus rien. Il sort à hauteur de l'Île Napoléon. À cette heure-ci il n'y a pas de trafic, seulement des camions-poubelles dont les gyrophares font miroiter la chaussée humide. Virgile a la tête de côté, sa respiration entretient une tache de buée sur la vitre. Peut-être qu'il dort. La rue où habite Nelly est derrière le canal, après un rond-point orné d'un essieu de locomotive posé sur un tronçon de chemin de fer. Elle descend entre de petits immeubles blancs séparés par des pelouses que l'aube teinte d'un gris violâtre. Il y a de jeunes sapins et d'autres petits arbres. Sous l'arrêt de bus des silhouettes patientent avec cette immobilité particulière de l'heure où la nuit rejoint le jour.

Virgile se redresse et se penche en avant.

« Là, c'est un peu plus loin, le numéro 16. Bingo ! Sa voiture est encore là. (Il ouvre sa portière.) Tout ira bien maintenant, je te le promets. »

Avant de s'éloigner, Virgile articule silencieusement le mot *merci*. Melvil le regarde remonter la petite allée et s'arrêter devant la porte vitrée pour sonner à l'interphone. Puis la porte s'ouvre et Virgile disparaît au fond du hall. Presque aussitôt, une colonne de petites fenêtres s'allume dans les étages, comme pour l'aider à se frayer un chemin dans l'obscurité.

Le moteur tourne de son ralenti boiteux, mais Melvil ne repart pas encore. Au bout d'un moment la colonne de lumières s'éteint. Le petit immeuble semble lui sourire, comme un visage tracé par un enfant. Quelque part à l'intérieur, Virgile et Nelly essayent de se retrouver.

VI

1

Quand Melvil ouvre, le chien se réfugie derrière les jambes d'Hippolyte en aboyant.

« Fais-le taire bon sang, il va réveiller mon père… T'as vu l'heure ?

– Faut que tu m'aides à trimballer le William, j'y arriverai pas tout seul.

– Allons bon, dit-il en prenant son blouson, qu'est-ce qu'il se passe encore ?

– Ne fais pas cette tête, lui lance William cinq minutes plus tard, quand ils le retrouvent assis entre deux voitures. Je sais ce que tu penses. »

Près du quartier mili, non loin du toit où ils ont pique-niqué, il y a un petit carrefour à commerces avec deux ou trois bistrots.

« On se promenait avec Bozo et on l'a trouvé comme ça, dit Hippolyte. Rond comme un cul de pelle. »

Ils l'aident à se relever et William prend appui sur Melvil. Sa tête contre sa joue lui fait l'effet d'une caillasse enveloppée de mousse. Ils partent en zigzag en direction des Jonquilles. Hippolyte clopine à côté d'eux en les regardant et son chien fait comme lui.

« Tu ne pourrais pas m'aider ? Il est plus lourd que sa camionnette.

– Avec ma guibolle, t'es pas fou ! Moi, qui me portera ?

– Est-ce qu'on ne ferait pas une petite pause ? implore William. Je suis sujet au mal des transports… »

Ils l'asseyent au bord d'un trottoir. « Merci bien… » dit-il en soulevant ses lunettes pour se masser les yeux du pouce et de l'index. Il a le front trempé de sueur.

« Fais un effort, bon sang, on est à cent mètres de chez toi…

– Veuillez m'excuser par avance, messieurs », déclare William, et il vomit entre ses genoux avec des grognements de morse.

Ils ont fait un bond de trois mètres. « Mes godasses, merde ! » crie Hippolyte. William s'essuie la bouche dans la manche de son manteau. « Détestable ce mezcal. Ils ne sont pas près de me revoir dans cette *cantina*…

– Bozo, *nix* ! crie Hippolyte en écartant le chien de la flaque. Tu vas être bourré ! »

Plusieurs fenêtres se sont ouvertes et des voix leur crient d'aller faire leurs saloperies ailleurs.

« Tu as fini ? On peut y aller ? s'impatiente Melvil.

– À la plus proche buvette ! » rigole William en s'accrochant à lui.

Une voix de femme les traite de clochards, une autre leur hurle de dégager. Un père de famille à petite moustache sort de son pavillon, une batte de base-ball à la main.

« Cassez-vous, sales déchets, dit-il en leur montrant le bas de la rue. Qu'est-ce qui ne tourne pas rond chez vous ? »

Ils s'en vont au ralenti, William pesant de tout son poids sur Melvil. Le bonhomme à la batte les suit à quelques mètres. « Que je ne vous prenne plus à dégueuler devant chez moi, bande de porcs », dit-il en s'arrêtant à l'angle du trottoir. Il les regarde s'éloigner avec un demi-sourire d'incompréhension et de dégoût. D'autres insultes fusent des fenêtres.

« On n'a pas peur des Ischard !

– Envoie-nous-les tes frères, tu vas voir ce qu'on en fera ! »

Tout à coup, Hippolyte se fige. « Bozo ! Il est passé où ? »

Quand le type a rappliqué avec sa batte, le chien s'est aplati au sol avec une sorte de miaulement. Après ça, ils n'ont plus fait attention à lui. Hippolyte l'appelle plusieurs fois puis décide de revenir sur ses pas.

« N'y retourne pas, tu es cinglé ou quoi ! T'as qu'à faire le tour par l'autre côté.

– Je les encule moi, dit Hippolyte. La rue n'est pas à eux, j'ai le droit d'y marcher si je veux. Je vais récupérer mon chien. »

William hoquette quand il essaie de parler, on croirait qu'il va émettre des bulles. En nage, Melvil parvient à lui faire passer le portillon, puis ils s'effondrent sur les marches du perron.

« Melvil, Melvil… bafouille William. Quelle grande, quelle tragique rencontre… Tu ne peux pas savoir à quel point je t'aime. Non mon garçon, tu n'en as pas la moindre idée.

– Je ne suis pas ton garçon », dit-il, reprenant encore son souffle.

William se redresse sur un coude et, de sa grosse main, lui attrape entièrement le visage, roulant presque à nouveau sur lui.

« En aucune façon, écoute-moi bien – en aucune façon je n'attends quoi que ce soit de toi. Ce n'est pas cette sorte d'affection, celle qui exige réciprocité. Je sais bien que je ne suis pas aimable. Je me repens, tu m'entends, je me repens d'être… ce désastre fait homme ! Mais, Melvil, qu'est-ce que j'y peux ? Ma voix m'insupporte, mais c'est ma voix… Cette carcasse-là, c'est mon corps… Je ne peux rien être d'autre, rien d'autre que moi-même ! Mais toi, mon garçon…

– Je ne suis pas ton garçon ! s'écrie-t-il à voix très basse. Tu n'as… aucune idée, de rien ! »

Il sent la lourde respiration sur ses lèvres, étrange comme un souffle animal. Il devrait s'enfuir mais il n'y arrive pas. Par un effet de cauchemar, tout lui paraît dénaturé et inquiétant.

« Tu crois que je ne t'ai pas deviné ? susurre William. Dès nos toutes premières conversations, Melvil… J'ai entrevu quelque chose, et ensuite, ça ne m'a plus laissé en paix. Ce n'est pas Hippolyte qui souffre, Hippolyte est un teigneux face à la vie, il s'en sortira très bien. Mais toi, Melvil ? Pourquoi refuser ce qui est en toi ? Toute sa vie, mon père a été dans l'erreur et ça l'a asphyxié. (Il l'empoigne au col.) Ne fais pas comme lui, mon ami ! Ne te dilapide pas ! J'ai essayé de te le dire de bien des façons… »

Plaqué contre les marches dont les arêtes lui cisaillent les côtes, il tente de se dégager, mais William a la force d'un bœuf, il ne sent même pas qu'il le repousse. Une colère vertigineuse lui monte à la gorge.

« Je n'ai rien à voir avec ton père ni avec ta foutue famille. Je suis un Ischard… siffle-t-il.

– Si je pouvais l'avoir là devant moi, lui parler comme je te parle, l'étreindre comme je t'étreins… Je lui dirais que parfois, même si l'on aime, il faut se résoudre à partir. Vivre une autre vie, fût-elle médiocre et ratée, mais cette vie-là au moins, ce serait la tienne ! Je lui dirais : Papa, mon petit papa, il n'y a pas de réconciliation possible et… C'est à toi-même que tu le dois, prends ta femme et ton petit garçon, prends-les, et emmène-les loin d'ici, pour ne plus jamais revenir. À ce prix-là, peut-être que tu pourras sauver quelque chose de ta vie et de la leur… Et toi Melvil, toi qui es un garçon si particulier…

– Est-ce que tu vas me lâcher ! siffle-t-il encore, je ne vois pas ce que tu me trouves… » Puis, criant : « Je ne vois pas ce que tu me trouves ! »

Mais William ne le lâche pas. « Tu ne comprends donc pas ? Cet endroit où nous sommes, cette cité-jardin, c'est une mystification, un traquenard, une nasse… Hildenbrandt et Ischard ne sont que deux expressions contraires d'un même état mental : l'enfermement qui se prend pour un règne. Il n'y a aucune vie possible ici, mon ami, et tu le sais. Cesse de t'accrocher à eux, ou ils auront ta peau ! Tôt ou tard tu devras accepter ce dégoût que tu ressens, cette épouvante devant leur violence, cette connerie de violence qui te fait horreur ! Tu le sais voyons, que c'est la chose la plus détestable, la plus repoussante qui soit au monde, et que c'est elle qui empêche tout, tout ! C'est parce que tu l'as compris que tu ne peux pas rester, Melvil. Pars, pars tant qu'il en est temps ! Laisse tout ça derrière toi, tu n'y peux rien, tu n'y changeras rien ! Pense à celle qui repose là-bas, au cimetière… Qu'aurait-elle voulu pour toi ? Pose-toi la question, bientôt il sera trop tard… »

La colère de Melvil atteint brusquement un degré où, chauffée à blanc, elle devient volupté. Roulant par-dessus William, il l'empoigne à son tour et le regarde, et il peut sentir vibrer son menton grotesque, le menton des Ischard, proverbial comme leur hargne et leur brutalité. Mais William continue, avec des yeux fous :

« Elle n'aurait rien voulu de tout ça. Jamais, si elle avait vécu, jamais elle n'aurait laissé se construire cette mystification, cette farce ! Toi, incapable ? Toi, bon à rien ? Laissez-moi rire ! Ce sont eux qui ont inventé ça, tu m'entends ? parce qu'ils se retrouvaient confrontés à quelque chose qui les menaçait, cette lumière discrète qui émanait de toi, ton regard intense, ton esprit qui s'emplissait de tout, et auquel toutes les possibilités allaient s'offrir. Ils se retrouvaient confrontés à ça, à *toi*, comme une insulte à leur médiocrité ! Tu leur as fait peur, alors ils t'ont écrasé, et bien sûr, en faisant mine de te défendre. Plus que la terreur, c'est la honte qu'ils ont employée contre toi, et certes on peut les comprendre, parce qu'ils devaient se protéger, Melvil ! Mettons qu'ils ne sont pas fautifs d'être des poisons, *pas plus responsables que le granit d'être granit.* Mais tu dois admettre ceci : tu ne resteras pas vivant si tu ne te débarrasses pas d'eux. Pars, ils sauront parfaitement se débrouiller sans toi.

– Est-ce que tu vas fermer ta gueule ? Tu ne les as jamais aimés ! » hurle-t-il, et il essaie de le secouer, mais il ne parvient qu'à se secouer lui-même.

À nouveau, des protestations jaillissent des fenêtres voisines. Dans la maison rose, des grincements se font entendre et la lumière du perron s'allume.

« Mais moi, je suis un Ischard… soupire Melvil avec un affreux désespoir.

– Non, mon ami, et c'est justement ta chance.

– Je suis un Ischard à ma façon, je… Je trouverai bien une façon, s'entend-il balbutier.

– Melvil, tu n'es pas l'un d'eux, pas plus que mon père n'était un Hildenbrandt. Tant de gens vivent dans le malheur parce qu'ils n'ont pas compris qu'ils étaient seuls et cherchent à appartenir à tout prix… Il te reste une chance de partir, d'être quelqu'un d'autre, ailleurs. Ne laisse pas ce foutu nom devenir ta malédiction et celle de ta descendance. Il ne signifie rien, Melvil. Ischard, ça ne signifie rien… »

Les mains puissantes le lâchent et il se remet péniblement debout. Vautré en travers des marches comme s'il allait s'endormir, William ferme les yeux et murmure : « Tu es Melvil. Pars, sans te souvenir de ton nom. Sans te souvenir de moi. En te délivrant, j'aurai la satisfaction de m'être un peu délivré moi-même…

– Écoute-moi bien, espèce de… de trou du cul ! crie-t-il en pointant son doigt sur lui. Je ne veux plus jamais te voir. Ne m'adresse plus la parole ou je te les fous sur le dos, tu m'entends ? Essaie seulement de t'approcher de moi et je te les envoie, et ils te feront la peau ! »

2

Barthos a téléphoné pour les inviter ; mais quand il lui en parle, Jonas dit qu'il ne veut plus voir les copains, les qualifiant de ramassis de tocards plus assommants que quinze jours de chiasse.

« Mais Barthos a dit qu'il y aura Virgile.

– Ah oui ? Non vraiment, plutôt me faire châtrer comme une pute. »

De ce fait, Melvil se rend seul au barbeuk. Quand il se gare près de la Souche, une obscurité mauve a déjà dévoré toute une partie du ciel. L'air a pris une teinte aqueuse et transparente ; la lune y luit d'un éclat terne, morceau de glace en train de fondre.

Près de la plage, le barbeuk fume comme une cheminée et Diebolt y besogne ses rangs de saucisses sous la surveillance attentive de Tomi. Assiette en carton à la main, les frères Kerlé se préparent à leur compétition de bouffe. Il y a aussi Schkesh, Audric, Jaeggi, tous les autres. Mais il ne voit pas Virgile.

« Melvil ! Je suis tellement contente que tu sois venu ! » C'est Nelly, en robe d'été blanche, qui lui sourit merveilleusement, puis son sourire se défait comme une fleur au feu devant l'interrogation de son regard. Elle fait seulement non de la tête en baissant les yeux, et lui tend la joue pour qu'il l'embrasse.

« Ils m'ont déjà tous demandé, dit-elle. Je ne sais pas où il est. »

Ils vont s'asseoir ensemble près de l'eau et Choël vient leur apporter des bières. Ils restent là à bavarder, laissant sans gêne de longs silences s'installer, tels deux vieux amis à la fin de quelque chose. Et de même que l'amitié est le vrai objet de toute conversation d'amis, ils savent que quoi qu'ils disent ils ne font rien d'autre que parler de celui qui n'est pas là – riant par moments comme ces gens dont les nerfs craquent et qui s'esclaffent dans l'antichambre d'un mourant.

Nelly fume cigarette sur cigarette. Elle a ôté ses chaussures et il regarde ses orteils se chevaucher en cadence, comme dix figurines d'ivoire se livrant à une chorégraphie. De temps en temps, l'un des copains s'approche pour les resservir et leur fait brièvement la conversation avant de s'en aller. Ils sont avec eux sans vraiment y être. L'agitation qui monte avec l'ivresse ne les dérange pas, au contraire elle les abrite, et ils restent dans leur bulle, adossés au silence de l'eau, incapables de retourner vers les autres.

« Tu sais quoi ? dit-elle tout à coup. Je croyais vraiment que c'était moi qu'il était venu chercher. Ça me fait mal de le reconnaître mais je pense que je me suis trompée.

Ce qu'il cherche n'a rien à voir avec moi. Tout l'amour qu'on lui donne, pour lui c'est un fardeau. »

Il sait qu'il n'est pas obligé de répondre. Il pense aux neuf ans, à l'Amazonie, à ce qu'a dit Jonas au Cénacle. Il se demande ce que Nelly sait, mais une sorte de paresse le dissuade de la questionner. Il tourne la tête vers elle et garde le silence.

« Il fait des cauchemars tout le temps, continue-t-elle avec une fausse légèreté. Il se réveille terrorisé ; le soir, il a peur de dormir. Quand il panique en pleine nuit, je le réconforte, j'essaie de le faire parler. Parfois il me raconte. Il y en a un qui revient souvent : il se promène dans un centre commercial très grand, très paisible, avec du carrelage blanc, des vitrines et des escalators qui s'entrecroisent. Mais très vite il remarque que, dans cet endroit, où qu'il aille, tout le monde le regarde. Ils le regardent tous, tout en flânant avec leur air habituel, ils entrent et sortent des boutiques avec leurs paquets à la main, mais c'est lui qu'ils regardent, sans jamais rien lui dire. Il prend un couloir, un escalier roulant, mais à l'étage, c'est pareil, tout le monde a le regard fixé sur lui. Une femme qui est en train de régler ses achats à la caisse le regarde à travers ses paupières baissées. Le caissier qui lui tourne le dos, il est aussi en train de le regarder. Alors il se met à errer dans le centre commercial à la recherche d'une sortie. C'est ce qu'il fait à chaque fois que ce rêve revient : il erre dans cet immense hall blanc en cherchant une sortie. Mais il sait que ça ne sert à rien, car il n'en trouvera jamais, pour la bonne raison qu'il n'y en a pas. Pas d'issue. Il est enfermé avec tous ces regards braqués sur lui, Melvil, est-ce que tu te rends compte de l'horreur de ce cauchemar ? Mais ce n'est pas le pire, ça, ce n'est que le début. Il y a d'autres cauchemars, plusieurs, qui ressemblent tous à celui-là. Et quand il me les raconte… J'ai fini par comprendre qu'il ne me dit pas tout. Il s'arrête toujours au moment où la peur devient tellement grande qu'il se débat à l'intérieur du rêve, comme quelqu'un qui se noie, il se débat, mais il ne me dit jamais qu'il se réveille, et je pense… je suis certaine que ce moment où il se débat n'est pas celui où il se réveille : c'est juste celui où il commence à faire du mal aux gens. »

Elle se tourne vers lui. « Écoute bien ce que je vais te dire : l'autre jour, je l'ai trouvé réfugié au fond de la salle de bains, tout nu. Je l'ai pris dans mes bras et je l'ai bercé tout doucement, comme si j'étais sa mère… Je lui ai dit : *Qu'est-ce qui se passe, qu'est-ce qui te fait si peur ?* Il m'a regardée, il a dit : *Le cauchemar blanc… – Celui du centre commercial ? – Oui,* il m'a dit, *il est revenu. Au bureau de tabac. J'achetais mes cigarettes et j'ai senti leurs regards. Je me suis retourné, ils me regardaient. Je ne sais pas ce qu'ils me voulaient. J'ai payé et j'ai mis les cigarettes dans ma poche, ils me regardaient toujours et j'ai compris que ce n'était pas moi qui rêvais, c'était eux ! Et dans leur rêve ils ne voyaient que moi, ils n'arrivaient pas à voir autre chose que moi…* Voilà ce qu'il m'a dit et en l'entendant dire ça, j'ai regardé vers la table et j'ai vu les paquets de tabac posés dessus. Je lui ai demandé : *Ce que tu me racontes, c'est arrivé tout à l'heure ?* et il a hoché la tête. J'ai dit : *Au tabac d'en bas où tu as acheté ces cigarettes ?* et il a encore dit oui. Ce n'était pas un cauchemar, Melvil, il avait vu ça, il l'avait vu en vrai. J'ai tout fait pour le rassurer, toute la nuit. Il me disait que son âme s'écoulait de lui comme une baignoire qui se vide. Il me demandait ce qu'il avait fait pour que les gens le haïssent comme ça. Il me disait : *Je voudrais les tailler en pièces, je voudrais les tuer de mes mains et les incinérer…* »

Il fait nuit noire maintenant. Les copains ont allumé les phares des voitures et ils continuent de boire et de boire, comme si c'était la seule chose vraiment désirable en ce monde. Il regarde les mains de Nelly allumer une cigarette et la porter à sa bouche jusqu'à ce qu'elle soit entièrement consumée et qu'elle l'écrase par terre entre ses jambes.

Elle demande : « C'est comment ici quand on a envie de faire pipi ? »

Il se redresse un peu, regarde autour de lui.

« On s'éloigne par-là (il désigne la petite clairière d'herbes où gesticule une foule d'ombres avinées) et on fait ça en tournant le dos à la lumière. Mais si on est une fille… Le mieux est peut-être d'aller à l'opposé, là où il fait noir.

– Dans ce cas, tu vas m'accompagner du côté sombre », dit-elle.

Il jette sa bouteille vers les arbres. « Tu devrais remettre tes chaussures. »

À l'instant où ils se lèvent, l'alcool leur monte brusquement à la tête. Elle perd l'équilibre, émet un petit rire. Lui éprouve un sentiment d'étroitesse : de son champ de vision, de ses idées, de ses intentions immédiates. Il conduit Nelly droit dans l'aveuglement des phares ; sitôt franchi le mur de lumière, ils se retrouvent dans le silence et pendant un instant se regardent sans se voir.

Quelque chose lui effleure la poitrine, c'est la main de Nelly, qui lui ordonne d'attendre ici tandis qu'elle s'enfonce un peu plus. Il s'adosse à la portière et la sensation d'effleurement persiste sur son sein. À sa gauche, il entend comme un chuintement de conduite suivi d'un écoulement sur la terre meuble. Il ne respire plus. La voix de Nelly le fait presque sursauter.

« Tous ces mecs se disent ses amis, mais ils ne savent rien de lui. Quand il est avec eux, il est encore plus seul. »

Le sifflement s'est tu. Il comprend que la forme de Nelly est de retour, juste en face de lui, adossée à l'autre voiture. Il sent son parfum se répandre, mêlé à l'humidité odorante de la végétation.

« Je crois qu'il va bientôt repartir et qu'il voudra qu'on l'oublie, dit-elle. Les autres peuvent bien l'oublier, moi je ne l'oublierai pas. »

Elle a parlé comme dans un soupir, si près qu'il peut sentir son haleine sur ses lèvres.

« Nelly, dit-il, toi et moi, comment est-ce qu'on pourrait oublier Virgile ? »

Ce n'est qu'au moment où il l'enlace et la plaque contre son ventre qu'il prend conscience de ce qui s'y est animé, de façon autonome et presque étrangère à lui. Elle ne peut que sentir cette raideur agressive qu'il darde contre elle mais elle ne s'enfuit pas, et semble au contraire offrir sa gorge à ses baisers, déversant sur lui son odeur insensée.

Il la renverse sur le capot de la bagnole et déjà sa main a retroussé la robe blanche, glissé sous la fine étoffe ; c'est la fesse nue, la chair, qu'il empoigne avec rage. Pour la première fois de sa vie, il n'a honte ni de son menton qui palpite ni de son souffle tremblant, ni de ses mains fiévreuses, il n'en a pas honte, il se laisse entraîner par eux et sans le moindre mot plonge dans le cou de Nelly et y mord avec une férocité de carnassier.

Les copains font la fête à quelques mètres d'eux ; seul l'écran lumineux des phares les dérobe à leur vue. Il suffirait qu'une lumière s'allume de l'autre côté, il suffirait que quelqu'un vienne – il s'en fout éperdument. Tout entier, il appartient à la pulsion. Deux mains longues et puissantes ont glissé sur sa nuque et l'enserrent, et l'attirent à elle, pressant contre elle la raideur jaillie au bas de son ventre, et qui cherche une issue vers ses entrailles.

« Melvil… » murmure-t-elle.

Ce souffle où affleure son prénom terrasse sa dernière indécision. Il prend sa bouche à pleine bouche, il n'est plus seulement Melvil, il est le monde, il est tout. Il va prendre quelque chose, pour lui, qu'il gardera. Et plus il s'égare et se fourvoie, plus il lui semble, avec une violence prodigieuse, faire irruption dans la matrice même de l'être et de la vie.

Si furieux est son élan que, lorsqu'elle le repousse, son corps ignore un instant ce que son esprit déjà sait : le charme rompu, la débâcle, la déconfiture. Ses lèvres et ses mains continuent de s'abreuver d'elle, de ses cheveux, de ses seins, son ventre continue de chercher son ventre – mais elle le repousse fermement.

« Ne m'en veux pas, Melvil… »

La voix est douce mais impérieuse, exempte d'ivresse – seule sa chair à lui continue d'insister avec une obstination grotesque. Les deux longues mains le saisissent aux épaules et le rejettent contre l'autre voiture. Détaché d'elle, il s'appuie à la tôle et se fige dans une sorte d'attente, blessé guettant l'arrivée de la douleur. Il sait que cette minute ne reviendra pas.

« Ce n'est pas ta faute Melvil, ça n'a rien à voir avec toi… Ne m'en veux pas je t'en prie… »

Il la voit marcher précipitamment dans la lumière vers son sac à main qu'elle ramasse, puis retraverser le terrain vague. L'instant d'après, sa petite voiture s'éloigne en cahotant en direction de la route.

3

De temps en temps, le père demande si on a des nouvelles de Virgile et ils répondent que non, ce dont il semble s'accommoder. Ce qui le rend si morose, c'est qu'il ne se fait pas à l'absence de Nelly. Il ne mange rien, s'étiole, apparaît chaque jour plus malheureux et tourmenté. On a l'impression de parler à quelqu'un qui n'est pas là mais qui, au moindre effleurement, pourrait fondre en larmes ou exploser de rage.

Lui quand il pense à Nelly, il ne sait plus trop à qui il pense ; d'ailleurs il n'y pense presque pas. Il se dit qu'il a peur, mais il n'arrive pas à le ressentir ; qu'il a honte, mais secrètement c'est plutôt une sorte de fierté qu'il ressent, comme une effronterie.

Au bout d'une dizaine de jours, ils comprennent enfin de quoi le père souffre. En mangeant une côte de porc, il a mordu dans un os et s'est fait sauter un morceau de molaire. S'ils ne lui avaient pas demandé, il n'aurait peut-être jamais rien dit. Ils le traînent donc chez le dentiste, lequel finit par menacer de ne pas le soigner s'il continue à l'insulter comme ça. Après un moment de grande tension, le père accepte de se laisser faire. La dent infectée est extraite. Quand vient le moment de payer, c'est Jonas qui se dispute avec le dentiste. Il ne se calme qu'en voyant Melvil sortir son carnet de chèques, dont presque toutes les souches portent des noms d'ophtalmologues et de spécialistes qu'il a été voir avec le père, en vain ; pendant qu'il remplit le chèque, il sent Jonas qui l'observe avec une telle intensité que sa nuque se met à vibrer, et il trace sa signature moitié sur le chèque, moitié sur le bureau du dentiste.

Le surlendemain, en rentrant du travail, il aperçoit l'enveloppe vide sur la table et comprend immédiatement. Lorsqu'il entre dans le salon, Jonas agite l'extrait de compte.

« *V'r deckl dü*, il en a des pépettes, *monsieur Ischard Melvil* ! Moi qui croyais qu'ils te payaient au lance-pierre… »

Melvil dit qu'il met de côté chaque mois, pour le cas où.

« Le cas où quoi ? dit Jonas. Tu as des projets ?

– Ferme ta boîte, dit le père. Il fait ce qu'il veut avec son fric. J'ai horreur de ces conversations de merde.

– Tu as raison, Aymé, dit Jonas. Laissons Caillette amasser son magot dans son coin. De toute façon, il ne saura jamais quoi en faire. »

Après cet épisode, Jonas n'y revient plus. Ce qui n'a rien de particulièrement rassurant.

4

Dans un quartier comme Hildenbrandt, certaines nouvelles ont le pouvoir de se propager par elles-mêmes, comme des agents infectieux. Elles se faufilent dans les maisons, s'insinuent dans les conversations sans qu'on sache qui les y a introduites et, avec une simultanéité stupéfiante, semblent surgir spontanément dans divers foyers contagieux. En quelques heures, toute la population est atteinte. Rien n'a changé en apparence, mais l'ordre des choses est bouleversé, et l'état du monde qui prévalait la veille au soir, le matin suivant semble appartenir au plus lointain passé. À la descente du bus, il croise madame Hoeb.

« Il paraît qu'ils l'ont drôlement arrangé ton copain. Il a dû perdre une occasion de se taire, toujours à provoquer. »

La douleur est instantanée, et même s'il ne sait pas encore, c'est comme s'il savait déjà – il demande : « Ils l'ont drôlement arrangé, *qui* ?

– Mais le philosophe à poil long, Hildenbrandt ! Ils lui en ont fait voir de toutes les couleurs. Un peu plus et il y passait. »

Et de lui inoculer la rumeur selon laquelle William, passant le week-end auprès de sa vieille mère, s'est évadé de chez elle le samedi soir pour aller s'ivrogner dans un bistrot de Rixheim. C'est là qu'il aurait eu une altercation avec on ne sait qui, sans doute des soiffards de son acabit. Sauf que cette fois il est mal tombé, ces types l'ont proprement tabassé et abandonné inconscient sur un bout de trottoir. L'ambulance a stationné près d'une heure, et quand elle est partie, il est resté une flaque de sang qui faisait un ruisseau jusqu'au caniveau – madame Hoeb raconte ça comme si elle l'avait vu de ses yeux. Elle sait aussi qu'une fois revenu à lui, après une certaine durée de coma, William a refusé de se plier aux impératifs des toubibs ; dès qu'il a tenu debout, il s'est enfui de l'hôpital. Madame Untel, qui l'a vu dans le bus en train de rentrer à Hildenbrandt, a failli ne pas le reconnaître.

« Elle en était malade, dit madame Hoeb. Elle répétait comme ça : *Yé ! il n'était pas regardable...* Et puisqu'on parle de mocheté, comment va notre play-boy de maison de retraite ? Dis-lui qu'il cesse de jouer les stars du showbiz et qu'il se montre un peu à la fenêtre. Et dis-lui voir aussi qu'il me manque. »

Il se rappelle – il n'ose pas se rappeler les multiples coups de fil, les instructions cryptées, les *On fait comme on a dit* et les *N'oublie pas que je compte sur toi.* Les adresses, les noms de lieux, c'était toujours sur Mulhouse. En raccrochant, Jonas ne cherchait pas à cacher sa satisfaction. Est-il possible qu'il ait été en train de parler à Virgile, à leur nez et à leur barbe, sans rien leur en dire ? Iris, Muguets, Anémones, Jonquilles – son esprit s'égare en calculs infernaux et confus, sur la probabilité que leurs combinaisons les aient menés à Rixheim, dans un certain bistrot, le samedi précédent. Puis le voici devant la réalité : la maison rose, qui ne peut qu'abriter la réponse. Il regarde son index presser le bouton de la sonnette avec l'impression que son corps agit sans le concours de sa volonté. Une désolation l'inonde, à perte de vue. C'est Hedda qui vient ouvrir.

Comme si un peu de douceur et d'ordre étaient susceptibles d'arranger les choses, il referme méticuleusement le portillon derrière lui. Hedda le regarde monter les marches, pâle et silencieuse, à demi cachée derrière la porte. Ils se retrouvent face à face, lui beaucoup plus grand qu'elle et ne sachant que dire, elle pâle et ridée, impénétrable. Ses yeux de poupée le regardent sans haine mais sans aménité. Tout le pourtour de ses paupières est rouge, comme frotté au papier de verre. D'un geste de la main elle désigne une porte, au fond d'un bref couloir. « Il est avec ses livres », dit-elle, avec cet accent germanique qui le surprend à chaque fois. Des cartons s'alignent dans le vestibule, comme à la veille d'un déménagement. Deux tapis enroulés sont dressés contre la rampe de l'escalier.

Il pousse doucement la porte qui s'entrouvre sans bruit sur la bibliothèque dont Hippolyte lui a parlé, tant elle l'avait impressionné. D'épais rideaux rouges masquent les deux fenêtres, ne laissant filtrer qu'une lumière atténuée de petit jour. La pièce, peu profonde, est entièrement vouée aux livres, dont elle est tapissée du sol au plafond. Les rayonnages de bois en sont remplis sur toute leur hauteur, en strates et en couches, verticaux et horizontaux, de toutes tailles et de toutes épaisseurs, et, au pied des étagères, des caisses en bois s'alignent, débordant elles aussi de livres et de papiers. Toute la pièce est imprégnée de leur arôme mêlé à celui du tabac doux. Elle est meublée d'un fauteuil, d'une vieille banquette et d'un bureau encombré d'ouvrages, où William est assis un peu de côté, comme les fonctionnaires de la cité administrative quand ils effectuent des va-et-vient entre leur table de travail et l'armoire à dossiers. Une petite lampe éclaire la page sur laquelle il est recroquevillé, allumant des fils d'argent dans sa chevelure. De la voûte de son dos s'élève une psalmodie, comme s'il lisait à mi-voix. Dans sa main gauche, en regard du livre, il tient la photo – la photo du Patriarche.

(*Hoplà geis !* La gaieté de Jonas, quand il est parti pour Mulhouse le samedi, excessive, toute en nerfs. Dans l'existence, quelle est la part du hasard ? quelle est la part du crime ?) – Il fait un pas à l'intérieur de la pièce et William se tourne vers lui, révélant un œil clos, effrayamment poché, et l'énorme pansement qui lui enserre le nez.

« Melvil ! Quel plaisir de te voir ! Comment vas-tu, mon garçon ? »

Il a prononcé *garfon*, comme s'il avait quelque chose d'enflé dans la bouche.

« Tu me pardonneras de ne pas être venu t'ouvrir, j'étais si absorbé, j'ai manqué ton coup de sonnette. » Et comme il le voit jeter un regard sur les cartons empilés près de la porte : « Oui, tu as compris, Heddouchka s'en va. Elle retourne à Munich. Elle ne veut plus rien savoir de cette ville, cette région, ce pays. *Pourquoi m'as-tu amenée ici ?* m'a-t-elle demandé. *Qu'est-ce que tu veux prouver ?* Grands dieux je n'en sais rien, j'ai l'air de vouloir prouver quelque chose ? Crois-moi, j'ai terriblement envie de vivre, mais j'ai toujours cette idée qu'il y a quelque chose à régler auparavant... *Je t'ai toujours suivi*, disait-elle, *maintenant je n'ai plus de force. S'il faut aller plus loin, tu iras seul.* Elle m'a demandé si j'étais prêt à l'accompagner, mais sans le moindre espoir, car elle me connaît trop. Dans ses yeux, il y avait une telle tristesse... Kafka a répondu pour moi : *Qu'est-ce qui aurait pu m'attirer dans ce pays misérable, si ce n'est le désir d'y rester ?* Pauvrette, j'aurai été un bien mauvais mari pour elle. Sincèrement, j'aurais cru... je croyais que je serais quelque chose de mieux. Hélas... tant pis. »

Son geste lui fait échapper le livre des mains, car plusieurs de ses doigts sont maintenus par une attelle ; au-dessus du pansement blanc, son front marbré de coups violacés fait penser à un fruit blet où la pourriture affleure par taches. (Il se souvient maintenant, il ne peut que se souvenir de Jonas rentrant le dimanche soir, radieux et affamé – son clin d'œil énigmatique lorsqu'il est apparu dans la cuisine, sa décontraction quand il s'est installé à table, comme un homme quitte de son devoir.) Il manque à William plusieurs dents sur le devant de la bouche, et ce voile d'encre qui flotte sur son visage n'est pas une ombre, comme il l'a d'abord cru : c'est tout un côté de sa face qui est noir, comme si le talon d'un soulier l'avait piétiné jusqu'à l'avoir tout à fait écrasé. Et au milieu de cette tuméfaction brille l'œil, allumé comme un astre.

« Bon sang de merde, mais qu'est-ce qui t'est arrivé !

– Vaste question, répond William. Disons, *la fatalité, le destin, le juste et ironique retour des choses*. Faulkner, si ma mémoire est bonne. »

William n'arrive pas à se pencher ; Melvil s'approche pour ramasser le livre. Vue de près, sa figure est encore plus informe, plus horrible. Ses lèvres sont boursouflées et violâtres, celle du bas sectionnée verticalement par une lézarde noire qui court jusqu'au menton où elle se perd dans la barbe. Le pourtour de son œil clos est souligné par un réseau de points en étoiles, d'où s'échappent de petits fils d'un blanc rougi ; il s'aperçoit aussi qu'une section de cheveux a été rasée derrière l'oreille pour y faire d'autres sutures. Embarrassé par son attelle, William feuillette tant bien que mal le livre. Au-dessus de leurs têtes, un remue-ménage se fait entendre, comme si on traînait une valise le long d'un couloir.

« Ah, la voilà qui vide la petite chambre… tu sais, celle qui devait accueillir l'enfant que je ne lui ai pas donné. Ne la dérangeons pas, elle est en train de vivre un moment difficile. Poursuivons plutôt notre lecture.

Écoute voir : *Tout est fini pour moi sur la terre. On ne peut plus m'y faire ni bien ni mal.*

– William…

– *Il ne me reste plus rien à espérer ni à craindre en ce monde…*

– Qui est-ce qui t'a fait ça ?…

– *… et m'y voilà tranquille au fond de l'abîme, pauvre mortel infortuné…*

– Qui t'a fait ça, William ?

– *… mais impassible comme Dieu même.* Comme Dieu même ! » répète-t-il et il éclate d'un rire strident.

L'horreur a saisi Melvil tout entier, il préférerait ne pas savoir et pourtant il demande, il ne cesse de demander : « Il faut me dire, William, tu dois me dire ce qui…

– Ce qui m'est arrivé ? s'écrie William. Être le fils d'Armand Hildenbrandt et Gertie Fröhlicher, voilà ce qui m'est arrivé ! Cela seul suffit à tout expliquer. Or, quand on possède ce que je possède, rien ne peut vous atteindre, c'est ce que j'ai découvert ! J'ai vu, oui j'ai vu qu'ils ne pouvaient pas triompher de moi. Tandis qu'ils me battaient, je le sentais qui veillait, serein, inaltérable, éternel : le Nom ! le Nom qui me protégeait comme un talisman… Au plus profond de ma déchéance, il est encore là, tel l'œil dans la tombe de Caïn, et il règne, tout-puissant, sur mon existence. Je le sentais, oh, comme je le sentais ! Ce n'était pas n'importe qui, qui se faisait rosser ! Ils avaient beau s'acharner, ils ne pouvaient rien contre moi. M'eussent-ils tué que cela n'aurait rien changé. On peut abolir l'homme, pas la majesté qui est en lui, et le misérable reste désarmé devant l'imprescriptible supériorité du Nom !

Lui saisissant les deux bras, William l'entraîne sous la lumière de la petite lampe, où apparaissent dans toute leur hideur sa grimace sanglante et la fièvre enragée de son œil de cyclope :

« Vois ce visage ! C'est celui du destin accompli, l'apothéose de Ferdinand ! Que demander maintenant ? Qu'on débaptise les rues Hildenbrandt, les places Hildenbrandt, les ponts Hildenbrandt dans toute la contrée ? Qu'on fasse marteler ce nom partout où il est écrit ? » Il se précipite vers la photo du Fondateur, qu'il brandit dans la lumière. « Hein Ferdinand, s'ils avaient réussi leur coup, c'est encore ton nom qu'on aurait gravé sur ma pierre ! Quand donc serons-nous quittes ? Qu'est-ce qui me débarrassera de toi ? Qu'est-ce qui me débarrassera de lui, Melvil ? Qui me délivrera de ce maudit fabricant de conserves ?... »

Il retombe assis sur la banquette, plié en deux de douleur, les bras croisés sur ses côtes fracassées. Melvil s'assoit à côté de lui, pose doucement une main sur son épaule ; la pogne de William vient s'étaler sur la sienne. Il tremble, sanglote et de loin en loin laisse échapper un rire aigu, furibond, dément.

Melvil murmure : « Il faut que tu saches – jamais je n'ai voulu ça. Tu m'entends, jamais je n'aurais souhaité...

– Tu n'y es pour rien, dit William, l'histoire seule est responsable. Ne t'en fais pas pour ça. Il te reste la responsabilité de toi-même. Sors d'ici, Melvil, et n'y reviens plus jamais. Marche sans t'arrêter, ne te retourne pas, marche le plus loin possible, va vers ce qui peut encore être ta vie. Chaque fois que tu seras dans le doute, rappelle-toi que tu es fait *pour aimer, non pour haïr.* Sauve-toi, mon ami, sauve-toi ! »

Chaque mot lui coûte, mais il faut à tout prix qu'il sache, quelle que soit la réponse, quelles que soient les conséquences.

« William, il faut me dire, dit-il sans voix, sans souffle. Après je m'en irai, je ferai tout ce que tu voudras... Dis-moi seulement, William : est-ce que c'était *Eux* ? »

William se redresse et son œil, unique et incandescent, fixe tour à tour chacune de ses prunelles.

« Mon garçon, tu ne saisis pas toujours les finesses de mes amphibologies. Alors, laisse-moi te le répéter une dernière fois. Sauve. Toi. »

Et brusquement il se lève avec un geste agressif qui fait bondir Melvil en arrière. William a pris une mimique furieuse et il bat des bras en le repoussant vers la porte.

« Va-t'en, ami très cher ! Ouste ! Hors d'ici ! Préserve-toi des fous et de leurs utopies ! Puisse la bonne étoile des innocents t'accompagner jusqu'au bout ! »

5

Il se souvient d'un mercredi après-midi où un grand type qu'on appelait Sévillot l'avait pourchassé dans tout le quartier. Sévillot avait le visage qui s'étirait vers le bas, pas de menton, l'air d'une figurine de cire en train de fondre avec, posé comme de travers sur sa tête, un plumeau de cheveux grisâtres grossièrement taillés au bol. Il était arrivé un an plus tôt dans le quartier d'à côté, chez les milis, et tout le monde l'appelait par son nom de famille. Il aimait rouler des mécaniques. Client occasionnel du lycée, il passait ses journées à circuler sur sa mobylette, dont la ligne imitait celle des motos de course. Souvent, il approchait les gamins du quartier pour leur proposer du haschisch ; certains lui en achetaient, mais il avait la réputation d'arnaquer.

Le cours de sport était le mercredi matin. Au moment où Melvil sortait du gymnase avec sa classe, Sévillot revenait à pied du terrain de foot ; il héla un groupe de garçons et leur fit signe d'approcher avec l'air du type qui a une offre en or mais peu de temps devant lui.

Une sorte de négociation s'engagea à travers la grille du gymnase. Sévillot croyait impressionner les collégiens avec ses morceaux de shit coupés au goudron ; il mit plusieurs minutes à comprendre qu'ils étaient en train de se payer sa tête. Quand il s'en aperçut, il avisa la grille qui s'interposait entre eux et lui ; le temps qu'il fasse le tour, ils auraient largement eu l'occasion de fuir. Il résolut de tenir sa position par la parole, seul face à une bande d'avortons qui étaient de mèche et ricanaient comme des singes. Melvil ne se rappelle plus la teneur des échanges, mais il se souvient d'être resté là à observer le gaillard se débattre contre la nuée de mouches qui l'assaillaient – jusqu'à ce qu'un petit malin le montre du doigt, lui Melvil, en criant :

« Mon pote dit que ça pue le pâté dans le slip à Sévillot ! »

L'explosion d'hilarité qui suivit cette saillie décida Sévillot à entreprendre le tour du gymnase, et bien sûr, tous s'égaillèrent dans le quartier avant même qu'il eût atteint le premier virage. Ils ne laissaient derrière eux que le retentissement de leurs lazzis et de leurs rires.

Après ça, il n'y a plus pensé. Il est rentré à la maison, il a mangé et en début d'après-midi il est ressorti, car c'était presque l'été et il faisait beau. Au moment où il débouchait de l'allée des Roseaux, il est tombé nez à nez avec Sévillot – lequel n'était pas rentré chez lui, n'avait pas mangé, et avait passé les deux dernières heures à tourner dans le quartier à la recherche de ceux qui l'avaient ridiculisé. Son visage s'illumina d'un sourire de parfait bonheur lorsqu'il l'empoigna au collet. Il aurait bien pu le cogner, le jeter par terre et le piétiner ; au lieu de cela, il s'est contenté de lui inonder le visage de crachats morveux. Puis il l'a lâché et l'a laissé partir, mais il marchait à côté de lui sans un mot, se contentant de racler sa gorge et de mollarder sur ses vêtements, ses cheveux, sa bouche et ses yeux ; lui, pendant ce temps, expliquait d'une voix chevrotante à Sévillot qu'il allait chercher ses frères et que ça n'allait pas se passer comme ça. Estimant sans doute s'être suffisamment payé sur son compte, Sévillot s'est arrêté au milieu de la rue des Jacinthes et l'a regardé s'éloigner, couvert de son œuvre glaireuse, avant de repartir tranquillement dans le sens opposé.

C'est à la sortie du terrain vague que Virgile a cueilli Sévillot. Il l'a frappé une seule fois, mais si fort que Sévillot est tombé à quatre pattes, et que du sang s'est aussitôt mis à lui cascader de la bouche. Melvil se rappelle les symboles horribles que le sang traçait sur le ciment blanc du trottoir, et Virgile qui tournait autour de Sévillot comme s'il n'en avait pas fini avec lui ; d'autres copains les encerclaient, tout en faisant le guet. La mobylette de Sévillot était garée un peu plus loin, son casque blanc sans visière accroché au guidon. C'est alors que madame Hoeb est arrivée et a pris Melvil par la main en lui disant *Viens mon bonhomme, ces histoires ne te concernent pas*, et l'a emporté vers la rue des Iris, muet de honte et d'horreur. Il est resté chez elle à regarder la télé en mangeant des biscuits jusqu'à ce qu'Aymé rentre du travail. Sévillot n'est plus jamais reparu dans le quartier.

Partir, pour aller où ? Le monde extérieur est plein de Sévillot prêts à vous cracher dessus, et devant qui il faut constamment baisser les yeux. Il les voit au volant des voitures qui vous doublent en klaxonnant, dans le bus où ils vous marchent sur les pieds sans s'excuser, aux caisses du supermarché où ils refusent d'attendre leur tour et vous passent devant sans même vous jeter un regard. Le monde est plein de Sévillot, mais ce qui le rend si inquiétant, c'est qu'il est peut-être aussi plein de Virgile, et surtout de Jonas.

6

On sonne, il ouvre et c'est Nelly. Elle est blanche comme un linge et sans rien lui dire file tout droit vers le salon. Il la retrouve effondrée au pied du fauteuil, la tête enfouie dans les mains du père, secouée de sanglots violents comme des spasmes. Le père la regarde et commence à pleurer aussi. Melvil porte sa main à ses lèvres et tout son corps se met à grelotter.

Jonas a dévalé les deux étages et fait irruption dans la pièce comme une furie, en hurlant qu'on lui dise ce qui se passe. Nelly redresse un peu la tête, elle essaie de parler mais aucun son ne sort de sa gorge. Elle ressemble à une petite fille qui pleure parce qu'on lui a refusé une glace.

« Accouche ! » hurle Jonas en bondissant vers elle, et le père crie « Non ! Laisse-la… Ne t'en prends pas à elle », en caressant les cheveux de Nelly.

Jonas lève les mains et s'adosse au mur en allumant une cigarette – la cigarette tremble.

« Parle *Schatzy*, dis-nous ce qui t'arrive, murmure le père d'une voix inconnue.

– C'est fini, dit Nelly, tout est fini… » – et il faut attendre longtemps avant qu'elle puisse dire autre chose. « Personne n'a rien pu faire… Je ne sais même pas où ça s'est passé, il n'était pas avec moi… (Elle renifle.) Une boîte ou un bar, à Mulhouse. Il y était, je ne sais pas avec qui ni pourquoi… Il y a eu un incident. Il s'en est pris à un type. (Elle pleure.) Il l'a frappé sans s'arrêter. Personne n'a réussi à le retenir… Il l'a frappé jusqu'à ce qu'il meure. Puis il est resté assis à côté de lui et il a attendu que la police arrive…

– Le mec… dit Jonas. Tu es certaine qu'il est cuit ?… »

Retombée dans le giron du père, Nelly confirme d'un mouvement de tête.

« Personne n'a pu le retenir, il l'a frappé sans s'arrêter. Il l'a frappé jusqu'à ce qu'il meure… Ensuite il a attendu qu'ils viennent pour leur tendre ses poignets. »

Jonas tournoie comme un derviche à travers la maison en hurlant et jurant et cognant dans tous les meubles, toutes les portes, tout ce qui résonne. Lui se retrouve planté sur le seuil de la chambre du rez-de-chaussée, dont il a ouvert la porte à la volée. Devant la fenêtre ouverte, le souffle de l'air du soir fait doucement voleter le rideau. Les yeux exorbités, il contemple la pièce déjà rendue à l'absence, où quelques affaires traînent encore, des vêtements militaires, un cendrier avec des mégots, cette pièce redevenue *la chambre vide que l'on n'ouvre pas* – la tanière du grand frère où le grand frère n'est plus.

7

Une députation de copains se présente chez eux le lendemain, composée de Barthos, Diebolt, Schkesh, Audric et, il ne le reconnaît pas de suite tant il est incongru de le voir ailleurs que derrière son comptoir, Roland, dont la chemise trempée de sueur colle à la poitrine. Ils ont, disent-ils, reçu mandat pour leur apporter *le soutien du quartier*. L'un après l'autre, ils vont embrasser Jonas, mais n'osent pas saluer le père, qui ne tourne même pas la tête dans leur direction, figé dans son fauteuil comme une statue de marbre. Audric se plante devant Jonas et étend ses grands bras jusqu'à ses épaules : « Je sais que je ne suis pas le plus proche, dit-il, je voulais juste... » et il fond en larmes, incapable de finir.

L'article, bien entendu, ils l'ont tous lu et ils en parlent comme d'une offense personnelle. Virgile, dont n'est retenue que l'initiale (« Virgile I. »), y est présenté comme *un ex-légionnaire, ex-détenu, issu d'une famille connue pour terroriser le quartier Hildenbrandt depuis de nombreuses années. Un psychopathe notoire, inquiété dans une affaire de détournement de mineure et interné à plusieurs reprises suite à des accès de violence incontrôlable*, ajoute le rédacteur, qui dit avoir enquêté dans la cité-jardin et recueilli les témoignages de plusieurs habitants, *sous couvert d'anonymat, tant la crainte des représailles est forte dans ce quartier où tout se sait.*

« C'est n'importe quoi ! s'exclame Diebolt.

– Un tissu de mensonges ! renchérit Audric.

– On mène notre petite enquête pour savoir qui a été baver, dit Schkesh. On aura bientôt des noms. »

Le regard dans le vague, Jonas hausse les épaules ; sa cigarette se consume doucement entre son médius et son annulaire pendant qu'il remue sa tasse de café pour mélanger le sucre.

« Vous lui avez parlé ? demande Barthos en épongeant son front avec un mouchoir en papier.

– Non.

– C'est vrai qu'il refuse tout contact ?

– Oui.

– Pourquoi ça ? dit Schkesh.

– T'as qu'à lui demander », dit Jonas.

Pendant un moment, la pièce n'est remplie que du bruit de la cuiller que Diebolt fait tourner dans sa tasse.

« Quand même, c'est louche tout ça, dit Barthos. Dans cette boîte, il n'y est pas allé tout seul, non ? Les types qui étaient avec lui, ils sont où ? Qu'est-ce qu'ils ont fait ? Qu'est-ce qu'ils lui ont demandé de faire ? On voudrait des réponses. »

Les autres répliquent que pour ça, il ne faut pas compter sur les flics, encore moins sur les journalistes.

Être d'accord entre eux paraît les satisfaire. Le père ne bouge toujours pas ; sa face toute jaune ressemble à de la graisse coagulée.

« Ce qu'il y a, dit Schkesh, c'est qu'il n'a pas eu de chance. Et maintenant, il va casquer pour les autres.

– Lui qui n'a jamais voulu de mal à personne, dit Roland. C'est un chic type, Virgile, un type comme ça. (Il montre son pouce levé.)

– Seulement quand on le cherche on le trouve, dit Audric.

– Le mec a dû faire quelque chose, dit Diebolt, un truc qui l'a fait sortir de ses gonds, et alors…

– Il a eu affaire à lui, dit Schkesh.

– Oui, dit Audric, il l'avait cherché, pas de doute là-dessus. »

Melvil les regarde et il songe : Ce sont des enfants. Personne ne le voit quitter la pièce. À la cuisine, il boit un verre d'eau en regardant par la fenêtre la rue qui brûle sous le soleil fauve. Pas d'indulgence ici, ni nulle part ; les choses sont seulement ce qu'elles sont, immuables comme des pierres, dont personne ne se demande comment elles sont arrivées là, ni pourquoi. Le journal est posé sur la table, il le déplie une fois de plus ; et une fois de plus apparaissent la chevelure frisée brune, brouillée par la piètre qualité d'impression, l'œil plissé d'éblouissement, le teint ensoleillé d'un jeune homme aux joues pleines, ombrées de barbe. Le genre de type à n'avoir que des copains, à plaire aux filles mais à ne pas y penser tant que ça, à être content de lui-même et de tout ce qu'il fait – mais peut-être pas, et ça n'a aucune importance. Les lettres grasses du titre épellent un nom : *Gilles Pfeiffer.*

C'est donc le nom qu'elle portera désormais, la fatale, la glorieuse chronique des Ischard : *Gilles Pfeiffer.* Ce nom signifiera définitivement ce dont ils sont capables, ce qu'ils valent et ce qu'ils méritent. Quelque part, tout près d'ici, une famille pleure sur le corps glacé d'un *Gilles Pfeiffer* qui avait vingt-quatre ans, pratiquait le rugby et la boxe, et qui, le soir où tout s'est arrêté pour lui, fêtait avec d'autres étudiants l'obtention de son diplôme d'ingénieur. Voilà ce que dit l'article, tout en couvrant Virgile d'insultes. Ses yeux quittent la photo pour revenir aux deux courtes colonnes, définitives et solennelles comme des pierres tombales. L'article mentionne que c'est à Bischwihr, Haut-Rhin, que pleurent aujourd'hui ceux qui aimaient *Gilles Pfeiffer* et à qui il vient d'être enlevé, *parce qu'il l'avait cherché.* À Bischwihr, où que ce lieu se trouve par rapport à Hildenbrandt, ils sont en train de pleurer, à l'instant même, devant cette chose blanche et froide qui fut *Gilles Pfeiffer* et qui ne leur appartient déjà plus ; cette chose déjà lointaine qui les oblige à reconsidérer leur vie entière, c'est-à-dire tout le temps écoulé et tout le temps à venir, à la lumière de son télescopage inopiné avec la fatale et glorieuse chronique des Ischard, leur rage immémoriale. Rien n'aurait dû les faire se connaître ; ils sont maintenant unis par un lien indissoluble et éternel, plus durable que toutes les attaches que les hommes s'efforcent de nouer entre eux. Ils sont les deux faces d'une même sentence, les figures jumelles du même désastre. Pfeiffer, Ischard, aucun de ces deux noms n'aura plus tout à fait le même sens ; mais la disgrâce qui s'y est incorporée finira par tous les définir. Assassins, assassinés finiront par se ressembler ; ils se ressemblent déjà. Il entend toussoter derrière lui. C'est Diebolt.

« Je voulais te dire… »

Accoté au chambranle, il tripote nerveusement l'interrupteur de la lumière, sur lequel sa main a dû tomber par hasard.

« Tu sais que je t'aime bien… Virgile est en prison. C'est pas juste.

– Merci vieux, c'est gentil.

– Alors, hein, courage ! Il va s'en sortir. »

Melvil replie le journal et le jette sur la table – Diebolt n'est plus là.

8

Hippolyte aussi passe le voir. Ils sortent et vont faire quelques pas ensemble, le chien sur leurs talons. La chaleur s'est maintenue mais en s'alourdissant, comme si elle s'accumulait de jour en jour dans toutes les couches de l'atmosphère, jusqu'à les rendre presque concrètes. Ils cheminent sans parole dans l'air pesant qui sent l'égout. Arrivés devant l'école, ils s'affalent sur un banc comme deux vieillards économes de leurs gestes. Le chien va chercher l'ombre du tourniquet, à quelques mètres d'eux, pour s'y allonger ; sa langue s'étale sur le gravillon comme une vieille chiffe rosâtre.

« Il crève de chaud, le petit père, dit Melvil pour être gentil.

– T'imagines si t'aurais sa fourrure ? » fait Hippolyte.

Ils restent un moment à regarder la poitrine blanche se soulever et s'abaisser à toute vitesse, et la langue palpiter sur les quenottes de porcelaine.

« Ça ne peut pas continuer cette chaleur, ça finira par péter.

– Le plus tôt sera le mieux, si tu veux mon avis. »

Hippolyte ne fait aucun commentaire sur Virgile, il n'a pas même un de ces gestes balourds que les copains multiplient pour signifier leur soutien, et qui ne servent qu'à rappeler à Melvil que c'est à lui, non à eux, que toute cette saloperie arrive. Le môme se comporte exactement comme il l'aurait fait s'il ne s'était rien passé et qu'il n'y avait, pour les accabler, rien d'autre que cette fournaise qui fait blanchir le ciel et ne pourra se résoudre qu'en une convulsion brutale, un de ces orages diaboliques dont la plaine d'Alsace a le secret.

Quand ils se lèvent, tels deux petits vieux avares de leurs gestes, Melvil se penche pour caresser la tête de Bozo – une façon encore d'être gentil avec Hippolyte et de le remercier pour ce qu'il préfère considérer comme de la bonté plutôt que de l'indifférence. Le môme est le seul ami qu'il lui reste ; mais il n'a pas la force d'en faire davantage.

9

Brusquement, Jonas se tourne vers lui.

« Tu ne vas jamais t'arrêter de trembloter, dis donc ? Tu tremblotes comme un pépé, *glglglgli*, c'est pas normal, pas normal du tout… T'es cinglé ? T'as une case en moins ? On dirait un de ces trisomiques qui ont de la flotte à la place du cerveau… »

« Et arrête de te gratter comme ça, tu me fous les nerfs en pelote ! lui hurle-t-il quand il entre dans la cuisine. Éloigne-toi, va, va ! Va trembloter plus loin. Y'a pas travail aujourd'hui ? T'as pas un truc à faire, je ne sais pas, promener Duschmoll, l'emmener prendre l'air ? Ou alors du ménage, tiens, va faire le ménage ! Fais quelque chose, *v'r dammi*, mais ne reste pas à trembloter à côté de moi, ça va me rendre marteau. » Il quitte la pièce en se donnant des coups sur le front, puis la porte des W-C claque contre sa butée et on l'entend qui pisse en continuant de beugler. « Je supporte plus d'être ici, il ne se passe jamais rien ! Je peux plus les voir vos deux gueules, je passe mon temps à me retenir de vous massacrer !…

Vous m'entendez, je vais finir par vous buter, tellement je peux plus vous supporter ! Et je vous balancerai dans une benne à ordures ! »

Le père repousse sa chaise, s'essuie les mains dans sa chemise et s'en va dans le couloir à petits pas, sans détacher ses pieds du sol.

« Eh, face d'huître ! »

C'est la voix de madame Hoeb. Depuis sa cuisine, elle a dû voir Aymé entrer dans le salon.

« Eh, fils de quatre fesses ! »

Melvil entend le frottement des *schlope* s'étouffer en passant du linoléum à la moquette, puis le fauteuil qui émet son grincement. Alors qu'il passe à son tour avec la tasse, elle l'interpelle, tablier à fleurs, yeux ronds ahuris, cramponnée des deux mains au rebord de sa fenêtre comme si elle s'apprêtait à sauter droit chez eux.

« Ce balai à chiotte déplumé vient de me snober ! Mais ça ne va pas se passer comme ça. On ne règle aucun problème en se laissant dépérir. Appelle-moi-le voir… »

C'est alors que la voix de Jonas s'élève de quelque part au fond de la maison, assez forte pour être entendue à deux rues de là.

« Elle se prend pour qui cette connasse ? Qu'est-ce qu'elle a encore à nous faire chier ! Demande-lui voir quand est-ce qu'elle se décide à crever du cancer, comme son pédé de mari ! »

Ils restent à se regarder, sans rien dire. Marie-Rose Hoeb, qui se souvient d'eux quand ils étaient petits garçons, a les bajoues flageolantes et la gorge cramoisie. Lentement, elle se recule dans sa cuisine, parmi ses casseroles et ses porcelaines galantes, les mains croisées sur le devant de son tablier. Il la regarde fermer ses fenêtres et tirer ses rideaux à cœurs rouges.

Dans le salon, la voix du père : « Melvil, le café, c'est pour aujourd'hui ou pour demain ? »

10

Melvil ?

« Oui. Un instant. »

(Il monte un peu le son de la radio et reprend le combiné.)

« Nelly. »

Je… Comment va le père ?

(Regard vers le fauteuil où la figure cireuse somnole.)

« Aussi bien que possible. Je crois… je crois que ça lui ferait plaisir de te voir… »

Je ne peux pas venir, Melvil. Pas encore. Avec toi, avec Jonas… Non, ce n'est pas possible, je suis désolée.

(Silence.)

« Virgile ? »

Non. Il refuse toujours. Je ne sais même pas si… Et vous ?

« Non plus. Rien de rien. Toi, comment ça va ? »

Pour être honnête, mon petit Melvil, ça ne va pas très fort. Mon père m'a encore fait une scène et… Je ne sais pas si je suis folle de tristesse ou de colère. Les deux à la fois, je crois bien.

« Qu'est-ce qu'il s'est passé avec ton père ? »

Tu sais que j'avais décidé de ne plus le voir. Il haïssait tellement Virgile. Même mon adresse, il ne la connaissait pas. Mais quand… (Silence.) *Quand Virgile est parti, je me suis retrouvée complètement perdue. J'espérais tellement lui parler, comprendre ce qui s'était passé… Un soir, le téléphone a sonné, je me suis jetée dessus, persuadée que c'était Virgile qui appelait. Mais à la place de sa voix, j'ai entendu celle de mon père. Je n'ai pas eu la force de raccrocher. J'avais besoin de réconfort… Je suis désolée de t'embêter avec ça, Melvil, c'est juste… c'est juste que je ne sais pas à qui d'autre le dire.*

(Nouveau coup d'œil vers la figure de cire, cette fois nettement endormie, soufflant, bouche entrouverte.)

« Nelly, tu sais que… Oui, parle. Je t'écoute. »

Il m'a parlé avec douceur, il a su m'amadouer. Je n'aurais jamais dû accepter de le voir, d'aller chez lui ce dimanche… Mais est-ce que ce n'est pas normal aussi, qu'une fille puisse avoir envie d'être consolée par son père quand… Enfin, je n'aurais jamais dû y aller. Il m'a accueillie, l'air triomphal, ça m'a tout de suite exaspérée. C'était lui qui avait gagné, Virgile n'était plus là. Je l'avais reçue, ma leçon. On pouvait lire la satisfaction sur son visage, il rayonnait. Très vite, on a commencé à se disputer. Il a tout fait pour me rendre agressive, et quand j'ai dit Papa, en fait je crois qu'il vaut mieux que j'y aille, *il s'est mis à jouer les victimes, comme toujours, à me reprocher d'être injuste et cruelle et de l'abandonner, après tous les sacrifices qu'il avait faits pour moi, etc. Mais cette fois, je n'allais pas me laisser accuser. Je n'ai rien fait à personne moi, je n'ai abandonné personne, c'est moi qu'on a abandonnée ! Quand mon père a vu que ça ne prenait plus, que je refusais d'entrer dans son jeu, ça a été encore pire. Pendant que je cherchais mon sac et mes chaussures, il pleurait et il criait que je lui avais volé sa vie, que sa vie n'avait duré que treize ans, jusqu'à ce que j'aille me jeter dans les bras du premier assassin venu. Il m'a poursuivie jusqu'à la porte. Il me suppliait de rester, et comme je ne cédais pas, il s'est remis à m'insulter en disant qu'il n'avait plus qu'à en finir, qu'il allait se pendre et que ce serait de ma faute… Alors je lui ai dit, mais tellement bas que je ne sais même pas s'il m'a entendue, je lui ai dit* Tu n'as qu'à te pendre papa, *et j'ai réussi à ouvrir la porte et je suis partie.*

(Il va dire quelque chose mais elle le fait taire d'un *Attends* presque silencieux.)

J'ai fui jusqu'à la rue et là, j'ai continué à fuir parce qu'il était à sa fenêtre en train de me traiter de tous les noms et de hurler qu'il allait se suicider… Je marchais le plus vite possible mais ce foutu immeuble ne s'éloignait pas derrière moi, et les gens me regardaient passer avec l'air de se demander quel genre de saloperie j'avais pu faire à ce pauvre type en larmes… J'étais en plein dans le cauchemar, le cauchemar de Virgile ! Ils me regardaient comme si j'avais fait quelque chose de mal, ils ne pouvaient pas savoir que lui, c'était mon père ! (Silence.) *Mais tu sais Melvil ce que j'espère maintenant ? J'espère qu'il va tenir parole et qu'il va le faire, qu'il va se pendre. J'espère qu'un de ces jours, on va m'appeler pour me le dire, et alors j'irai chez lui et je prendrai ses affaires et je détruirai tout. Je veux qu'il ne reste rien de lui, rien d'autre qu'un tas de cendres, afin que moi, je puisse respirer à nouveau. Tout ce que je souhaite, c'est qu'il ne me force pas à le voir. C'est la seule chose qui me fasse encore peur, de le voir débarquer et s'égorger sous mes yeux en me maudissant avec… avec des mots d'amour.*

(Il entend une cigarette qu'on allume.)

Je suis désolée, Melvil, désolée pour tout. Je ne suis pas une bonne personne. Je ne comprends pas pourquoi tout est si dur, si infect. Ne dis rien, je vais raccrocher maintenant. Merci de m'avoir écoutée, merci, Melvil.

11

Melvil jette le torchon sur son épaule et se poste sur le seuil de la cuisine, une main à la hanche. Jonas passe devant lui, s'arrête devant le miroir pour s'y admirer et continue jusqu'au salon. Il l'y trouve en train de défaire ses lacets, ses lunettes de soleil encore sur le nez.

« Jonas ? »

Il enlève chaque chaussure et y renifle un coup, fait remuer ses orteils pour qu'ils reprennent leur aise.

« Jonas ! »

Maintenant, il ôte ses chaussettes et s'en sert pour lustrer ses chaussures, puis il en fait une boule qu'il expédie à l'autre bout de la pièce tout en s'allongeant dans le canapé. La radio braille. Lui, toujours son torchon sur l'épaule, regarde le père.

« Tu ne l'écoutes pas la radio… Si ça ne te dérange pas je vais la couper. » Et sans attendre la réponse, il éteint le poste.

« Qu'est-ce qui te prend, pourquoi tu lui coupes sa radio ? dit Jonas en soulevant ses lunettes, l'air amusé.

– Comment tu as fait ça ? demande Melvil. Comment tu t'y es pris ?

– Comment j'ai fait quoi ? dit Jonas.

– Qu'est-ce qui se passe ? demande le père.

– J'avais de l'argent sur mon compte, il l'a pris.

– Faut pas t'emballer comme ça Caillette ! Tu vas faire une poussée d'eczéma.

– Tu m'as pris mon argent !

– Emprunté ! Je te l'ai emprunté. Sois tranquille, tu le reverras ton blé, il est à toi. *Yé !* si j'avais su que tu réagirais comme ça… »

Le père et Jonas allument leurs briquets à la même seconde. Ils soufflent tous les deux leur fumée par les narines.

Le père dit : « Pourquoi vous n'allez pas ailleurs régler vos histoires de fric ?

– Écoute, dit Jonas, je n'avais pas le temps de te demander la permission. Il fallait faire vite, sans cela ça me passait sous le nez. Mais ce que j'ai emprunté, tu sais que tu peux me faire confiance, je te le rendrai au centime près.

– Comment tu as fait ?

– Eh bien, je n'aurais pas cru que ça serait aussi facile. Je suis allé à ta banque et j'ai dit : *Bonjour, je suis monsieur Ischard, je voudrais faire un virement. – Le père ou le fils ?* la bonne femme me dit. *Mais madame : le fils !* Ha ! »

Jonas a remis ses lunettes noires. Lui, atterré, tourne une des chaises et s'assoit dessus, liquéfié et raide à la fois.

« C'était mon argent, dit-il.

– Oh là, tout doux ! fait Jonas en se redressant. Que ce soit clair, c'est toujours ton argent. Tout ce que j'ai fait c'est de te l'investir. Tu préfères qu'il dorme sur un compte, sans faire de petits ? Tu avais des économies, je t'en ai fait un capital, est-ce que tu peux comprendre ça dans ta petite tête d'intellectuel ? Je ne peux pas encore dévoiler tout le dispositif, mais c'est d'une ingéniosité, tu n'en reviendras pas… Seulement, il y avait un ticket d'entrée et je n'avais pas les réserves disponibles, tout est bloqué chez l'autre salope de Besma. Note bien quand même que c'est parfaitement légal…

– Dans ce cas, pourquoi tu n'es pas allé voir une banque ?

– Tu te fous de moi ? Tu crois que je m'adresserais à toi si j'avais ce genre d'option ! Écoute, puisque tu le prends sur ce ton : le coup sur lequel je t'ai mis, il ne peut pas foirer. Note la date d'aujourd'hui : dans un an jour pour jour, tu récupères ton blé, avec les intérêts ! Quand tu verras ce que ça t'aura rapporté, tu baisseras d'un ton. Et tu me remercieras, au lieu de me faire des remontrances. »

Jonas se lève et s'en va claquer la porte dans un grand geste de vexation. Puis il retourne se vautrer dans le canapé, ramassant au passage la télécommande sur la table. Le déclic du téléviseur conclut la discussion. Lui reste sur sa chaise et croise les bras, laissant en douceur l'écran siphonner sa conscience.

« C'était mon argent », marmonne-t-il, mais Jonas ne daigne plus répondre.

12

Dans l'allée des Roseaux, à la nuit tombante, il aperçoit Hippolyte qui vient dans sa direction avec une tête d'enterrement.

« Je ne sais pas où il est, ça fait deux jours que je le cherche.

– Qui ça ?

– Bozo. »

Il n'avait pas remarqué qu'Hippolyte était seul.

« Deux jours, c'est déjà arrivé, non ?

– Oui, une fois il a fait cinq jours, j'ai vraiment eu super la trouille. »

Melvil dit qu'il finira par revenir de lui-même, comme à chaque fois. Hippolyte utilise son mégot pour allumer une autre cigarette.

« Je te le dis tout net, j'ai un mauvais pressentiment.

– Mais non, quelle connerie ! » Et comme l'autre se détourne en boudant, il ajoute : « Il ne lui est rien arrivé, bon sang ! Il est parti à l'aventure, il a dû se trouver une chienne et ils sont en train de s'envoyer en l'air. D'ici un jour ou deux il sera de retour. »

Hippolyte hoche la tête, pas convaincu.

« Tu m'aides à le chercher ? »

Il écarquille les yeux : « Pardon ?...

– Est-ce que tu veux bien m'aider à le chercher ?

– Quoi, maintenant ? »

Hippolyte ne répond rien.

« Alors qu'il fait nuit ?... »

Hippolyte le regarde sans rien dire, comme quelqu'un qui ne va pas changer d'avis. Melvil lui assène alors un de ces longs soupirs accablés dont le père a le secret. Non, non, il ne va pas l'aider à chercher son clebs, ils ne le trouveront pas, et pour être clair, il n'en a pas la moindre envie. Il a autre chose à penser, là maintenant. Il s'en fout de Bozo, c'est un chien.

« Tu devrais rentrer chez toi et l'attendre, il reviendra quand il voudra revenir, comme il l'a toujours fait.

– Eh bien merci du conseil ! s'écrie Hippolyte. Moi, je pars à sa recherche, nuit ou pas nuit. Et quand je l'aurai retrouvé, je pourrai dire que c'est pas grâce à toi. »

13

Le père couché et endormi, il redescend ranger. Il met la casserole à tremper, ramasse les miettes sous la chaise. S'apercevant dans la vitre en train de s'essuyer les mains dans le torchon, il se fait à lui-même un petit signe, comme à un voisin avec qui on désire se montrer sympathique.

Dans l'entrée, la porte s'ouvre, laissant s'engouffrer la première bourrasque froide annonçant l'automne. Il entend gravir les escaliers quatre à quatre, jusqu'aux combles. L'air du dehors, humide et âcre, se répand dans le couloir ; il s'avance vers l'entrée, se demandant pourquoi la porte est restée grande ouverte – et il voit la voiture sur le trottoir d'en face.

Le moteur tourne avec un vilain cliquetis ; un lent brouillard, rougi par la réverbération des feux, se forme derrière l'échappement, enveloppant peu à peu la petite auto. Il n'y a personne au volant, mais quelqu'un est assis sur le siège passager.

Melvil est sur le perron, étreignant ses propres épaules. Il ne dit rien, il lui fait seulement signe avec ses yeux mais elle ne bouge pas, le regard rivé devant elle comme si cette maison, avec ses occupants actuels et passés, ne se trouvait pas juste à côté d'elle, remplie aussi de tous ses souvenirs. Il se penche un peu en avant, mais quelque chose lui défend de descendre les marches.

« Chaud devant ! »

Son sac de voyage sur l'épaule, Jonas le bouscule en passant. Il le regarde traverser la rue avec son costume de dandy qui ondule dans le courant d'air, ses pompes lustrées claquant sur le bitume. Après avoir jeté ses affaires dans le coffre, Jonas revient vers lui en ouvrant théâtralement les mains.

« Eh bien voilà, tu n'auras plus à me faire ma bouffe et mon ménage, j'espère que tu es content. Il fallait bien qu'un jour nos chemins se séparent. »

Il s'interrompt avec une sorte de contrariété, car Melvil ne le regarde pas ; mais en le voyant fixer la voiture, le sourire lui revient.

« On a besoin de changer d'air, tous les deux, d'aller vers de nouveaux horizons. Tu comprendras que je ne te dise pas où on va. Je téléphonerai prendre des nouvelles du vieux. Mais occupe-toi de lui, qu'il ne finisse pas allongé dans sa pisse comme la dernière fois. Ah, maintenant il me regarde ! Eh oui, j'étais là, j'ai tout vu ! Tu ne croyais quand même pas que ça resterait secret. Ne m'en veux pas si je n'ai rien fait, ça n'a jamais été mon truc d'éponger du pipi. »

Melvil reporte ses yeux sur la voiture, sur le profil de Nelly, statufié comme s'il n'existait rien vers quoi elle aurait pu tourner son regard, un dernier regard, un simple regard d'adieu. C'est à peine s'il entend Jonas lui promettre de lui restituer son pécule dans un an jour pour jour, intérêts compris. De toutes ses forces, il est en train d'appeler Nelly, mais Nelly garde obstinément ses yeux fixés droit devant elle, sur un bout de trottoir qu'elle ne reverra plus jamais. Il lui semble hurler son nom à pleins poumons, mais quand la voiture démarre, il réalise qu'il n'a pas même ouvert la bouche.

La petite auto s'éloigne avec son nuage, clignote et prend à gauche au bout de la rue. Pendant quelques instants, il entend encore les crachotements du moteur, tandis qu'ils se hâtent vers les désastres qui les attendent sur la voie si curieuse et évidente, si courue d'avance qu'ils se sont choisie – à supposer qu'un instant dans sa vie, un seul d'entre eux tous ait eu l'ombre d'un choix.

Et il reste seul devant la maison vide, étreignant ses propres épaules, avec son menton énorme et grotesque, et il pense qu'on ne sait jamais rien de celui qu'on a en face, crût-on le connaître mieux que soi-même, ni de ce qu'il ressent, ni de ce qu'il traverse, ni de ce qu'il mûrit. Il pense que l'opacité de ceux qui nous entourent est et demeurera la plus grande malédiction de l'existence, mais aussi sa première source de joie et d'admiration. Et que c'est l'apprentissage que font tous les enfants que, s'ils peuvent pleurer devant leurs parents, leurs parents s'efforcent de ne pas pleurer devant eux. Il pense que c'est un fait que la plupart des gens qu'on croise ont une vie malheureuse et qu'on n'y peut strictement rien. Et que chez celui qui est dans la douleur, le gémissement ne soulage rien d'autre que l'envie de gémir. Il pense qu'à cet instant, quelque part non loin d'ici, on s'étreint et on pleure, parce qu'un enfant est né malade ou qu'un être aimé s'éteint. Que la souffrance est partout et qu'il n'y a aucune raison qu'elle nous soit épargnée. Il pense que, pas plus qu'il n'est exempt de malheur, l'être le plus paisible et inoffensif n'est tout à fait exempt de méchanceté, et qu'au fond de lui-même, il le sait. Et la vraie question n'est pas : Serait-on capable de laisser une personne mourir ?, mais : Combien en a-t-on laissé mourir sans leur accorder le moindre geste de secours ? Il pense que rien, jamais, ni la souffrance passée, ni la misère d'aujourd'hui, ni l'idéal de demain, ne justifiera que quelqu'un emploie sa force à tourmenter de plus fragiles que lui. Et que parmi les vieillards qu'on voit, si chétifs et si exaspérants, s'en trouve plus d'un qui jadis a bafoué ou brutalisé un vieillard, et ne s'en souvient même pas ; et quelquefois, on voudrait qu'il y ait, quelque part, *quelque chose* qui s'en souvienne pour lui. Mais c'est l'évidence que toute souffrance est promise à l'oubli, ce qui est une bonne chose, songe-t-il, mais pas une consolation, car chacun vit avec son malheur comme si son malheur devait lui survivre. Il pense que quiconque est battu, violenté ou trahi souffre intolérablement, et que tout le monde est un jour ou l'autre battu, violenté ou trahi. Et que la violence n'appelle aucune forme d'explication ni d'interprétation, elle est seulement la violence, c'est-à-dire la seule chose assez stupide et laide pour vous donner envie de quitter la vie séance tenante. Et il songe qu'au fond, ce n'est peut-être pas si mal que tout ce qui est au monde, les êtres et les choses, les vertes vallées et les forêts, tout ce qui pousse dans la terre ou qui vole dans le ciel, et l'ingéniosité des hommes, et tous les élans de leur cœur, l'amour, la gratitude, la détresse, l'orgueil et la pitié – ce n'est peut-être pas si mal que tout cela soit promis à la mort et à la destruction.

Si le désir suit la violence comme son ombre,
c'est parce que la violence signifie l'être et la divinité.

René Girard

Donc, tu te pointes là-bas, dans le quartier des bidasses, avec rien d'autre que ton culot insensé, tu clopines entre les immeubles, et tu grimpes dans les étages, et tu frappes à la porte, sachant – c'est ça qui est le plus fou –, sachant que tu ne sais même pas à quoi elle ressemble, mais tu es là, et tu le fais, tu frappes, et tu attends qu'on vienne ouvrir… Est-ce que tu y as seulement pensé, que tu aurais pu te retrouver face à son mari, ou pire, qu'il pouvait débarquer d'une minute à l'autre, être monté derrière toi dans l'escalier ? Je parie que non. Je parie que ça ne t'a même pas traversé l'esprit, parce qu'à tes yeux, il n'y avait qu'une seule chose à faire et c'était celle-là. C'est bien ton genre de te lancer dans des aventures comme ça, impossibles. Une fois que tu l'as dans la tête, plus moyen que tu en démordes, hein ? Ça devient un défi, une question d'honneur, et tu te dis des phrases du genre : Il n'est pas né, celui qui m'empêchera de le faire, quand j'ai décidé quelque chose ! Ou alors, c'est juste que tu étais prêt à tout – à tout, tellement l'envie était forte.

Tu peux encore renoncer mais tu ne renonces pas, tu restes planté devant cette porte, en train d'attendre que quelqu'un ouvre, une personne que tu ne connais pas et à qui il va falloir que tu expliques la raison de ta venue. Et la porte s'ouvre et te voilà en face d'elle, elle en face de toi, un mouflet dans ses gros bras qui s'étalent, un autre qui brame au fond de l'appartement. Toujours grosse, toujours le même air stupide et doux, et toi, tu la reconnais, même si tu ne l'as jamais vue de ta vie, tu la reconnais sans t'étonner parce que tu n'y as pas pensé tant que ça, pas au point de te faire une idée précise des traits de son visage, de son odeur ou de la couleur de sa peau ; parce que, dans le fond, ce n'était pas elle que tu étais venu chercher, c'était quelque chose, pas vrai ? Bref, te voilà en face d'elle, et elle ne te désarçonne pas, et tu te mets à lui débiter ton baratin sans flancher ni bafouiller, ni jamais te départir de ton sacré foutu aplomb.

Je t'envie, je t'assure, d'être capable de tant d'inconscience. La plupart des gens, rien qu'à imaginer ce qui pourrait arriver, ça y est, ils n'y pensent plus, ils pensent à autre chose, ils ne se souviennent même pas qu'ils y ont pensé… Mais toi, toi tu es suffisamment fou pour aller jusqu'au bout.

Est-ce que tu crois vraiment qu'elle l'a gobée, ton histoire de nounou pour le fils de ta « sœur », et qu'on t'a refilé son adresse ? Non, bien sûr, pas un instant, d'autant que tu ne t'es pas même donné l'air de croire à ton propre bobard. Le message n'aurait pas pu être plus clair, et elle a tout de suite su, tout de suite compris la vraie raison qui t'amenait devant elle. Pour ce genre de choses, elle n'a jamais eu besoin qu'on lui fasse un dessin ! Tu sais, si j'avais ton culot, j'ai l'impression que ma vie aurait été entièrement différente. Si je pouvais décider les choses assez fortement, peut-être que j'aurais pu les faire ressembler davantage à ce qu'elles auraient dû être. – Cela dit, ce n'est pas qu'une question d'audace, il y a… quelque chose qu'on porte en soi-même, une nature profonde, chimique, qui agit sur les autres et les met, tu vois, dans certaines dispositions… Je veux dire, si ça avait été moi, à ta place, moi frappant à cette porte et débitant une excuse aussi mal ficelée, aussi manifestement bidon que ton histoire de neveu à faire garder, j'aurais pu m'estimer heureux d'être simplement envoyé sur les roses, sans manger une beigne ou me retrouver avec toute une meute à mes trousses… Mais toi, grâce à ce don étrange que tu as, cette espèce de charme que tu exerces sur les gens avec ton toupet et ta manière de t'entêter hors de toute raison, toi, elle t'écoute de bout en bout déballer ta salade, et elle se met à rire et elle te dit, le plus simplement du monde : « Là maintenant je ne peux pas, tu vois que j'ai les gosses… Mais si tu reviens demain, je pourrai m'arranger. »

Et te voilà donc le lendemain qui y retournes, aussi givré que la veille, aussi résolu, sans te méfier un seul instant. Il y a tellement de façons dont ça aurait pu mal tourner… Mais il faut croire que la ténacité paye car en définitive, tu l'as obtenue, cette chose que tu désirais si fort. Katia s'est montrée, comment dire – à la hauteur de sa réputation. Tu pourrais quand même me remercier, car c'est un peu grâce à moi, c'est quand même moi qui t'ai parlé de la grosse Katia et de comment ça se passait avec elle, dans les garages près de la caserne… Est-ce qu'au moins elle t'a donné des réponses à toutes tes questions ? – Pardon, mais on a quand même le droit de trouver ça drôle. Je sais bien que tu n'as pas la tête à ça, mais tu pourrais avoir l'air au moins un peu content. On a tous des raisons de se faire du mauvais sang, ces temps-ci. Tu te demandes pourquoi je t'ai fait venir ici, dans ton petit repaire secret ? Ce qui serait bien, ce serait que tu arrêtes un moment de broyer du noir et que tu écoutes ce que j'ai à te dire. Pour une fois, je te promets de ne pas parler pour ne rien dire. Tu vois, il y a du progrès.

Note bien, entre parenthèses, que j'ai cessé d'en vouloir à ceux qui parlent pour ne rien dire. Je pestais volontiers contre ces gens qui y allaient de leurs commentaires, prétendant tout savoir sur tout alors qu'ils ne savent rien de rien. Ils en avaient des choses à dire quand maman est morte, quand Burgmüller a fait son scandale si bien que Virgile a dû quitter le quartier, ou plus tard quand Jonas est parti à son tour ; lorsqu'ils sont revenus tous les deux, les colporteurs de potins n'ont pas été moins inventifs ni moins délirants. Je les comparais à ces nuages d'oiseaux qui viennent se masser sur un arbre à la nuit tombante, avec un assourdissant bruit de foule.

Du coup, lorsque tout le monde s'est mis à dire que William avait été interné chez les fous après le départ de sa femme, je n'ai pas voulu le croire. J'ai décidé d'aller me rendre compte par moi-même. Je suis allé devant chez lui. Aucune lumière à l'intérieur, pas même celle de la bibliothèque. Et toi, est-ce que tu as été voir ? Il y a encore leurs initiales sur la sonnette et la camionnette de William garée devant. Qu'est-ce qu'on peut savoir avec ça ? Ça ne fait même pas deux mois. Rien n'empêche que William soit allé se mettre au vert, ou qu'il ait finalement décidé de suivre Hedda, ce qui serait la meilleure des choses, non ? Cette camionnette ne signifie rien, absolument rien. Ce n'est pas aux *mamamas* du quartier de décider du devenir de quelqu'un, ni s'il est ou n'est pas devenu fou.

Alors en plus, de notre côté, il s'est passé ce qu'il s'est passé. L'affaire de Virgile d'abord, et puis eux deux, Jonas et Nelly. La rumeur, forcément, s'est emparée de ça. Une telle cascade de calamités en un laps de temps si court, ça ne peut faire que forte impression. Tu la sens toi aussi, cette effervescence ? Les gens font mine d'être choqués, mais leur comportement a toutes les apparences de la joie. Ils s'installent dans le feuilleton. Je les comprends. Il n'y a pas si longtemps, j'aurais dit qu'ils feraient bien de s'occuper d'autre chose, et même de se la boucler. La vérité, c'est que j'avais besoin qu'ils parlent pour pouvoir croire que je voulais qu'ils se taisent. L'un n'allait pas sans l'autre. Je prenais leurs médisances pour de la considération. C'était toujours exister. Ou bien, c'est que ce dont ils parlaient ne me faisait pas assez honte. Maintenant ça va, je crois que je commence à comprendre…

Si seulement il y avait un peu de sympathie, rien qu'un peu, et que je puisse le sentir, alors ils pourraient bien dire ce qu'ils veulent, ça n'aurait plus d'importance du tout. Je préférerais être de leur côté, admis comme l'un des leurs, c'est-à-dire comme une personne avec qui on peut bavarder, même si c'est du malheur des autres. Ce qui importe, ce n'est pas ce qu'on se dit, c'est d'avoir quelque chose à se dire. Tout le monde a besoin de parler – moi, j'ai besoin que tu m'écoutes. Bon sang, ce que c'est dur. On m'a si souvent traité de bavard, de caillette, de moulin à paroles. Mais c'est le jour où on a vraiment quelque chose à dire qu'on s'aperçoit à quel point c'est difficile.

Pour te dire dans quel sentiment j'étais ce jour-là… J'étais dans la cuisine, à faire quelque chose, du rangement, et tout d'un coup, je ne sais pas ce qui m'a pris, j'ai ressenti le besoin de m'allonger par terre – c'est bizarre mais je l'ai fait, je me suis allongé de tout mon long, entre le placard et la cuisinière. Avec tout le temps que j'ai passé dans cette cuisine, jamais je n'avais fait cette chose si simple : me coucher sur le sol et rester sans bouger, à regarder le plafond. J'avais surtout envie de sentir la fraîcheur du carrelage dans mon dos, et pendant un instant, en effet, ça m'a procuré une sorte de soulagement. C'était, tu sais, ce regain d'été qu'il y a eu il y a deux semaines, quand on a cru que la saison repartait pour un tour – quoique dès le lendemain, l'automne s'est mis à souffler, et tout a commencé à se flétrir et à se ratatiner. Il y avait juste eu ce sursaut, ce bref retour des beaux jours, mais sans la fournaise de juillet où on étouffe de chaleur – non, il n'y avait que moi qui étouffais. J'étais allongé par terre et ça faisait une drôle d'impression, de regarder les choses depuis cet angle-là. La maison laissait voir toute sa crasse et son délabrement. Je me suis demandé combien de temps il faudrait encore pour qu'elle s'écroule pour de bon sur nos têtes et qu'on n'en parle plus.

La voix de Virgile me manquait. J'aurais voulu, c'est dur à expliquer, j'aurais aimé l'entendre dire qu'il ressentait la même pitié, la même désolation que moi. Dans le fond, je suis comme les copains : je n'arrive pas à lui en vouloir ; d'eux tous, Virgile est même le seul à qui je n'en veuille pas. Parfois je dresse l'oreille, il me semble avoir entendu quelque chose dans la maison, un pas familier, la porte du frigo qui se referme… Puis le silence définitif ou le chant de la pluie m'arrache à mon illusion. Virgile ne reviendra plus ; il est reparti, et cette fois pour toujours. Exilé dans son propre inconnu, cadavre animé, défunt qui bouge encore – mort, mais d'une mort vivante.

Il y avait le père dans la pièce à côté, et je transpirais à grosses gouttes. Je ne supportais plus le bruit de sa radio – je ne t'ai pas parlé de sa maladie, il est très malade des yeux, il n'y voit presque plus, alors il écoute la radio du matin au soir ; et puis il fume, et l'odeur de son tabac, je ne pouvais plus la supporter non plus. J'étais là, cloué au carrelage, avec une sorte de dégoût qui me bouillonnait dans le ventre et que je sentais doucement se transformer et devenir – devenir de la peur.

Ma première intention a été de sortir, mais c'était dimanche, les rues d'Hildenbrandt seraient pleines de monde, d'enfants… Je ne me sentais pas la force d'affronter ça. Je ne sais pas vraiment pourquoi je suis monté sous les combles, là où Jonas a sa chambre – enfin, là où il l'avait, jusqu'à ces dernières semaines. C'était un foutoir innommable – et je ne te dis pas l'odeur de fauve. Ça faisait des mois que je n'y allais plus, même pas pour le ménage, car à chaque fois Jonas m'accusait d'avoir été *fouiner dans son bintz*, comme il disait. Je n'avais aucune raison de fouiner, je faisais seulement des petits tas pour nettoyer autour, mais rien que ça il ne supportait pas. Du coup, je n'osais même plus lui changer ses draps. Le cendrier était tellement plein que Jonas avait fini par écraser ses mégots directement sur le rebord de la fenêtre. Je jure que je n'avais aucune intention particulière en montant là-haut, aucune idée en tête. J'ai ouvert la fenêtre, essayé de mettre un peu d'ordre… C'est seulement quand j'ai vu les papiers qu'il avait laissés… – je n'y ai pas vraiment pensé, je me suis retrouvé assis au bord du lit, à examiner ces paperasses, comme si j'avais pu y trouver, je ne sais pas moi – une explication ?

Sur l'un des documents, il y avait le nom de Jonas avec une adresse.

C'était à Forbach et je me souvenais que Jonas avait parlé de Forbach à plusieurs reprises. Je suis descendu avec le papier, sans savoir ce que j'allais en faire. Le père était dans le salon, je lui ai demandé s'il voulait encore du café et il ne m'a pas répondu. J'étais debout près de la porte, les yeux vissés sur le papier. Je voyais cette adresse, à Forbach, la seule adresse en dehors d'Hildenbrandt qu'aucun fils Ischard ait jamais possédée. Dans l'entrée, il y avait les clés de la voiture accrochées au clou près de la porte. Je n'ai rien décidé, ça il faut que tu le comprennes – tout ce qui s'est produit ce jour-là, j'y ai assisté comme de l'extérieur, aussi étranger à mes propres actes que si ça avait été ceux d'un autre. Je ne me souviens même pas d'avoir démarré, ni du chemin que j'ai suivi. Je crois que je n'ai plus ou moins repris conscience qu'après avoir passé Strasbourg, en apercevant le panneau « Forbach » ; tout à coup, je me suis inquiété du carburant, car je n'étais même pas sûr d'avoir de l'argent sur moi. Si le hasard en avait décidé autrement, je me serais retrouvé à tendre le pouce au bord de l'autoroute, et rien de ce qui est arrivé ensuite… – mais est-ce que ça vaut la peine de réfléchir à ça, maintenant que les choses se sont passées comme elle se sont passées ? Il se trouve que le réservoir était aux trois quarts plein.

Arrivé là-bas, j'ai dû chercher mon chemin pendant un bon moment. Jamais je n'aurais osé demander à un passant, de peur que la nouvelle de ma présence se répande instantanément dans toute la ville – comme si les règles d'ici valaient aussi là-bas, en Moselle, à deux cents kilomètres d'Hildenbrandt. J'ai fini par repérer l'immeuble, un gros cube de brique presque noire posé au milieu d'un parking, avec des volets pelés et des vitres opaques de crasse. Du linge qui séchait aux fenêtres, des antennes paraboliques aux garde-corps. J'ai coupé le contact et je suis resté un moment à regarder cette… chose qui servait d'habitation à des gens.

Je ne pouvais pas croire que Jonas ait pu vivre dans un endroit pareil. Je le revoyais débarquer avec sa valise, fringant comme s'il avait passé les trois dernières années à nager dans la jouissance et les satisfactions. Mais quelle satisfaction quelqu'un comme Jonas aurait-il pu trouver ici, dans ce trou à rats insalubre ? J'avais toujours le papier avec moi, je l'ai déplié et étalé sur le volant. J'étais à la bonne adresse. Mais plus je regardais cette rue avec sa boulangerie et son arrêt de bus, cette bâtisse posée là comme une pustule, plus le fait que Jonas ait été domicilié ici m'apparaissait comme une plaisanterie douteuse.

Et pourtant, quand je me suis approché de la grosse porte de bois avec sa colonne de sonnettes couverte de bouts de papier scotchés, j'ai tout de suite vu le nom griffonné sur l'une de ces vieilles étiquettes – *Ischard*, serré contre un autre : *Belladla*, *b-e-deux-l-a-d-l-a*. Toi tu n'aurais pas hésité une seconde à sonner ; moi c'est autre chose. Mais je ne pouvais pas rester des heures à tergiverser – il y avait des passants qui circulaient et je me disais : ces gens-là ont eu affaire à Jonas, et s'ils me reconnaissaient, et si l'un d'eux, tout à coup, pointait son doigt sur moi ? C'est là qu'une affreuse petite mémé surgit comme une apparition, pendue au bras d'une jeune fille qui doit être une aide-soignante. *Vous pouvez toujours sonner,* elle me dit. *Ça fait six mois que c'est bousillé. Le dernier guignol qu'ils ont envoyé, ça a marché que deux jours.* Comme la jeune fille me tenait la porte, j'ai baissé le menton et je me suis glissé à l'intérieur.

Une ampoule nue éclairait un hall étroit dont les murs se gondolaient, gorgés par des fuites d'eau. Le sol était recouvert d'un genre de carrelage en plastique qui collait sous les semelles. Ça sentait la soupe et les poubelles.

Sur une des boîtes aux lettres, il y avait encore gribouillé *Ischard*, avec le numéro 6 marqué au-dessus. J'essayais d'imaginer Jonas avec sa touche de dandy, longeant ces murs boursouflés et prenant son courrier au passage, son petit jeu de clés à la main : ça n'avait pas un traître sens. Puis j'ai réalisé que mon frère ne menait pas une seule vie, mais plusieurs à la fois – comme nous tous, peut-être bien, seulement les différentes vies de Jonas prennent des formes, disons, plus extravagantes. En définitive, quelle qu'ait été la sorte d'existence qu'il avait essayé d'ébaucher ici, ce hall d'immeuble dont il avait accepté la laideur miséreuse témoignait que sa démarche n'avait pu qu'être sincère – pendant un temps, en tout cas, jusqu'à ce qu'il commence à se lasser ; à moins que ce soit l'annonce du retour de Virgile à Hildenbrandt qui ait précipité son propre retour, comme elle a sans doute précipité celui de Nelly, chacun d'eux trois ayant ses raisons d'aller retrouver les autres, chacun ayant quelque chose à terminer, ici, dans la cité-jardin.

La mémé s'était lancée dans un topo sur son âge et ses maladies. Je lui ai demandé à quel étage se trouvait le numéro 6 – je ne voulais pas prononcer de nom. *Essayez voir au premier, sinon au deuxième...* J'ai remercié et j'ai pris l'escalier.

Arrivé en haut, j'ai dû m'appuyer au mur, à bout de souffle comme si mes poumons avaient oublié de respirer. En face de moi, il y avait plusieurs vieilles portes d'allure aussi solide que des panneaux de polystyrène ; elles étaient peintes dans une couleur bleu-vert qui desquamait, laissant voir une ancienne couche mauve.

Les numéros qu'elles portaient étaient depuis longtemps illisibles. Au rez-de-chaussée, j'avais vu deux portes ; ici au premier, il y en avait quatre : j'ai donc supposé que la numéro 6 devait être la plus éloignée, celle qui se trouvait au bout du couloir.

L'atmosphère qui régnait dans ce couloir, comment te la décrire ? Le plâtre s'effritait, des conduites couraient en lignes tordues le long de la plinthe. Des mouches tournoyaient dans l'amalgame d'odeurs qui s'échappaient des logements. Et pourtant, ce n'était à rien de tout cela que tenait l'atmosphère de ce couloir, cette atmosphère de terminus – c'était à un bruit de fond. Je ne sais pas au juste à quel moment il m'est parvenu, mais quand j'y repense, c'est comme s'il avait été là dès l'instant où j'ai pénétré dans le hall, et même peut-être encore avant, quand j'ai ouvert ma portière et posé le pied sur le goudron du parking. C'était un enfant, un bébé qui hurlait – il hurlait, mais d'une façon… Je n'avais jamais rien entendu de pareil. Ces pleurs semblaient tenir l'immeuble entier sous leur… oppression. Depuis tout à l'heure ils duraient, et rien ne semblait pouvoir les faire cesser. Ils étaient à la fois étouffés par les épaisseurs de cloisons et de portes, et amplifiés par la réverbération des murs – mais ils occupaient tout, on aurait cru, comment dire, qu'ils étaient la matière même dont était fait l'espace. Ce n'était pas ces cris qui étaient dans l'immeuble : c'était l'immeuble qui était dans ces cris.

En m'avançant dans le petit couloir, j'ai compris que ça provenait de derrière la porte du fond, celle où avait un jour dû figurer le numéro 6. Je me suis approché. Je ne recherchais rien, je ne désirais rien. Je ne pense même pas avoir vraiment eu envie de savoir ce qu'il y a dans la conscience de Jonas. Seulement, j'avais l'impression que si je frappais à cette porte, je l'apprendrais.

C'était ou ce n'était pas la porte numéro 6, je n'ai aucun moyen d'en être sûr. Si j'ai décidé que ça l'était, c'est à cause de ces pleurs inhumains qui résonnaient là-derrière. Ce climat de stress et de déraison convenait bien à Jonas et, à vrai dire, nous convenait bien à tous, nous les Ischard. Je n'avais pas encore commencé à me demander ce que j'allais faire quand ça s'est mis à bouger à l'intérieur. La sonorité des pleurs s'est légèrement transformée, comme si on les déplaçait d'une pièce à l'autre – sans qu'ils s'apaisent ou s'interrompent, ni que leur tempo en soit en rien modifié. Il y a eu une sorte de remue-ménage et j'ai cru entendre une voix, un petit filet de voix atone, comme si on y avait creusé pour en retirer toute étincelle de vie – et cette voix répétait mollement, sans doute au bébé qui pleurait : *Je t'en prie, je t'en prie…*

Tout à coup, des claquements dans la porte – on ouvrait les verrous ! En une demi-seconde, je me suis retrouvé dans la voiture, accroché au volant, les yeux rivés sur la porte de l'immeuble, à guetter ce qui allait en sortir.

Après coup, je n'arrive pas à me rappeler si mon imagination s'était inventé un visage, ou même l'ébauche d'une silhouette pour incarner la voix brièvement entendue au téléphone – cette voix angoissée qui m'avait supplié pendant quelques secondes, jusqu'à ce que Jonas coupe court… Cela dit, ma première réaction en apercevant

Besma – du moins, j'ai toutes les raisons de croire que c'était elle, Besma, Besma *Belladla*, celle qui s'était présentée comme la femme de Jonas, qui sortait maintenant de l'immeuble en poussant une poussette –, ma première réaction a été de me dire : Elle est vieille, ou en tout cas : Trop vieille pour plaire à Jonas. – Mais aussitôt ou presque, j'ai réalisé qu'elle n'était pas si vieille, seulement à l'extrême bout de la fatigue ; et que, souriante et bien apprêtée comme elle avait dû l'être quand il l'avait connue, Besma avait certainement montré assez d'attraits pour retenir Jonas pendant quelques mois.

La poussette à moitié déglinguée semblait sortir d'une déchetterie, il y manquait une roulette et, dedans, l'enfant continuait de hurler ; la mère était très maigre et menait son fardeau avec peine, comme dans une pente raide. Tu vas me dire que je fabule, mais cette femme que j'ai vue, qu'il s'agisse ou non de Besma, je suis convaincu qu'elle avait faim. Je pense même que ce jour-là, quand je l'ai vue sortir de chez elle dans ses vêtements informes, c'était pour se rendre quelque part où, par charité, on allait lui donner quelque chose à manger, pour elle et pour son enfant hurlant, juste de quoi tenir quelques jours ou quelques heures de plus. Pendant un instant, j'ai cru qu'elle venait dans ma direction et j'ai pris peur. Mais elle a bifurqué vers la rue et elle est passée à quelques mètres, pas assez près pour reconnaître des traits familiers dans mon visage, pas assez non plus pour me laisser bien voir l'enfant dans la poussette – cela étant, je ne pense pas me tromper de beaucoup en disant que ce bébé a dû venir au monde dans les trois ou quatre mois qui ont suivi le retour de Jonas à Hildenbrandt. Quand elle est passée près de moi – possible que ça soit mon imagination qui travaille, mais j'ai cru voir un garçon. J'ai bien regardé pour apercevoir – enfin, j'essayais de distinguer son menton... Mais tout ce que j'ai pu voir, c'était une petite face violacée, bouffie, déformée par la rage – oui c'est ce que je dis, la rage, car c'étaient des hurlements de rage, ni plus ni moins, qui continuaient de fuser de ce minuscule convoi lorsqu'il est passé près de moi, entouré d'une sphère de douleur stridente qui se déplaçait tout doucement avec lui.

Je les ai regardés s'éloigner en me demandant : quel nom ? Est-ce que le petit s'appelle *Belladla*, comme c'était écrit sur la sonnette ? Duquel d'entre nous tiendra-t-il le plus ? C'est étrange de se dire qu'il y a, à Forbach, un petit *Belladla* qui ignore, qui ignorera peut-être toujours que son vrai nom est Ischard, et qui se demandera d'où lui vient cette... cette fureur qui est déjà en lui, alors qu'il n'a même pas encore l'usage de la parole...

Et puis autre chose : j'ai pensé, tu vas rire, j'ai pensé que, si je l'avais voulu, je pouvais devenir époux et père, là, dans l'instant. Qui sait ce qu'avait enduré cette femme, qu'elle soit Besma ou qui que ce soit d'autre ? Elle était parvenue à un tel degré de détresse et d'épuisement qu'elle aurait accepté n'importe quelle aide, venant de n'importe qui – même de moi. Il n'y avait qu'à aller vers elle et lui parler. Elle avait touché le fond, elle n'aurait pas d'autre choix que de s'accrocher à la première bouée lancée dans sa direction. Au bout d'une heure, je lui dirais que je l'aime et elle me croirait, parce qu'il n'y aurait que cela à faire ; je lui dirais que je les aime, elle et son enfant, et qu'ensemble, en se soutenant mutuellement, nous prendrions soin de ce petit être et le ferions grandir, et que peut-être, en y mettant du cœur, nous parviendrions à faire de lui quelque chose – quelque chose de mieux qu'une crapule.

Mais au moment où je pensais à ça, à ce – ce rêve niché dans un cauchemar, je dois te dire que j'étais déjà reparti, déjà sur la route en train de rentrer vers Hildenbrandt, et je crois bien que maintenant, je n'aurai plus jamais le cœur d'y retourner, ni même, pour le restant de mes jours, de remettre les pieds là-bas, à Forbach.

Comment j'ai atterri à la gravière, je ne pourrais même pas te le dire. Je me suis retrouvé sur le terrain vague, tu sais, qui sert de parking quand on fait nos barbeuks. J'ai coupé le contact. Il n'y avait pas un bruit, personne. Je me suis dit : Pleure un bon coup, ça te fera du bien – comme quand on se fait vomir et qu'on se sent déjà moins malade après. Alors je sors, je tombe à genoux, je fais de mon mieux pour pleurer – ça ne vient pas. Je me mets le front dans l'herbe et je m'efforce de gémir, et même j'essaie de hurler, mais impossible, pas un son ne sort. À la fin je m'assois par terre, complètement désorienté. J'avais mal à la gorge comme si on m'étranglait.

J'ai regardé autour de moi ; c'était plein de souvenirs morts, des souvenirs dont on ne sait pas quoi faire. Je n'avais plus rien à ressasser, l'avenir encore moins que le passé. Le jour déclinait tout doucement. L'eau du lac prenait des teintes de pêche, on n'entendait que le froissement des arbres et quelques chants d'oiseaux. Je me suis allongé dans l'herbe, sur le petit tertre à côté de la Souche. Pour la première fois depuis des semaines, je crois m'être senti à peu près bien, là tout seul au bord de l'eau. Il y avait une agréable fraîcheur qui descendait des arbres. Je ne pensais plus à rien, c'était miraculeux. Je me suis endormi. Quand je me suis réveillé, il faisait nuit noire.

La première chose qui s'est emparée de moi, avant le froid, ça a été le désespoir. Ce qui me désespérait, je crois bien, c'était de me rendre compte que j'étais toujours là, alors que je croyais m'être dissous, paisible, sans crainte ni souffrance. Je grelottais de froid ; à tâtons dans le noir, j'ai cherché la voiture.

Les phares ont éclairé des feuillages qui remuaient doucement. J'ai mis le chauffage à fond. Il n'y en avait que pour quelques minutes, mais je savais que ma journée n'était pas finie. Le père n'avait pas eu son repas et je n'avais aucune idée de l'heure qu'il était. Cette pensée a suffi à me ramener vers la terre ferme et les problèmes très concrets du quotidien, grâce auxquels on peut oublier tout le reste. Je suis parti sur ce chemin tortueux qui rejoint la départementale. Je ne roulais pas spécialement vite, vraiment, je t'assure, et je ne crois pas avoir été imprudent ; seulement, Hippolyte, je n'étais pas tout à fait dans mon assiette ce soir-là, tu comprends bien pourquoi – alors, c'est vrai, je dois admettre que lorsque c'est arrivé, peut-être bien que je n'étais pas… – pas aussi attentif que j'aurais dû l'être.

Qu'est-ce qui est arrivé, Hippolyte, qu'est-ce qui s'est produit sur la petite route de la gravière, qu'on a si souvent empruntée pour aller aux barbeuks et rentrer ensuite à Hildenbrandt ? – Qu'est-ce qui s'est passé, Hippolyte, quand la forme blanche s'est précipitée dans mes phares et que j'ai vu l'œil translucide, immense, trop proche, et j'ai seulement eu le temps de penser : Bozo, mais c'est le nom d'un clown !

Hippolyte, écoute-moi, il fallait – je ne pouvais pas te le cacher, je ne pouvais pas le garder pour moi. – Écoute-moi Hippolyte, si tu savais combien ce n'est pas ma faute, combien je n'ai rien pu faire, j'ai eu beau enfoncer le frein comme si j'allais passer mon pied à travers le plancher, c'était trop tard, c'était fait ! Il y a eu un choc et j'ai senti la voiture qui faisait un sursaut, et quand j'ai réussi à m'arrêter, j'étais dans le noir le plus total. La route était absolument déserte. Je voyais le bitume devant moi, qui avait cessé de défiler, et dans le rétroviseur, rien, seulement le rouge des freins et la frontière des champs, sur les côtés. Je me demandais si je n'avais pas rêvé, et d'ailleurs, ça s'était passé si vite qu'il aurait été facile de se convaincre qu'il ne s'était rien passé du tout. C'était tentant. Il suffisait d'enclencher la vitesse et de repartir comme si de rien n'était, et de rentrer tranquillement chez moi prendre mon avoinée parce que j'avais manqué le repas du vieux. Mais je ne suis pas reparti, Hippolyte, je ne me suis pas dérobé. Ça aurait été si facile, mais parce qu'il s'agissait de toi, je me suis tourné sur mon siège et j'ai passé la marche arrière. J'ai fait reculer la voiture lentement, sur cette route déserte, en faisant des zigzags tellement je tremblais. Et je suis revenu en arrière, jusqu'à ce que la forme blanche apparaisse sur la chaussée.

Non, non, écoute-moi, je savais bien que tu allais réagir comme ça, c'est pour ça que j'ai attendu tout ce temps en n'osant rien te dire, alors que je savais que tu le cherchais partout… Ce n'est pas parce qu'on commet le mal qu'on l'a voulu, Hippolyte, j'espère que tu accepteras de me croire, tu n'imagines pas comme c'est important pour moi… Je n'ai rien voulu de tout ça, mais il y a des choses qui sont comme – préméditées, tellement jouées d'avance qu'avec un petit effort, il semble qu'on aurait pu s'en souvenir avant même qu'elles soient arrivées. Écoute-moi Hippolyte, j'étais debout contre la voiture, collé à la voiture, tellement j'avais peur. Je voyais, à quelques mètres, sa forme blanche ; mais surtout, je l'entendais… Malgré tout je voulais m'approcher, tu comprends – parce que je t'aime, je voulais vérifier si c'était – si c'était vraiment lui, et par malheur, je ne m'étais pas trompé.

Écoute-moi je t'en prie, je t'en supplie ! Si j'avais pu faire quelque chose… Mais on ne pouvait plus rien, c'est une certitude, il était… La fourrure trempée, ses petites dents dans la lumière rouge des feux, et son œil qui me regardait… C'était déjà fini, même si ça ne l'était pas tout à fait et que j'étais tout seul, tout seul avec *ça* devant moi… D'abord j'ai reculé, je voulais partir, je refusais de… Je n'ai jamais fait ça, tu comprends, priver un être de sa vie – et qui peut, putain de Dieu, qui peut faire ça de ses mains ! Il n'y avait aucune solution, alors je me suis remis au volant et j'ai à nouveau enclenché la marche arrière, et j'ai fait ce qu'il fallait pour que ce soit très vite fini… Ça a été vite fini, Hippolyte, je t'en donne ma parole, il n'a pas souffert plus de cinq minutes avant que ce soit terminé et qu'il ne souffre plus…

Et je me suis retrouvé seul, avec le sentiment invivable d'être moi-même.

Mais j'étais beaucoup plus calme, maintenant, même si j'étais en nage, et maintenant je ne tremblais plus, je n'hésitais plus, je savais exactement ce que j'avais à faire. J'ai ouvert le coffre et je suis retourné vers lui et – sache-le, s'il est possible qu'un être, au moment où il quitte la vie, s'il est possible que pendant les toutes premières minutes son âme puisse encore ressentir la chaleur d'une caresse… – alors sois sûr qu'il est parti serein, parce que, quand je l'ai pris dans mes bras et que je l'ai bercé, je suis convaincu qu'il a ressenti ma chaleur et ma douceur, tout contre lui, et qu'il a emporté les mots que je lui disais – qu'il était un bon chien, que je n'avais pas voulu lui faire mal et que personne au monde ne peut vouloir du mal à un être aussi bon et sincère et aimant que lui… Je lui ai dit aussi qu'il allait te manquer et qu'il resterait pour toujours le meilleur ami que tu aies jamais eu, et que tu viendrais le voir et lui parler aussi souvent que tu en aurais besoin…

Car ce que je devais faire Hippolyte, pour toi, pour ta consolation, je savais que j'allais le faire, et dès cette nuit-là, même si on me l'avait défendu. Je pensais : Quand il veut être seul et qu'on lui foute la paix, Hippolyte, où est-ce qu'il va se cacher ? – dans quel recoin va-t-il se tapir pour pouvoir être là, mais invisible, impossible à trouver ? Je me souvenais de ton repaire secret au bord de la rivière, derrière cette espèce d'autel avec son inscription bizarre. – Oui je l'ai fait, j'y ai passé la moitié de la nuit... – Non, attends ! – Là, plus bas... – gare à la flotte ! C'est ça, tu y es – non, je t'en prie, ne le dérange pas, c'est ici qu'il repose, on y mettra des fleurs, une pierre, tout ce que tu voudras, mais ne le dérange pas... C'est sur le côté droit qu'il repose, il avait l'air de dormir. L'aube commençait à monter, dans la lumière grise et pâle il avait l'air vraiment serein... Ne creuse pas, je t'en supplie, il te suffit de savoir qu'il est là pour toi, pour toujours, écoute-moi ! Si tu finis par toucher sa fourrure, à quoi ça t'avancera ? Je ne peux pas t'empêcher, Hippolyte, je n'en ai pas l'intention, je peux seulement te dire – sans te brusquer, te dire que c'est inutile.

Calme-toi, là. Reprends un peu ton souffle. Écoute seulement, je t'en prie, écoute ce qui s'est passé quand je suis rentré chez moi, ensuite, et que j'ai allumé toutes les lumières – je voulais l'éblouir, au moins cette fois, et qu'il puisse me voir, mon père, dans quel état j'étais, et que peut-être il comprenne... Écoute Hippolyte, il a levé les yeux vers moi et il m'a regardé – j'ai vraiment cru qu'il me regardait, moi, et pendant une seconde je me suis dit : Il comprend, en voyant de quoi j'étais couvert – il comprend que je suis son fils malgré tout, et que par conséquent il lui est permis de m'aimer moi aussi, de n'importe quelle sorte d'amour, et même un tout petit peu, juste, juste parce que je suis son fils... Et puis, comme il ne disait rien, j'ai compris que même dans cette crudité, dans l'intensité de cette lumière, il ne me voyait pas. Et je me suis demandé depuis combien de temps il y était pour de bon, dans le noir, depuis combien de temps sans juger utile de me le dire ni d'en faire part à qui que ce soit qui aurait pu l'aider, ou tout simplement partager un tant soit peu son désespoir. Il ne m'a pas demandé où j'étais, ni ce qui avait pu m'arriver pour que je rentre si tard, il n'a rien demandé, il n'a même pas dit qu'il avait faim ni protesté ou poussé une gueulante, rien. Mais, Hippolyte, ses yeux qui me regardaient sans me voir, ses yeux qui ne voyaient plus rien que l'obscurité… ils débordaient encore de dégoût, oui, de dégoût, comme devant une chose pourrie, une charogne habitée par les vers et qu'on aimerait faire disparaître, quand bien même cette chose répugnante serait le tout dernier être qu'il vous reste au monde, quand tous les autres s'en sont allés. Est-ce qu'il peut y avoir une raison, son propre enfant, de le haïr à ce point ? Qu'est-ce que j'ai fait de mal, Hippolyte, qu'est-ce que *je suis* de mal ?

Mon ami, mon frère, je ne te demande qu'une chose, toi qui as cette chance miraculeuse d'avoir quelqu'un qui t'aime et qui veille sur toi, je te le demande : est-ce que tu peux imaginer un seul instant ce que c'est d'*être moi*, est-ce que tu peux essayer, juste un instant essayer ? S'il te plaît, ne me repousse pas, je n'ai rien voulu de tout ça… Si toi aussi tu me tournes le dos, je vais faire comment ? Écoute-moi, je renonce à tout – ce que je ne suis pas, ce que je ne serai jamais. D'accord, j'abandonne, je renonce ! Je ne suis plus un Ischard, écoute-moi ! Je démissionne ! Je m'arrache à ce nom, je m'y arrache, je n'en veux plus ! Je n'essaie plus ! Je serai Melvil, voilà tout – Melvil Sans Nom, Melvil Tout Court, Melvil Rien de Rien !

Ne t'en va pas, mon seul et unique ami, ma seule famille, ne me repousse pas, qu'est-ce que je vais devenir ? Si tu ne m'aides pas à enfreindre la règle, je vais devenir quoi ? Comment je m'y prendrai pour la franchir, cette foutue frontière – et trouver la foutue sortie ! Finir ici, dans cette cité-jardin où je ne serai jamais qu'un Ischard mais le dernier, la brêle, la chiffe molle ? Je ne peux pas, je ne veux pas – MAIS JE NE SAIS PAS COMMENT FAIRE !

Attends, non, tu ne peux pas me laisser, Ischard ce n'est plus moi, je n'y suis pour rien ! Ils détruisent tout ce qu'ils touchent, tout ce qu'ils touchent ils le tuent – et quand il n'y a plus rien à détruire, ils se détruisent entre eux, ils se détruisent eux-mêmes ! Ce n'est plus moi, Hippolyte, je le hurle ! J'ARRACHE ÇA DE MOI ET JE LE HURLE ! La rancune, la hargne, les réactions bestiales, tout ce qui est nuisible et lâche, voilà ce que c'est, Ischard ! Le désastre, le non-sens, la brutalité repoussante, voilà ce que c'est – ET CE N'EST PLUS MOI ! Hippolyte, l'absurdité humaine, toute cette laideur sans merci, les millénaires d'horreur passés et à venir, ce gigantesque suicide qui n'aura jamais de fin, VOILÀ CE DONT ISCHARD EST LE NOM ! Et je renonce, je renonce. Je m'en défais. Je m'en absous. Ça ne peut plus être moi. Ça ne l'a jamais été. Je ne suis que Melvil. Je suis Melvil. Melvil.

Du même auteur

Morsure, Naïve, 2007.

Les Avrils, une collection imaginée par
Sandrine Thévenet et Lola Nicolle.

Enthousiasmes littéraires

Conception graphique : Atelier 25.
Composition : Nord Compo.
Correction : Sophie Harinck.

Achevé d'imprimer par l'imprimerie Aubin, à Ligugé.
ISBN : 978-2-491521-03-05
N° d'impression : 2104.0028
Dépôt légal : août 2021